Fantasy Frontier Spirit

금안의 마법사

금안의 마법사 ⑤

최정연 판타지 장편 소설

초판 1쇄 찍은 날 § 2004년 12월 17일
초판 1쇄 펴낸 날 § 2004년 12월 27일

지은이 § 최정연
펴낸이 § 서경석

편집장 § 문혜영
편집책임 § 김희정
편집 § 장상수 · 유경화
마케팅 § 정필 · 강양원 · 이선구 · 홍현경

펴낸곳 § 도서출판 청어람
등록번호 § 제1081-1-89호
등록일자 § 1999. 5. 31
어람번호 § 제1-0566호

주소 § 경기도 부천시 원미구 심곡1동 350-1 남성B/D 3F (우) 420-011
전화 § 032-656-4452   팩스 § 032-656-4453
http://www.chungeoram.com
E-mail § eoram99@chollian.net

ISBN 89-5831-344-7 04810
ISBN 89-5831-129-0 (SET)

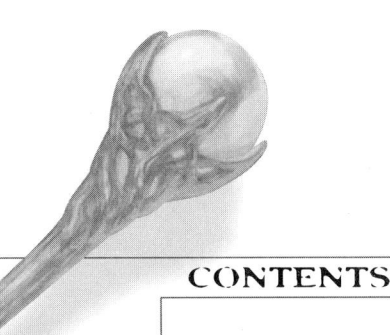

CONTENTS

제42화

그곳에 뒷공작이 있었다 ■

그곳에 뒷공작이 있었다

"아……!!"

짧은 신음을 내지르며 레가트는 눈을 떴다. 천장이 희뿌옇게 흐려져 있었다. 뺨을 타고 내리는 뜨거운 감촉에 시야가 흐린 것이 눈물 때문이라는 것을 깨달았다.

"또 그 꿈인가……."

레가트는 작게 한숨을 내쉬었다.

"레가트 형?"

언제 일어난 것인지 벌써 옷까지 다 차려입은 릭샤가 불쑥 그의 앞에 얼굴을 내밀었다. 레가트는 당황하면서 눈가를 손으로 문질렀다.

"으, 응, 아무것도 아냐."

"아무것도 아니라니요. 지금 울고 계시지 않습니까. 어디 아프십니까?"

"아냐… 아무것도……. 하하."

레가트가 웃음으로 얼버무렸으나 릭샤는 단호히 몸을 일으켜 문을 향해 걸어갔다.

"아무것도 아닌 게 아니군요. 요즘 들어 나날이 수척해지고 제대로 주무시지도 못하는 것 같던데 이 참에 의원이라도 부르도록 하겠습니다."

"아, 아냐! 그럴 거 없어. 정말 대단한 건 아니란다. 그저… 악몽을 조금……."

"악몽?"

릭샤는 우뚝 멈추어 서서 바로 레가트를 돌아보았다.

"레가트 형, 혹시 요즘 들어 계속 그렇게 악몽을 꾸고 계신 겁니까?"

"응… 뭐… 악몽이라고 해야 하나, 뭐라 해야 하나… 옛날 꿈을 자꾸 꾸게 되네……. 오랫동안 꾸지 않았던 것인데… 하하, 괜찮아. 그냥 꿈일 뿐인걸. 그러니 신경 쓰지 않아도 돼. 많이 걱정했니?"

그는 수척해진 얼굴로 상냥히 웃으며 되려 릭샤를 염려했다. 릭샤는 다소 심각한 음성으로 중얼거렸다.

"악몽이라… 이거 아무래도 의심스럽군요."

"갑자기 왜 그러니?"

"레가트 형, 혹시 마족에게 악몽을 꾸게 하는 마법 따위가 있습니까?"

"응? 글쎄… 그런 마법은 없지만 마족들이 부리는 마계의 생물들 중에 서큐버스와 인큐버스라고 악몽을 꾸게 하는 몽마가 있긴 하지……."

가만히 대꾸하던 레가트는 순간 눈을 동그랗게 뜨고 릭샤를 돌아보았다.

"설마… 릭샤, 혹시 이걸 마족의 소행이라고 여기는 거니?"

"일전에 보고받은 것이 있어서 그렇습니다. 레가트 형뿐만이 아니라 현재 전국적으로 불특정 다수의 사람들이 악몽을 꾼다고 합니다. 그리고 이 모든 것이 마족의 짓이라는 소문이 돌아서 인심이 매우 흉흉하고요."

"그, 그래? 으음… 하지만 너무 성급한 판단이 아닐까. 새삼스럽게 과거의 악몽을 꾸는 건 요즘 스트레스가 많았기 때문일 거야. 다른 사람들도 계속되는 전쟁과 마족의 등장에 불안감을 느끼고 그랬을 가능성이 무척 높지."

"그러한 가능성도 있습니다. 저는 마음이 강인하기 때문인지 악몽을 꾼 적이 한 번도 없군요."

릭샤는 뻔뻔하게 고개를 들고 말했다. 확실히 이 꼬마라면 서큐버스조차 파고들 틈이 없겠다고 생각하며 레가트는 땀을 흘렸다. 하지만 금방 그 생각을 바꾸었다. 릭샤 역시 만만치 않게 암울한 과거를 가진 아이가 아닌가. 그런데 자신처럼 과거의 악몽에 시달리지 않는단 말인가.

"릭샤, 정말 그래? 단 한 번도 악몽을 꾸지 않았다고? 넌 괴로웠던 옛날의 일이 꿈으로 나타나지 않아?"

"아뇨, 저는 암울한 과거의 일보다는 주로 꼭 하고 싶은 일 같은 것을 꿈으로 봅니다. 이를테면 바나나 초콜릿 무스를 30미터 식탁에 5열로 나열해 놓고 끝에서부터 차례대로 먹어치우는 꿈이라던가… 최근에는 레가트 형과 결혼을 하는 꿈을 자주 꾸고 있군요."

과연 릭샤라고 감탄 아닌 감탄을 하던 레가트는 마지막으로 결혼이라는 말이 튀어나오자 땀을 삐질 흘리며 슬그머니 몸을 피했다. 하지만 다행히 그가 도망치지 않아도 릭샤는 그 즈음에서 결혼 이야기를 멈추고 다시 본론으로 되돌아왔다.

"어찌 되었든 이 악몽 건 조사해 볼 가치는 있는 문제 같습니다. 마왕의 명령이 있어서 억지로 인간을 돕고 있는 것뿐이지, 대부분의 마족들은 이 상황이 무척 마음에 들지 않을 것입니다. 어쩌면 불만이 심한 마족 중 하나가 마왕의 명을 거역하고 나섰을지도 모르죠. 그런 의미에서 이번 악몽 건은 작은 일에서부터 불안을 조장시켜 민심을 흐린 다음 인간과 마족의 협력 체계를 깨려는 수작일 수도 있습니다. 레가트 형, 가능하다면 알려주시겠습니까? 특별히 이번 일에 불만이 많은 마족, 그리고 마왕의 명을 어기면서까지 일을 꾸밀 만큼 간이 큰 자들을 말입니다."

"음… 그건 좀 어렵구나. 현 마계는 세벤님이 완전히 장악하고 계시거든. 나이스트리 공작님의 반란 이후에 엄청나게 많은 마족이 숙청당했기 때문이지. 음… 그래도 꼭 생각해 보라면… 으음! 솔직히 인간을 돕는 것을 마음에 들어하는 자는 없다고 해도 과언이 아니고… 딱히 간이 큰 자를 꼽으라고 해도 마족들이란 종족이 본래 기본적으로 저돌적인 성질을 가지고 있어서 말이야."

"모든 마족이 후보가 된다는 말씀이시군요."

"어떤 면에서는……."

도움이 되는 이야기를 해주지 못한 게 조금 미안해서 레가트는 머리를 긁적였다. 그때 릭샤가 고개를 주억이며 레가트를 돌아보았습니다.

"좋습니다. 그러면 이렇게 하지요. 레가트 형! 그럼 지금부터 로티라이니아님의 곁에 붙어서 항시 그 거동을 감시하십시오!!"

"엉? 마족의 소행에 대해 점치다가 갑자기 로티라이니아님이 왜 나오는 거야?"

청천벽력 같은 이야기를 릭샤는 여전히 무표정한 얼굴로 대꾸했다.

"생각해 봤습니다. 마족과 인간 사이의 분열을 가장 심하게 조장하고 있는 자가 누구인가를. 처음 본 그날부터 매일같이 마족에 대한 경고를 늘어놓고 있는 그 여자, 바로 천족과의 혼혈인 로티라이니아잖아요."

"그, 아무리 그렇다고 해도… 그녀는 성녀잖니. 단지 진심에서 걱정되어 하시는 행동일 뿐이야. 마족이 나쁜 건 사실이잖아? 어떻게 그녀가 마족과……."

"그녀가 마족과 연관이 있다고 단언하진 않았습니다. 다만 가능성이 있다는 것이지요. 보십시오. 마족과 관련된 분쟁의 중심에는 항상 그녀가 있지 않습니까? 한 번쯤은 조사해 볼 가치가 있다고 생각합니다. 그만 되었으니 내일부터 선신의 신전 측에 가서 로티라이니아님을 감시하십시오. 제가 알아서 말을 전해놓겠습니다."

레가트는 크게 당황했다. 로티라이니아가 마족과 연관이 있다는 주장은 아무리 생각해도 억측처럼 느껴졌고, 무엇보다도 자신을 비난하는 데 앞장서는 선신관들과 당당히 얼굴을 맞대고 지낼 자신이 없었기 때문이다.

"기, 기다려 봐, 릭샤. 역시 아무리 생각해도 이건 말이 안 돼. 물론 성녀의 한마디에 인간들은 크게 흔들릴 테니 마족들은 가능한 한 로티라이니아님을 자신의 편으로 끌어들이고 싶어할 거야. 하지만 로티라이니아님이 마족과 계약해서 얻는 건 뭐지? 그분은 마족의 사악함을 누구보다도 잘 알고 있는 선신관이니 계약이 성립되기 위해서는 매우 큰 동기가 있어야만 한다고."

"그거야 계약을 청하는 마족이 알아봐야 할 문제지 저는 알 바 아님니다."

"리, 릭샤. 그런 게 어딨어."

오늘따라 릭샤는 이상하게 막무가내로 일을 밀어붙이고 있었다. 정의심이 간다면 로티라이니아의 과거 행적이라도 조사해 보고 이런 일을 시켰을 텐데 말이다. 레가트는 진땀을 잔뜩 흘리며 릭샤를 붙들었다.

"릭샤, 왜 그래? 갑자기 형이 미워지기라도 한 거니? 알잖아, 형은 그들과 함께 있는 것이 정말 부담스럽……."

"레가트 형……."

갑자기 릭샤가 레가트의 양손을 꼭 붙들었다. 아이는 무표정하지만 다소 심각한 표정으로 그에게 말했다.

"저는 위기에 처해 있습니다. 인왕이라고는 하나 아직 제대로 기반이 자리잡혀 있지 않아 수족처럼 부릴 만한 가신도 많지 않습니다. 때문에 의심이 되는 일이 있어도 함부로 움직이질 못하고 있지요. 이대로는 아무것도 못한 채, 열일곱 살이 되어 허망하게 죽어갈지도 모릅니다. 레가트 형, 이런 제가 기밀이 유지되어야 할 큰일에 믿고 도움을 청할 사람은 형밖에 없습니다. 오직 레가트 형밖에."

레가트는 움직임을 멈추고 멍하게 릭샤를 바라보았다. 그러다 곧 머쓱하게 웃고 릭샤의 등을 토닥토닥해 주었다.

"응… 그렇구나. 미안하다, 릭샤. 인왕이라는 이야기도 이제 막 들은 것에 불과하고… 넌 아직 어린아이일 뿐인데… 형이라도 너를 도와야지. 선신관과는… 좀 그렇지만… 그래, 어떻게든 해볼게. 형이 어떻게든……."

레가트가 애정 어린 목소리로 말하고 있는데 갑자기 릭샤가 몸을 번쩍 일으켰다. 약간이었지만 진지하던 표정은 어느새 싹 날아가고 없었다.

"그럼 허락하신 거지요? 지금 당장 선신관 측에 기별을 넣겠습니다. 당장 준비하시지요."

"엉?! 지, 지금 당장?"

"지금 당장."

릭샤는 간단히 말하고는 휑하니 방을 빠져나가 버렸다. 혼자 남은 레가트는 허공에 망연히 손을 든 채 멈추어 있었다. 어쩐지 찜찜한 기분이 드는 것은 무엇 때문인가 고민하며.

"인왕 폐하께 전해 들었습니다. 선신의 가르침을 받고 싶어지셨다고요."

성녀 로티라이니아를 마주하며 레가트는 진땀을 주룩 흘렸다. 성녀는 처음 만났을 때와 다를 바 없이 주욱 근엄한 얼굴이었으나 그녀의 곁에 선 다른 선신관들은 레가트를 매우 경계하며 노려보다시피 하고 있었다.

"마음을 그리 정하셨다면 좋습니다. 함께 가시지요. 오후 예배를 드릴 시간입니다."

로티라이니아는 감정을 읽어낼 수 없는 덤덤한 목소리로 말하고 홀로 앞서 나갔다. 불만에 가득 차 있던 선신관들은 덕분에 항의할 시기를 놓치고 그녀의 뒤를 따를 수밖에 없었다.

그런데 막 문을 나서기 직전 노크 소리가 들려왔다. 로티라이니아의 허락을 받고 조심스레 문을 열며 나타난 자는 레가트에게도 매우 익숙한 자였다.

"웨, 웨르젠스 경……? 어째서……."

그렇지 않아도 껄끄러운 선신관들에 이어 웨르젠스까지, 그야말로 첩첩산중이었다.

집안 대대로 독실한 선신의 신자로서 오후 예배를 함께하고자 성녀를 찾아온 웨르젠스는 조금 늦게 레가트의 존재를 인식하고 눈을 크게 키웠다.

"로, 로티라이니아님! 어째서, 어째서 그가 이곳에……!!"

"레가트 경도 선신의 가르침을 듣고자 이곳을 찾으셨습니다. 때마침 오후 예배를 드리러 갈 시간인지라 함께 나서던 중이었지요."

"네? 아니, 마족이 무슨 선신의 가르침을 듣는다고 그러십니까! 맙소사!! 이번에는 대체 무슨 꿍꿍이속으로……!!"

웨르젠스가 어이없어하며 소리 지르는 것을 로티라이니아가 막아섰다. 그녀는 여전히 근엄한 표정으로 고개를 저었다.

"선신의 가르침을 얻는 데는 그 어떤 존재에게도 제약이 있을 수 없습니다."

"무, 물론 그러하긴 합니다만, 저 남자는……!!"

"웨르젠스 경, 타인을 비판하더라도 최소한의 기회는 주어야 하는 것입니다."

로티라이니아는 단호하게 말을 자르고 앞서 나갔다. 원리 원칙을 고수하는 고지식한 성녀의 모습은 이번에도 여전했다. 사람들은 어쩔 수 없이 그녀를 따라 밖으로 나섰다. 그들의 논쟁에 중심이 되어 있었던 레가트는 크게 한숨을 쉬며 밖으로 빠져나왔다.

스테왈트 왕성에도 작지만 선신께 예배드릴 수 있는 신전이 마련되어 있었다. 성녀와 레가트 일행은 지금 그곳을 향하는 길이었다.

"……."

딱딱하고 어색한 분위기. 물론 고귀한 선신관들이니만큼 수다스럽게 떠들 일은 없겠지만 지나칠 만큼 침묵만이 이어지고 있었다. 이 모든 것이 자신의 탓이라는 것을 알기에 일행의 가장 뒤에서 걷던 레가트는 조금씩 뒤로 처져 갔다. 정말 릭샤만 아니었더라면 당장이라도 이곳에서 도망쳐 버렸을 것이다.

"응?"

한동안을 말없이 걷다 어쩐지 뒤쪽의 인기척이 사라진 듯하여 한 선신관이 뒤를 돌아보았다. 자신을 뒤따라오고 있어야 할 레가트가 어디로 갔는지 보이질 않았다.

"로, 로티라이니아님. 그놈, 아니, 레가트 경이 갑자기 사라졌습니다."

"레가트 경께서……?"

잔뜩 당황한 선신관의 말에 로티라이니아도 웨르젠스도 의아함을 담고 뒤를 돌아보았다. 하지만 그의 말대로 레가트가 완전히 사라져 버리거나 한 건 아니었다. 조금 떨어진 길의 귀퉁이에서 레가트가 무언가를 주워 올리고 있었다.

"새?"

누군가가 중얼거린 대로 레가트의 손 안에 있는 것은 이름 모를 작은 새였다. 그 새는 언제 다친 것인지 날갯죽지를 축 늘어뜨린 채로 파들파들 떨고 있었다. 똑같은 길을 걸어오면서도 누구 하나 다친 새가 있다는 것을 눈치 채지 못했건만 그만이 새의 존재를 깨달은 것이다.

레가트는 그 새를 조심스럽게 쓰다듬다가 작게 주문을 읊조렸다. 그러자 따스한 빛이 퍼지며 부러져 있던 새의 날개가 순식간에 깨끗하게 나이갔다. 축 늘어져 있던 새가 반짝 눈을 뜨고 일어나자 레가트의 얼굴에 금방 미소가 퍼졌다.

"……."

그 광경을 보던 선신관들은 잠시 침묵했다. 어색함이 섞인 침묵이었다. 하지만 곧 누군가가 나서 고개를 저었다.

"좀 어색하지 않습니까? 저는 이 상황이 마치 만들어진 것처럼 느껴지는군요. 수십, 수백의 인간을 죽였던 자가 작은 새의 상처를 고치는 장면이라니……."

그에 이어 또 다른 자가 나섰다.

"맞습니다. 솔직히 누구도 다친 새가 있다는 것을 보지 못하였지 않습니까? 어쩌면 자신이 새를 다치게 하고서는 다들 보는 앞에서 치료해 주며 위세를 떠는 것일지도 모르지요, 저희들을 방심시키기 위해서."

별 생각 없이 새를 치료해 주었던 레가트는 문득 그들이 하는 말을 듣고 흠칫했다. 어쩔 수 없는 일이다. 마족이라는 것이 모두 밝혀지고 과거의 행적까지 속속들이 다 드러난 이 마당에 사람들이 색안경을 끼고 보는 것도 무리는 아니었다.

하지만 손 안에서 조금씩 파닥이는 새의 모습을 보자니 아주 조금이지만 울컥하는 기분도 생겨났다. 그는 용기를 짜내 겨우겨우 고개를 들고 선신관을 똑바로 바라보았다. 그가 처음으로 도전적인 자세가 되자 신관들은 약간 긴장했다.

"그런 짓… 하지 않습니다……!"

똑바로 눈을 맞추기는 했지만 레가트가 내뱉은 말은 겨우 그 정도가 한계였다. 그는 스스로 자신의 나약함을 한심하게 여기며 손 안의 새를 위로 날려 보냈다.

그의 손에서 벗어난 새는 날갯짓을 몇 번 하며 자연스럽게 하늘을 날았다. 새파란 하늘을 몇 바퀴 빙글 돌던 새는 갑자기 하강하여 일행과 조금 떨어진 곳에 내려앉았다. 생각없이 새의 행적을 눈으로 쫓던 사람들은 순간 크게 놀랐다.

새가 내려앉은 곳은 그 길을 지나던 어떤 사람의 손 위였다. 자연스럽게 손을 들어 새를 받아 든 남자가 걸음을 멈추고 천천히 일행을 돌아보았다. 시릴 만큼 희게 빛나는 은발과 핏빛 마성의 눈동자를 가진 남자, 다엠부르크 공작이었다.

사람들은 갑작스레 자신들의 앞에 나타난 마알 강의 주인과 고위 마족들을 보며 반사적으로 몸을 굳혔다. 게다가 마족들이 항시 왕궁 어딘가에 잠복하고 있기는 해도, 허공이나 지붕 위 정도에서만 모습을 보일 뿐 바닥에 내려오지는 않았기 때문에 더욱 경계심이 생겼다.

레가트 역시 길 한복판에서 마족들과 마주치게 된 것에 짐짓 놀랐으며, 또 다른 한편으로는 다엠부르크 공작의 손 위에 있는 새를 보며 의구심이 생겼다. 공작이 새를 키울 리도 없을 텐데 왜 저 새가 다엠부르크 공작에게로 날아간 것일까.

"왜 모두 이곳에……."

그의 중얼거림을 듣자마자 한 선신관이 문득 무언가를 깨달은 듯 앞으로 튀어나와 레가트와 공작을 가리켰다.

"보십시오! 조금 전 그 의심대로이지 않습니까. 저희들을 조롱하기 위해 저자를 시켜 다친 새를 준비한 게 틀림없습니다. 하찮은 목적을 위해 가엾은 생물을 이용하다니……."

"뭐라고?!"

다엠부르크 공작과 동행하고 있던 고위 마족이 인상을 일그러뜨린 채 날카롭게 소리쳤다. 흥분해서 말을 늘어놓던 선신관은 깜짝 놀라 뒤로 물러섰다. 고위 마족은 매우 가소로운 듯 코웃음을 쳤다.

"하, 듣자 듣자 하니 어이가 없군. 네놈들같이 하잘것없는 놈들을 조롱하기 위해 공작께서 직접 행차하실 것이라 믿느냐? 스스로를 과대평가해도 분수가 있지, 이거야 원 기가 차서!! 그리고 무엇보다도 지금, 다엠부르크 공작께서 저런 웃기지도 않는 놈의 지시를 듣는다고?! 아아~ 정말 그렇게 지껄였느냐?"

마족의 손끝이 레가트에게로 향했다. 또다시 불똥을 맞은 레가트이지만 이번엔 좀 심정이 달랐다. 왜냐하면 이번은 선신관들의 앞이기 때문이다. 저 마족의 발언으로 인하여 사람들은 레가트와 마족이 그리 친밀하지 않은 사이라는 것을 알게 될 것이다. 잔혹한 마족들과 한패가 아니라는 사실을 알릴 수 있었으므로 이 일은 제법 긍정적인 일이기도 했다.

"이게 대체……."

확실히 마족과 레가트 사이의 불화를 보며 신관들은 당황하는 눈치였다. 오늘따라 은근히 도움이 되는 마족들을 보며 레가트는 묘한 심정이 되었다.

그때 계속 입을 다문 채로 있던 다엠부르크 공작이 손가락을 가볍게 들어 올렸다. 그의 손 위에 있던 새가 파르륵 하늘을 향해 날아올랐다. 모든 이의 시선이 집중된 가운데 그는 미간을 조금 찌푸린 채로 짧게 한마디를 내뱉었다.

"하찮군."

다엠부르크 공작은 그대로 몸을 돌려 그곳을 벗어났다. 뭐라고 사족을 달려던 다른 고위 마족들도 다급히 그의 뒤를 쫓았다. 그 자리에 선 선신관들은 침을 꿀꺽 삼키고 한동안 움직이지를 못했다. 과연 마족의 사대공작 중 하나는 그 존재감부터가 달랐다.

"그럼 가시지요."

다엠부르크 공작의 모습이 완전히 사라질 때 즈음 로티라이니아가 입을 열었다. 그녀만은 마족을 앞에 두고서도 그다지 흔들림이 없는 모습이었다. 성녀의 말에 겨우 정신을 차린 신관들은 다시 신전을 향해 걸음을 재촉했다.

그러나 일행은 신전에 닿기 전에 길의 한가운데에서 또다시 누군가를 만나게 되었다. 검을 차고 있었지만 실용적인 가죽 갑옷을 입고 있는 모습을 보아 기사는 아니었다. 로티라이니아와 선신관 일행은 신중히 상대의 신분을 살폈다.

"레가트⋯⋯?!"

그때 푸른 눈에 푸른 머리칼, 다부진 몸에 날렵한 인상의 30대 후반 즈음의 용병이 레가트를 발견한 듯 눈을 살짝 키웠다. 그는 스테왈트 왕국에서 가장 강력하며 규모가 큰 티바울프 용병단을 이끄는 알테어 단장이었다. 그는 일개 용병임에도 일류 기사에 부족하지 않은 뛰어난 무용을 지녀 평민들 사이에서 용병왕이라고 불리기도 했다.

알테어 단장에 이어 또 다른 용병도 '어디어디' 하고 소리치며 뛰어나왔다. 더벅머리에 순박해 보이는 생김새를 가진 그는 글론토에서도 만난 적이 있었던 데브였다.

"아⋯⋯!"

정말 의외의 곳에서 아는 사람들을 만나게 된 레가트는 크게 당황했다. 보통 때라면 금세 빙긋 웃으면서 그들에게 악수라도 청했을 레가트이지만 그는 그 자리에 못 박힌 채 어색한 웃음을 지을 수밖에 없었다. 스테왈트 왕국 제일의 용병단의 일원인데 자신에 대한 소문 정도는 벌써 들어 알고 있을 것이다.

레가트는 데브의 생명을 구한 일뿐만이 아니라 티바울프 용병단 소속의 일류 용병을 몇몇 구하여 알테어 단장과도 인연을 가지고 있었다. 그러나 마족이라는 사실을 알고도 여전히 사심없이 그에게 감사와 호감을 표할지는 알 수 없었다.

그러나 그의 예상을 산산이 부수고 알테어 단장이 레가트의 앞으로 걸어와 말을 건넸다.

"정말 오랜만이네, 레가트."

"아, 알테어 단장님……."

전과 다름없는 알테어 단장의 모습에 레가트는 그가 자신에 대한 소문을 듣지 못했을지도 모른다고 의심할 수밖에 없었다. 그러나 알테어 단장은 손을 놓고 레가트를 아래위로 가만히 훑어보며 한마디를 덧붙였다.

"아직도 십여 년 전이랑 전혀 달라진 게 없군. 항상 뭔가 이상하다고 생각은 하고 있었네만, 역시 그 혈통 때문인가?"

그의 말을 듣고 레가트는 움직임을 멈출 수밖에 없었다. 그에 항의라도 하듯 옆에서 듣고 있던 선신관이 당장 앞으로 튀어나왔다.

"아니, 그럼 저자가 마족이라는 사실을 알고 있다는 소리 아니오?!"

"그렇습니다."

알테어 단장은 아주 담담하게 대꾸했다. 그러자 이번에는 웨르젠스가 더 참지 못하고 나섰다.

"그냥 '그렇습니다'로 끝날 문제가 아니오. 당신들은 '마족'이라는 단어가 뜻하는 바를 정녕 모르시는 것이오? 무릇 마족은 수많은 인간을 학살하고도 태연할 수 있는 잔혹함을 가지고 태어나지. 결국 그 혈통이란 용서의 여지가 없는 사악함 그 자체와도 같소!"

웨르젠스는 어쩌나 흥분하였는지 이야기를 하는 도중 귓가까지 시뻘겋게 물들었다. 레가트도 할 말이 없어 고개를 숙였다. 마족이 사악하지 않다고는 입이 찢어져도 말할 수 없다. 그만 해도, 비록 그 나름의 사정이 있었다 한들 엄청난 수의 인간을 학살했다는 데는 변명의 여지가 없었다. 정말 그의 말대로 마족의 혈통을 타고났기 때문일지도 모르는 일이다.

"물론 저희들도 다 알고 있는 일입니다."

그때 데브가 웨르젠스의 말을 받아 대꾸했다. 그는 과거를 회상하는 듯 고개를 주억였다.

"우리들도 마족이라는 이야기를 듣고 크게 놀라고 말았지요. 말씀대로 마족이란 사악한 종족이 아니겠습니까? 그래서 저희들은 심각하게 고민하고 고민했습죠. 하지만 갑자기 그렇게 생각할 수도 없는 것이, 그는 저의 생명의 은인이었습니다. 그리고 여기에 오랫동안 친분을 나누신 알테어 단장님도 계시고요. 그러나 마족이라는 사실을 완전히 무시해 버릴 수도 없는 일! 저희들은 정말 고심했습니다. 그리고는 결론을 내었지요. 한 번 만나보자. 다시 한 번만 얼굴을 보면 모든 것을 알게 될 것이라고."

말을 마친 데브는 레가트의 곁으로 걸어와 그의 등을 강하게 팡팡 쳤다.

"하핫! 그런데 보십쇼. 척 보기에도 예전이랑 전혀 변한 게 없지 않습니까!! 그래서 다들 서로 상의는 안 했어도 한마음으로 결론을 내린 거죠. 그는 나쁜 놈이 아니라고. 안 그렇습니까, 단장님?"

"그렇지."

알테어 단장은 고개를 주억이고 레가트에게 지그시 시선을 주었다. 그러나 레가트는 마주 보고 웃어준다거나 하는 재치를 보이진 못했다. 이런 쪽으로는 매우매우 비관적이고 소심한 성격의 그였기에 상상하지도 못했던 아군이 등장한 것에 기쁨을 넘어 패닉 상태에 빠져들고 있었다.

용병들이 레가트와 화기애애한 분위기를 연출하자 웨르젠스는 크게 흥분하여 소리쳤다.

"지금 뭐라고 하는 것이오!! 그는 마족이오! 글론토에서도 사람들을 구할 수 있으면서도 그들을 버려두었단 말이오! 그들이 죽어가는 것을 뻔히 지켜보고만 있었소!! 어떻게 그런 짓을 하고도 용서받을 수 있단 말이오?!"

"하지만 저는 구해주었습죠. 덕분에 드래곤과 황제 폐하의 눈에 띄어 고생도 했고. 솔직히 정의의 사자도 아니고, 주변의 한두 사람이라면 모를까 세상의 모든 인간을 구해야 할 의무는 없잖습니까? 안 그래?"

데브는 어깨를 으쓱하며 다른 용병들과 쑥덕댔다. 웨르젠스는 어이가 없다 못해 화가 나고 분이 차서 아예 반말로 고함을 질렀다.

"뭐, 뭐… 무슨 이런 작자들이!! 조, 좋아! 그러면, 그럼 놈이 마족이라는 것을 인정한다면서!! 마족이 사악한 종족이라는 것을 알고 있다면서!! 그런데도 어떻게 그가 나쁘지 않을 수 있다는 거지?! 그건 완전히 모순이잖느냐!!"

웨르젠스가 워낙 강건하게 외치고 있어 데브는 기분이 나쁘다기보다 어이가 없다는 표정이 되어 물러났다. 그는 레가트의 팔을 붙들고 말했다.

"거 참, 누가 귀족 아니랄까 봐 앞뒤가 엄청 꽉 막히었네. 모순은 무슨 모순입니까. 그냥 세상에는 착한 마족도 하나쯤은 있을 수 있다 그런 거지."

쏴아아아—

갑자기 어디선가 강한 바람이 불어와 나무 잎사귀들을 시끄럽게 흩날렸다. 잠시 동안 불던 바람이 멈추고 난 뒤에 일행은 완전히 침묵하고 있었다.

"하, 하하. 차, 착한 마족?"

매우 화를 내던 웨르젠스는 말을 더듬으며 웃었다. 비웃기 위해 낸 웃음소리였으나 실은 비꼼도 무엇도 아닌 뭐라 표현하기 힘든 묘한 웃음이었다. 하지만 말의 내용이 내용인지라 그의 웃음은 비웃음에 가깝게 느껴졌다.

"하하, 지금 스스로 말하고도 부끄럽지 않소? 착한 마족이라니, 착한 마족? 상냥한 마족? 하, 그런 유치한 소리를 어떻게 만들어낸 거요?"

"뭐, 뭐가 유, 유치하단 말입니까?!"

데브는 그 즉시 웨르젠스의 말에 반박했다. 하지만 말을 계속 더듬은 데다가 얼굴이 붉게 물들어 있었다. 아무 생각 없이 당연한 듯 내뱉었던 말이었건만 가만히 생각하니 어린이 명작 동화에서나 나올 법한 말처럼 매우 유치하게 느껴졌던 것이다.

그때 데브를 제치고 알테어 단장이 나섰다. 비록 뒷세계에나 알려진 이름이기는 하나, 용병왕이라는 별칭까지 가진 자인만큼 새삼 그의 온몸에 날카로운 무게감이 풍겼다.

"알아두시는 것이 좋을 것입니다. 본래 세상의 모든 진실은 그 유치한 한마디에 담겨져 있다는 것을."

짧은 두 마디로 웨르젠스의 비웃음을 잠재운 그는 레가트를 향해 웃어 보였다.

"만나서 반가웠네. 언제 한 번 제대로 차라도 나누세나. 나는 자네를 믿네. 그리고 세상엔 의외로 자네를 믿는 자들이 많다는 것을 기억하게나."

"아……."

이야기의 중심에 있으면서도 지금껏 입 한 번 뻥끗 못하고 있던 레가트가 겨우 정신을 차렸다. 그는 조금 주춤했으나 알테어 단장이 사심없이 내민 손을 보자니 조금은 어수선했던 기분이 가라앉음을 느꼈다. 그는 숨을 들이키고 단장의 손을 맞잡았다.

"감사합니다."

"이제야 자네답게 웃는군!! 좋았어! 하하!"

알테어 단장은 매우 흡족한 듯 등을 두드리며 짧게나마 호탕하게 웃었다. 하지만 레가트는 이 격려에 조금 당황했다. 이유인즉슨 본래 알테어 단장은 매우 과묵한 분위기의 남자로 소리 내어 웃는 일은 단 한 번도 없었기 때문이다. 데브와 다른 용병들도 좀 당황하여 끼어들었다.

"레가트를 격려하시고픈 심정은 이해합니다만 너무 과장되게 행동하시는 건 되려 역효과가 날 것 같은데요. 그리고 보면 어째 요즘 들어 가끔씩 그렇게 이상한 태도를 취하시는 것 같은……."

"대, 대체 누구의 태도가 변했다는 말인가? 쓸데없는 소리를 하는군. 아, 그러고 보니 인왕 폐하를 뵈러 가는 길인데 시간을 너무 지체했군. 그럼 레가트, 난 이만 가겠네. 선신관님, 그리고… 성녀 로티라이니아님이십니까. 정말 결례가 많았습니다."

한마디로 데브를 물리친 알테어 단장은 일행에게 정중히 인사를 하고 다른 용병들을 이끌어 서둘러 그곳을 벗어났다.

"헛! 저희들도 서두르는 것이……!"

다소의 소란이 소강될 때쯤 한 선신관이 문득 바닥의 그림자를 보고는 크게 놀라 말을 꺼냈다. 이런 저런 일이 겹치면서 오후 예배에 완전히 늦어버린 것이다. 일행은 더 이상 다른 이야기는 나누지 못한 채 허둥지둥 신전으로 향했다.

신전의 내부 예배당에는 이미 황혼이 깔려 있었다. 마족으로 알려진 레가트가 오후 예배에 참석하는 덕에 한동안은 떠들썩했던 예배당이었으나 해가 저물고 있는 지금 이곳은 더없이 고요한 장소였다.

그곳을 거니는 두 개의 인영이 있었다. 한 명은 전 대륙에 성녀로서 널리 알려진 로티라이니아이며, 또 한 명은 스테왈트 왕국의 유력 가문, 스밀터 공작가의 유일한 생존자이며 계승자인 웨르젠스였다. 그는 아버지와 두 형의 죽음을 크게 슬퍼하여 두 달이 지난 지금까지 계승식을 미루었다.

"로티라이니아님께서는 어떻게 생각하십니까."

로티라이니아는 한 점 어둠이 없는 얼굴로 웨르젠스를 돌아보았다. 웨르젠스는 양손을 굳게 쥐고 한 번 더 말을 이었다.

"레가트 경을… 로티라이니아님께서는 어떻게 생각하십니까."

"판단은 스스로 하셔야 할 것입니다."

예배당을 울리는 로티라이니아의 목소리는 이를 데 없이 투명했다. 마치 잘 다듬어진 악기 소리처럼.

웨르젠스는 견디지 못하고 소리쳤다.

"하지만 로티라이니아님께서도 그렇지 않습니까?! 일부러 레가트 경의 과거를 끄집어내어 공개하고 그를 궁지로 몰아붙였습니다! 당신께서도 그리 생각하고 계신 것이지요?! 그는 잔혹하며 이를 데 없이 사악한 존재라고!!"

"만일 제가 그리 판단하고 있다 해도 웨르젠스 경은 웨르젠스 경 나름대로의 또 다른 판단을 하셔야 할 것입니다. 저를 맹신하지 마십시오. 저는 절대선이 아니요, 진리도 아닙니다. 다만 천족의 피가 섞인 일개의 개체에 지나지 않지요."

"그런… 있을 수 없는……!!"

웨르젠스는 얼굴이 새파래져서 그녀를 올려다보았다. 그녀의 말은 모순이었다. 천족의 피가 섞였으므로 그녀는 절대선이며 진리여야 했다.

물론… 그러한 논리대로라면 마족의 피가 섞인 레가트는 절대악이고 처단해야 할 존재였다. 웨르젠스는 언제나 그렇게 단정하고 있었다.

로티라이니아는 가만히 웃으며 예배당의 높다란 천장을 올려다보았다.

"과거와 현재, 모든 것들을 거짓없이 그대로 보여 드렸으며 앞으로도 그리할 것입니다. 그 모든 것들을 보고 들은 당신은 어떠한 판단을 내리실는지요."

같은 시각 오후 예배를 마치고 선신관들에게서 해방된 레가트는 바로 릭샤를 찾았다. 인왕의 자리에 앉은 릭샤는 아직 정무에 대해 모르는 것이 많았던 탓에 굉장히 많은 책과 서류 더미를 끌어안고 있었다.

"뭡니까? 지금 바쁩니다."

막 방 안으로 들어선 레가트를 향해 릭샤가 정통으로 날린 한마디가 바로 그것이었다. 기억을 되찾고 인왕이 되면서부터 릭샤의 직설적인 말투가 점점 더 강도를 더해져 가고 있다는 것은 그만의 착각일까? 레가트는 크게 비틀하며 팔을 떨궜다.

"으, 응… 그렇겠지. 릭샤는 형처럼 한가하지 않으니… 괜히 성 밖까지 날아가서 케이크를 사 왔네."

"……."

릭샤는 말없이 펜을 잉크 통에 넣고 자리에서 일어섰다. 방의 중앙에 놓인 소파에 앉은 릭샤는 매우 진지하게 말했다.

"지금은 무척 바쁘지만 잠시 쉬었다 해도 별 탈은 없을 것 같습니다."

"역시 그렇지?"

레가트는 그럴 줄 알았다는 듯 활짝 웃으며 양손에 하나씩 들고 있던 케이크를 탁자에 내려놓았다. 새하얀 생크림 위에 각각 딸기와 사과가 올려진 것이 조금 밋밋하긴 하지만 그래도 묘하게 앙증맞아 보이는 케이크였다. 릭샤는 포크를 들고 어느 쪽을 먹을까 심각하게 고민했다. 어찌나 강렬한 고뇌였던지 긴장된 기류가 레가트에게도 느껴질 정도였다.

"하하, 리, 릭샤. 그냥 먹지 그러니."

"싫습니다! 둘 중 하나는 레가트를 위해 넘겨주어야만 한다는 것을 감안할 때 작금은 매우 신중한 선택이 필요한 시점입니다. 최상의 만족감을 기대하기 위하여 저는 두 개의 케이크를 두고 고민하지 않으면 안 됩니다."

"두, 둘 다 릭샤 먹으렴."

레가트가 어색하게 웃으며 대답하는 순간 릭샤가 뺨을 빨갛게 물들이고 번쩍 고개를 들어 그를 올려다보았다. 금색 눈동자가 강렬한 광선을 내뿜으며 '정말?'이라고 묻고 있었다.

"하하, 그래. 정말로 릭샤 다 줄게."

레가트는 웃으면서 귀여운 꼬마의 머리를 쓰다듬어 주었다. 역시 먹을 것에 관해서는 어린애다. 하지만 인왕이 된―실은 인왕의 후보가 된―이후로부터 부족할 것 없이 맛난 음식을 많이 먹고 있는데 어째서 아직도 이렇게 식탐이 강한 것일까. 레가트는 은근히 걱정이 피어오르는 것을 느꼈다.

"음… 오늘은 기분이 어떠신지요?"

케이크 한 조각을 삼킨 릭샤가 대뜸 물어왔다. 레가트는 머쓱하게 뒤통수를 긁었다.

"응? 음, 뭐… 그냥……."

"좋으신가 보군요."

"하하, 역시 릭샤가 형보다 더 눈치가 빠른걸?"

"흐음, 역시 티바울프 용병단의 사람들을 부른 효과가 있군……."

릭샤는 홀로 중얼거리며 케이크 한 조각을 더 잘라 입 안에 넣었다. 릭샤가 케이크를 반 정도 씹을 때까지만 해도 아무런 생각이 없던 레가트는 뒤늦게야 눈을 똥그랗게 떴다.

"엉? 아니, 지금 티, 티바울프 용병단을 부른 게… 그러니까 너야?

아니, 그러고 보니 인왕 폐하께서 부르시었다는 소리를 알테어 단장님이 했었지. 아니, 그게… 그러니까 형을 위해서 일부러 티바울프 용병단을 불렀다는 거야?!'

레가트가 당황하다 못해 언성을 높였지만 릭샤는 무표정 그대로 대꾸했다.

"조사를 해보니 티바울프 용병단의 그들은 레가트 형을 신용하는 눈치더군요. 그래서 일부러 선신관들과 함께 있을 때 마주칠 수 있도록 손을 써두었습니다. 레가트 형은 물론 선신관들에게도 조금이나마 긍정적인 효과를 미칠 수 있도록 말이죠. 보아하니 일이 잘 풀린 모양이군요."

레가트는 입을 쩍 벌렸다. 그는 지금 무서운 환상을 보고 있었다. 바로 하르네센 2세가 탄생하는 순간을!!

"리, 릭샤!! 그런 거 보고 배우면 안 돼!! 큰일나요!!"

"어째서지요? 세벤님의 방식은 매우 유용하고 효과적입니다. 오늘만 해도 그러하지 않았습니까?"

릭샤는 요지부동의 자세로 답하고 담담하게 케이크를 씹었다. 레가트는 엄청난 좌절감에 탁자 위로 풀썩 꼬꾸라졌다.

"…저기… 릭샤……."

한참을 탁자에 엎드린 채로 있던 레가트가 작게 목소리를 내었다. 릭샤가 케이크 먹기를 잠시 멈추고 시선을 주자 그가 천천히 몸을 일으켰다. 하지만 릭샤와 눈을 제대로 맞추지 않고 질문을 던졌다.

"저기… 혹시, 다엠부르크… 공작에게도 네가… 뭐라고 귀띔을 한 게 있니?"

"레가트 형의 아버지 말입니까?"

"아버지는 무슨……!! 어쨌든 그 말이야……."

릭샤는 짐짓 눈가를 좁히고 고개를 기울였다.

"다엠부르크 공작과 오늘 무슨 일이 있었습니까?"

"아니, 별일은 아니고… 티바울프 용병단에 대한 이야기를 듣고 나서 난 생각인데, 네가 다엠부르크 공작에게도 언질을 해서 내 뒤를 봐주게 하고 있는 건 아닌가 하고 말이지……."

레가트는 오늘 낮에 묘하게 자신의 처지에 도움이 되었던 마족들의 태도를 설명했다. 끝까지 이야기를 들은 릭샤는 조용히 입을 뗐다.

"저는 다엠부르크 공작과 연계를 가진 적이 없습니다."

"아, 그래? 여, 역시 그런가? 하하, 역시 전부 다 우연이었구나, 우연! 그냥 어쩌다 일어난 일을 괜히 부풀려 생각해서. 아하하! 이거 쑥스러운데?"

"글쎄요, 꼭 그럴까요?"

한참 멋쩍게 머리를 긁고 있을 때 릭샤가 진지하게 한마디 덧붙였다.

"조금 다르게 생각해 보십시오. 확실히 오늘 일어난 일은 어딘가 어색한 일투성이입니다. 누군가가 뒤에서 꾸며놓은 듯 말이죠. 하지만 분명 제가 꾸민 것은 아닙니다. 아마 이것은 누군가가 시켜서 한 일이 아니라 다엠부르크 공작이 스스로 한 일일 것입니다."

"스, 스스로라니 무엇 때문에?"

"레가트 형의 아버지이기 때문이지요."

릭샤의 이야기를 듣고 레가트는 허탈하게 고개를 저었다.

"우리 릭샤는 마족들의 관계를 잘 모르는구나. 피를 나눴다고 해서 반드시 그를 아끼거나 하진 않아. 특히 장난으로 만들어낸 반마라면 더욱 그렇지. 되려… 혐오하는 수준이랄까."

그의 표정이 아주 조금이지만 어두워지는 것을 눈치 챈 릭샤가 바로 나섰다.

"레가트 형, 형이 직접 가르쳐 주시지 않았습니까. 상대의 심리라는 것은 겉으로 보이는 것만이 전부가 아닙니다. 이루이즈 양이 저를 싫어하는 것처럼 보였지만 실은 쑥스러워서 투정을 부렸던 것일 뿐 속으로는 매우 좋아하고 있었지요. 저는 다엠부르크 공작도 비슷한 경우라고 생각합니다."

"말도 안 돼! 그가 이루이즈와 비슷하다고? 말도 안 되는 소리!!"

철부지 어린애였던 이루이즈와 그 말없고 얼음 같은 다엠부르크 공작을 비교하는 것 자체가 황당하다는 듯 레가트는 격하게 고개를 저었다. 그러나 릭샤는 여전히 무표정 일색으로 말했다.

"다엠부르크 공작은 절대 다정다감한 성격이 아닙니다. 만에 하나아끼는 존재가 생긴다 하더라도 결코 레가트 형처럼 사랑한다는 말을 건네고 껴안아주는 일은 없을 테지요. 하지만 아닌 척 지나치면서도 은근히 도움을 주는 일은 있을 것입니다. 겉과 속이 다른 것이 마치 이루이즈 양 같지 않습니까?"

아예 말도 안 되는 얘기라며 그 의견에 대해 관심을 끊으려 했던 레가트는 순간 우뚝 움직임을 멈추었다. 릭샤는 좀 더 설명을 덧붙였다.

"언젠가 다엠부르크 공작이 레가트 형을 아들로 인정하겠노라 말한 적이 있었지요? 물론 그의 말투에 다정함이나 신뢰가 섞여 있지는 않았습니다. 하지만 생각해 보십시오. 그의 성격상 스스로의 입으로 직접 아들이라는 말을 언급할 정도라면 그만큼 레가트 형을 인정하게 되었다는 것이 아닐까요? 물론 그 무르고 유약한 성격만큼은 절대 마음에 들지 않겠지만……."

"아, 아아… 저, 정말 그럴까?"

릭샤가 마지막 말을 마무리하고 있었지만 레가트는 이미 인정하고 있다는 말까지만 듣고 머리를 긁적였다. 말은 하지 않아도 약간 얼굴을 붉힌 모습이 크게 기뻐하는 것이 분명해 보였다.

릭샤는 기뻐하는 레가트를 가만히 바라보았다. 그리고 따뜻해진 분위기 속에서 한마디 했다.

"다엠부르크 공작은 레가트 형의 나약한 성격에 다소의 혐오감을 느끼고 있을 겁니다."

"윽, 그냥 형을 위해 다소의 진실은 숨겨주어도 좋을 텐데. 형을 위로해 주려던 거 아니었어?"

"이미 들으셨군요. 그러게 왜 못 들은 척하십니까. 제가 유쾌하지 못한 진실을 두 번 듣게 된 것은 순전히 레가트 형의 탓입니다."

릭샤는 언제나 뻔뻔함 그 자체였다. 괜히 릭샤의 어깨까지 붙들고 원망하던 레가트는 곧 고개를 푹 떨궜다.

"역시 형의 성격이 이래서는 안 될까? 우리 릭샤도 지켜야 하고… 언제 성격 개조를 위한 특훈이라도 하는 게……."

"그러지 마십시오. 전 지금 이대로의 레가트 형도 충분히 좋습니다."

릭샤가 어깨를 잡고 있는 레가트의 손을 감싸고 말을 건넸다. 이 얼마나 따뜻한 손길이란 말인가! 레가트는 콧등이 찌릿할 만큼 깊은 감동을 느꼈다. 그는 조용히 릭샤의 옆으로 다가가 그를 꼭 끌어안았다.

"형도 정말 좋아한단다… 릭샤……. 정말 고맙다."

레가트가 나가고 조용한 방 안에 누군가의 그림자가 나타났다. 허리 아래까지 기른 하얀 은색의 머리칼이 인상적인 아름다운 남자였다.

"오셨군요, 다엠부르크 공작."

릭샤는 그의 등장을 매우 자연스럽게 여기고 있었다. 공작은 말없이 다가와 가까운 소파에 앉았다.

"레가트 형을 도와달라고 부탁드렸던 일은 잘 해결된 모양이더군요."

"하찮은 일이었다."

"그런 것치고는 굉장히 세심한 곳까지 신경 써서 제 뜻을 이행해 주셨더군요. 공작께서 제 말에 절대 복종할 것이라고는 생각지 않습니다. 그렇다고 새삼 레가트 형에 대한 애정이 증폭했다고 보기도 힘들군요. 이유가 무엇입니까?"

레가트에게 그토록 공작의 애정에 대해 주장해 놓고 릭샤는 손바닥 뒤집듯 그 사실을 부정했다. 공작과 연계를 가진 적이 없다는 말도 완전히 거짓이라는 것이 드러나는 순간이었다.

다엠부르크 공작은 어렵지 않게 답했다.

"그대의 말이 있기 전에 마왕께서 먼저 명령을 내리셨다."

"역시 그렇군요. 그런데 방관만 하시던 분이 무엇 때문에 갑자기 나서기 시작하신 겁니까?"

"천족의 동향이 심상치 않다. 아직은 그들이 하는 일을 지켜보기만 하라고 명령하셨지만, 그 외의 문제가 되는 일들은 점진적으로 마무리하실 생각인 듯했다. 마왕께서는 현재 제국에서의 일을 처리하고 계신다."

"천족이라… 하지만 마왕께서 움직이시겠다고 하시니 한결 편해지는군요. 모쪼록 저도 이곳에서의 일을 마무리하기 위해 애쓰겠습니다."

"…그럼."

다엠부르크 공작은 짧게 인사하고 모습을 감추었다. 릭샤는 만족하면서 앞으로 또 어떤 물밑 작업을 벌일지에 대해 구상에 들어갔다. 그 모습은 어느새 너무나 자연스러워 어색하게 보이지도 않았다.

레가트는 알지 못했다. 릭샤가 이미 하르네센에게 완전히 물들어 버린 것을.

그날 밤은 아무것도 모르는 사람에게 참 평화로웠다고 한다.

제43화

비가 그쳤을 때 ■

비가 그쳤을 때

아침부터 하늘에 구름이 잔뜩 끼었다. 한 방울 두 방울 떨어지던 빗방울은 결국 굵은 줄기로 변해 세상을 불투명한 회색으로 물들였다.

"요즘은 자주 비군⋯⋯."

"그렇군요. 날씨처럼 사람들의 마음까지 함께 가라앉지는 않을지 걱정입니다. 어서 날이 개었으면 좋겠군요."

레가트의 혼잣말에 로티라이니아가 가만히 대꾸했다.

오늘도 레가트는 선신의 예배당을 찾았다. 그날 일이 있은 후에도 릭샤는 계속 선신관들과 함께하라 억지를 써댔고 레가트에겐 그것을 이겨낼 만한 강단이 없었다. 울며 겨자 먹기로 선신관들과 함께한 지도 벌써 일주일이 가까워지고 있었다.

"마족들은 이렇게 질척한 분위기를 좋아하지 않습니까? 본디 본성이 그러하니 말입니다."

그때 뒤편에서 다소 공격적인 말투가 튀어나왔다. 막 선신에게 기도를 끝낸 웨르젠스가 사나운 눈빛으로 레가트를 바라보고 있었다.

원래 자주 선신의 신전을 출입했던 그는 요새 들어 더욱 뻔질나게 이곳을 드나들며 레가트에게 시비를 걸어왔다. 하지만 언제나 그러했듯 이번에도 레가트는 그저 한숨만 쉬고 고개를 돌리고 말았다.

웨르젠스는 그의 뒷모습을 보며 이를 악물었다. 왜인지, 자신의 악담에도 화를 내지 않는 것이 더욱더 그의 신경을 건드렸다. 아니, 자신을 무시하고 있다는 기분이 들어서 분명 그 탓일 것이다.

"엇?"

누군가가 지른 짧은 신음 소리에 웨르젠스는 겨우 상념에서 벗어났다. 목소리의 주인공인 듯한 레가트가 아무것도 없는 천장을 바라보고 있었다. 민감한 그의 귀가 빠른 속도로 다가오는 거대한 생물을 포착해 내었다.

"드래곤……!!"

웨르젠스는 당장 창을 열고 비가 오는 밖으로 몸을 내밀었다. 그의 말을 증명이라도 하듯 다엠부르크 공작을 포함한 마족들이 허공으로 솟구쳐 오르고 있었다.

마족들의 행동을 통해 드래곤의 습격을 깨달은 왕성의 사람들도 다급히 움직이기 시작했다. 마족과 드래곤의 싸움이니만큼 어지간해서는 끼어들 틈이 없겠지만, 만에 하나의 상황을 위하여 빗속에서도 기사와 마법사들이 전투 태세를 갖추었고, 이들을 방해하지 않기 위해 비전투원, 시녀 등은 모두 건물 안으로 피신했다.

선신관들 역시 대강 로브 따위로 몸을 감싸 채비를 갖추고 밖으로 나왔다. 그들은 마신관처럼 공격 마법을 익히진 않았지만 그 대신 강력한 치유 마법으로 사람들을 지원할 예정이었다. 웨르젠스는 문관이었으나 어느 정도 수준은 되는 치유 마법으로 지원을 위해 그들과 함께 나섰다.

선신관들과 함께 기사들이 대기한 곳으로 다가가던 그들은 티바울프 용병단 일행을 보게 되었다. 그들과 다소의 마찰이 있었기에 웨르젠스는 좀 인상을 찌푸렸다.

반면 레가트는 물 만난 고기처럼 얼굴이 확 밝아졌다. 그에게 있어 용병들은 매우 든든하고 고마운 아군이었다. 스스럼없이 레가트를 대하는 그들의 등장으로 인하여 사람들의 생각에 아주 미미하지만 동요가 일었던 것이다.

"알테어 단장님……."

밝게 웃으며 레가트가 막 말을 걸려던 차였다. 그들의 위로 그림자가 드리워졌다. 검은 날개를 펼친 채 입술을 비틀고 있는 자는 요르겐센이라는 이름을 가진 마족이었다. 마족이 코앞에까지 다가오자 웨르젠스 등의 선신관들은 물론이거니와 용병단 일행까지도 흠칫하고 말았다.

"오오, 여기에 계셨군요, 레가트 경. 아시다시피 곧 드래곤과의 전투가 시작될 예정입니다. 그런데 설마 이번에도 그냥 구경만 하시려는 겁니까?"

요르겐센은 확연히 빈정거리는 투로 질문을 던졌다. 하지만 레가트는 금방 대답을 하지 못했다. 인간으로 가장한 현재의 모습으로는 강력한 힘을 지닌 드래곤들을 상대하기에 벅차므로 최소한의 본성은 드러내야만 했다. 하지만 정체가 들통나 버린 지 이미 오래되고서도 레가트는 여전히 날개를 펴는 것은 최후의 최후로 미루었다.

"잭! 이거 정말 어이가 없다니까. 인왕 폐하의 제일 가는 측근이면서 대체 하시는 일이 뭡니까? 드래곤 따위 당신의 손에 걸리면 한 방감 아닙니까! 그런데도 귀찮다고 나서질 않고 그런 식으로 빈둥대다니! 어째서 우리 마족들만 쌔빠지게 저런 인간들을 지켜줘야 하냐 이 말이냐고!"

요르겐센은 모든 이들에게 다 들으라는 듯 소리쳤다. 사람들은 요르겐센의 언행을 불쾌히 여기면서도 한편으로는 다시 레가트에 대한 적대감을 키웠다.

그들 역시 예전에 있었던 전투를 통해 레가트가 얼마나 강력한 힘을 소유하고 있는지는 알게 되었다. 레가트만 나선다면 전투랄 것도 없이 드래곤의 습격은 간단히 해결될 것이다. 그럼에도 그는 앞으로 나서지 않고 피해가 심각해질 지경에 다다라서야만 앞으로 나섰다.

'역시 마족이 아닌가! 공포에 질린 인간들의 모습을 즐기는 것이 틀림없어! 글론토에서도 저런 식으로 아버지와 형님을 죽음에 이르게 했던 거야!!'

웨르젠스는 그렇게 고함을 치려다가 끝내는 조용히 입을 다물었다. 하지만 이건 오늘 하루만의 일은 아니다. 왜인지 그는 요즘 들어 이러한 말을 당당하게 입에 담는 것이 점점 힘이 들었다.

문득 요르겐센의 조롱이나 사람들의 시선에도 말 한마디 하지 못하고 있는 레가트의 모습이 시야에 들어왔다. 울컥하며 속에서 무언가가 치밀어 올라 웨르젠스는 고개를 돌려 레가트를 외면했다.

"앞으로 나서지 않는다니, 대체 그게 무슨 말이지?"

그때 요르겐센과 레가트의 사이로 푸른 머리칼의 사내가 나섰다. 티바울프 용병단을 이끌고 있는 이 남자의 이름은 알테어라고 했다.

"어째서 드래곤과의 전투에 나서지 않는 것인가? 그대가 정말 귀찮아서 나서지 않고 있다고는 생각지 않네만."

알테어는 레가트에게 묻고 있었다. 그의 행동을 보며 요르겐센은 매우 불쾌한 듯 눈썹을 꿈틀했다. 그러한 반응도 당연했다. 사실 이미 모든 이들이 비슷하게 경악하고 있었으니까.

요르겐센은 후작위까지 하사받은 마계의 최고위 마족으로 인간 따위 손 하나 까닥 않고 목을 비틀어 버릴 수 있는 막강한 권능을 가졌다. 그러하니 제아무리 담이 큰 인간이라도 그의 앞에서는 조금이나마 긴장을 하는 것이 당연했다. 그런데도 알테어는 일말의 동요도 없이, 오히려 요르겐센의 존재 따위 안중에도 없다는 듯한 태도로 레가트에게 똑바로 말을 걸고 있었다.

레가트 역시 잠시 놀랐으나 곧 알테어 단장의 추궁이 담긴 눈빛을 보고는 일단 그의 질문에 대하여 생각했다.

그는 항상 마족의 혈통과 힘을 숨기며 살아왔다. 그의 본성을 알게 되면 모든 이들이 기겁하고 비명을 질렀기 때문이다. 하지만 이제는 다르다. 마족이라는 것을 알면서도 자신에게 변함없는 신뢰를 주는 사람들이 있다. 그런데도 이대로 계속 정체를 드러내는 것을 망설이며 사람들이 다치는 것을 구경하고만 있다면 그것이야말로 알테어 단장과 용병들, 그리고 릭샤를 배신하는 일이리라!

"아닙니다, 알테어 단장님. 이번에는 직접 나설 것입니다. 제가 어리석은 나머지 별것도 아닌 일로 고민 좀 했던 것뿐입니다. 신경 쓰지 마십시오."

"아니, '별것도 아닌 일'로 왕성의 모든 사람들을 위험에 빠뜨리려 했단 말입니까?!"

반사적으로 소리를 지른 웨르젠스는 요르겐센이나 사람들의 시선이 쏠리자 입을 다물었다. 그러나 노골적인 적대감은 숨기지 않았다. 레가트는 또 말실수했음을 깨닫고 낭패한 표정을 지었다. 그러나 그가 어떤 말을 하였든 나쁜 쪽으로 해석되었을 것이다.

분위기가 싸늘해지자 눈치를 보던 데브가 얼른 튀어나와 레가트의 등을 팡팡 쳤다.

"뭐가 뭔지는 모르지만 이제부터라도 잘하겠다고 말했으니 되지 않았습니까? 자자, 레가트! 그럼 분발하라고! 자네가 강한 건 누구보다도 내가 가장 잘 아니까 확실히 지켜달라고! 하핫!! 내가 말했지? 나는 자넬 믿는다니까! 믿어!"

데브의 노력에도 분위기는 여전히 얼어붙어 풀어질 기미를 보이지 않았다. 레가트는 쓰게 웃으며 데브에게 고맙다고 말을 전했다.

곧 왕성의 상공을 뒤덮으며 드래곤들이 나타났다. 그런데 모든 드래곤들이 묘하게도 한 번씩 본 적이 있는 얼굴이었다.

"엥? 저번에 이미 한 번 죽여났던 놈들이잖아! 젠장할! 천족 놈들이 몽땅 부활시킨 거로군! 믿는 건 치유 마법뿐인 놈들이."

드래곤들의 모습을 본 요르겐센이 씹어뱉듯 소리치고 하늘 위로 날아올랐다. 레가트도 사람들을 향해 간단히 인사한 다음 요르겐센처럼 가볍게 위로 솟구쳐 올랐다. 용병들은 주문도 않고 하늘을 나는 그의 모습을 보고 다소 놀란 듯한 분위기였다. 웅성거리는 용병들을 향해 웨르젠스는 픽 비웃음을 던졌다.

"알고 있지 않소이까, 그는 마족이라는 것을."

"누, 누가 모른다고 했습니까!!"

반사적으로 웨르젠스에게 항의한 데브는 하늘을 올려다보았다. 드래곤과 마족들의 전투가 시작되려 하고 있었다.

한꺼번에 나타난 드래곤의 수는 도합이 열 개체나 되었다. 이들은 모두가 일전에 한 번씩 전투를 하였다가 패한 적이 있던 드래곤들로, 자신도 모르는 사이에 천족의 도움으로 눈을 뜨게 되자 치욕에 떨며 그 길로 당장 왕성으로 달려온 것이다. 이 많은 드래곤들이 도착한 것은 천족의 안배로 동시에 정신을 되찾았기 때문이었다.

하늘을 가득 메우는 드래곤들의 웅장함에 모든 이들이 저절로 몸을 움츠렸다. 하지만 레가트는 드래곤보다는 자신을 주목하는 사람들의 시선에 더욱 어깨를 움츠렸다. 그러다 문득 저 아래에서 릭샤의 모습을 보았다. 그는 작은 어깨에 무거운 망토를 걸치고 수많은 신하의 사이에서 당당히 고개를 들었다. 레가트의 모습을 본 릭샤가 손을 펼쳐 들었다. 마치 어서 나아가라는 듯이.

[이 마족 놈!! 어디 있느냐! 나와라!!]

거대한 몸집을 가진 레드 드래곤이 몸을 틀면서 고함을 질렀다. 온 하늘을 쩌렁쩌렁 울리는 목소리에도 다엠부르크 공작은 눈썹 하나 꿈틀하지 않았다. 다만 긴 은색의 머리칼만이 조용히 흩날릴 뿐이었다. 그는 전 드래곤 로드를 향해 크지도 작지도 않은 건조한 목소리로 딱 한 마디만 했다.

"와라."

[크악! 빌어먹을 놈이!!]

다엠부르크 공작의 말이 어쩐지 더욱 화를 치밀어 오르게 하여 전 드래곤 로드는 목청껏 포효했다. 그것이 명령은 아니었지만 다른 드래곤들 역시 신호탄처럼 함께 포효하며 공격 태세를 갖추었다. 요르겐센을 포함한 고위 마족들도 각기 산개하여 드래곤을 맞을 준비를 했다.

하지만 드래곤의 개체가 너무 많았고, 그에 비해 고위 마족의 수는 겨우 여섯이라 상당히 불리한 입장이 되었다.

그때 다엠부르크 공작의 앞을 가로막으며 레가트가 나섰다.

"잠시만 기다려 주십시오. 그는 제가 상대하겠습니다."

다엠부르크 공작은 살짝 눈가를 좁혔다. 그에 대답이라도 하듯 레가트는 움츠렸던 어깨에 힘을 주었다. 순식간에 네 장의 검은 날개가 퍼져 나왔다. 레가트는 다시 공작을 향해 말했다.

"그래도 그는 한때 드래곤 로드였습니다. 아무래도… 제가 상대하는 것이 훨씬 수월할 테니 공작은 부디 다른 드래곤을 상대해 주십시오."

레가트는 혹여나 다엠부르크 공작이 자신을 무시한다고 길길이 날뛰지나 않을까 걱정하며 그를 바라보았다. 공작의 얼굴은 미동 하나 없어 그 생각을 읽기가 도무지 힘이 들었다. 잠시 후 공작이 그대로 다른 드래곤들을 향해 날아오르는 것을 보고 레가트는 겨우 안심할 수 있었다. 다시 전 드래곤 로드를 노려보며 레가트는 미스릴 검을 뽑아 들었다.

"와라, 내가 상대해 주마!"

[닥쳐라, 멍청한 반마!! 비켜! 나는 그 반백발의 마족 놈을 보러 온 것이다!! 내 상대가 되려면 구석에서 손이라도 빨며 기다려!!]

전 드래곤 로드는 레가트를 무시하며 그대로 다엠부르크 공작을 향해 날아들었다. 요즘 들어 어딜 가도 무시당하고 채이는 레가트였으나 이번만은 상심 않고 전 드래곤 로드의 앞으로 달려들었다. 마력에 덧씌워진 미스릴 검이 허공을 깊게 가르며 그의 진로를 차단했다.

[빌어먹으을─!! 더러운 피가 섞인 잡종인 주제에!!]

방해를 받은 그는 고함을 지르며 마력을 끌어올렸다. 마력의 결정이 느껴지는 순간 그는 딱 여섯 마디로만 이루어진 극히 짧은 주문을 외쳤다. 하지만 같은 수준의 마법을 구현하는 데도 레가트 쪽이 몇 배나 더 빨랐다. 자신의 마법이 구현되기 직전 전 드래곤 로드는 자신을 덮치는 거대한 화염구와 맞닥뜨려야 했다.

[크아악!! 이 자식!]

드래곤만의 강력한 갑주인 비늘이 타 들어가며 매캐한 냄새가 진동을 했다. 전 드래곤 로드는 치료를 받던 도중 눈을 뜨자마자 달려온 차로 완치된 것이 아니었다. 부상 위에 더해진 상처가 더욱 큰 고통을 안겨주고 있었지만 전 드래곤 로드는 비명만 지르지는 않았다. 여지없이 미스릴 검이 쇄도해 오는 것을 놓치지 않고 마력을 덧씌운 발톱으로 힘껏 걷어냈다. 작은 몸집 덕에 검과 함께 멀찍이 날아가 버린 레가트는 거우 중간에서 몸을 멈추었다.

[죽어라아ー!!]

레가트가 허를 찔려 완전히 흐트러진 것이라 믿은 전 드래곤 로드는 거칠 것 없이 달려들어 날카로운 손톱을 휘두르려 했다. 그러나 그것이 오산이라는 것을 깨닫는 데까지는 그리 오랜 시간이 걸리지 않았다.

웅크려 있던 레가트가 순간 허공에서 몸을 비틀더니 한쪽 손만으로ー정확히는 오른손에 쥔 미스릴 마검만으로ー무거운 힘이 실린 전 드래곤 로드의 손톱을 맞받아쳤다.

꺼엉ー!!

무척 무거운 금속음이 터졌다. 그 광경을 바라보던 자들은 입을 쩍 벌렸다. 어이없게도 정말로 전 드래곤 로드의 손이 위로 튕겨져 나간 것이다.

그렇게 허점이 보였을 때였다. 레가트는 한 번 더 몸을 비틀어 전 드래곤 로드의 배를 향해 남은 한쪽 손을 아래에서 위로 내질렀다. 새하얀 빛이 터져 나오는 것을 보며 전 드래곤 로드는 기겁을 했다. 그러나 이미 때는 크게 늦어 있었다.

[끄—아아아아아악!!]

전 드래곤 로드는 견디기 힘든 고통에 비명을 지르며 하늘 위로 솟구쳐 올랐다. 가까스로 정신을 집중해 중간에서 몸을 멈추고 자세를 되잡았으나 더 이상은 온몸에 제대로 힘이 들어가지 않았다.

가격당한 곳과 함께 다른 상처들까지도 함께 터져 피가 하염없이 흘러내렸다. 인간들의 입장에서는 그것이 마치 작은 폭포와 같아서 그 일대의 사람들이 여기저기로 흩어지는 등 난리통을 이루었다.

다행히 상대는 바로 공격해 오지 않고 있었다. 전 드래곤 로드는 자꾸만 멀어져 가는 의식을 다잡으려 애쓰며 자신을 공격한 반마의 모습을 찾았다.

여전히 작은 인간의 몸을 한 채로, 그저 본채 중에서 두 쌍의 날개만 드러낸 레가트의 모습이 그의 시야에 잡혔다. 언제 전투 따윌 했냐는 듯 검을 잡은 손과 몸은 작은 생채기 하나 없이 깨끗했고 대량의 마력을 소모한 놈답지 않게 숨소리 또한 매우 평온했다.

어이가 없었다. 물론 놈이 마왕과 비견될 만큼 강하다는 것은 알았지만, 또 자신이 이미 상처를 입고 있는 상황이긴 하지만, 그래도 이렇게까지 실력에 차이가 날 것이라고는 상상도 하지 못했기 때문이다.

아직 자신에게 수모를 준 다엠부르크 공작에게 가까이 다가가지도 못했건만!

전 드래곤 로드는 분노에 치를 떨며 주변을 둘러보았다. 다른 드래곤들 역시 마찬가지였다. 그래도 자신들의 수는 열이고, 상대 마족의 수는 여섯밖에 안 되었는데 드래곤들은 무참하리만치 쉽게 깨지고 있었다.

하지만 그것은 처음부터 당연한 결과였다. 그들은 다시 한 번 같은 순간이 찾아온다 해도 절대 그리하지 않았을 것이다. 자신이 처음의 전투에서 매우 심한 상처를 입었음을 인정하고 분하더라도 천족의 도움을 순순히 받는 일을.

그리하여 정말 이렇게, 이대로 패배하고 마는 것일까!

[이제 그만 항복할 때도 되지 않았나요?]

갑자기 전 드래곤 로드의 앞에 빗줄기가 둥글게 뭉쳐졌다 천천히 투명한 소녀의 형태로 변형되어 갔다. 물의 정령 운디네가 다소곳이 양손을 모으고 그에게 묻고 있었다. 드래곤은 이를 바득 갈며 그 정령의 주인을 바라보았다. 작은 인간들의 사이에, 그보다도 훨씬 더 작은 아이가 금색의 눈동자를 들어 그를 똑바로 올려다보고 있었다.

인왕. 그리 불리었던 아이가 입을 가만히 떼었다. 그의 말을 듣고 전하듯 운디네도 입을 열었다.

[당신들의 패배랍니다.]

[크아아아악!!]

드래곤 로드는 분노에 포효했다. 그 건방진 말에 도저히 분노를 주체할 수가 없었다. 바닥에 빼곡히 모인 인간들은 까맣게 버르적거리는 잔개미와 같았다. 지금만 해도 그러하지 않은가! 하늘을 나는 것조차 못해 안절부절못하는 저 공포에 질린 얼굴들. 그 하찮은 생물들!

[아니, 그렇게는 못한다. 용납치 않을 것이다! 마족의 힘을 등에 업고 잘도 네놈들이 중간계의 주인이라고 떠벌리고 있구나! 그래, 처음부터 잘못되었던 것이야! 내가 원했던 것은 마족이 아니라 네놈들의 몰

살이다!! 이 목숨을 바쳐서라도!!]

전 드래곤 로드의 외침에 다른 드래곤들도 깨달음을 얻은 듯 눈을 떴다.

제 앞을 가로막는 적을 내버려 두는 것은 이를 데 없는 치욕. 패배와 죽음을 예감하면서도 끝까지 싸워가는 것이 드래곤들의 의지였다. 하지만 지금 당장 자신들의 앞을 가로막고 있는 것이 마족이긴 하나, 그들의 최종적인 적은 바로 인간이었다. 어차피 패배할 수밖에 없다면, 죽을 수밖에 없다면 마족이 아닌 인간들에게 최대의 피해를 입히고 죽는 것이 훨씬 더 바람직하리라!

[죽어라, 인간들!!]

다른 드래곤들까지 포효하며 이제는 마족들을 향해서가 아니라 왕성의 여기저기에 막무가내로 마법을 날려대기 시작했다. 아무래도 드래곤 쪽이 개체 수가 많았기에 마족들은 당황하여 그들의 마법을 막기 위해 분주하게 날아다녀야만 했다.

그러다 어느 순간 그리 대단치는 않으나 다소의 파괴력을 지닌 마법 하나가 마족을 비껴 작은 건물을 향해 날아갔다. 하인들이 머무는 숙소 같은 곳으로 왕성 측의 마법사도 포진하고 있지 않아 그대로 박살 날 처지였다. 레가트는 당황하여 전 드래곤 로드를 제쳐 두고 짧은 주문으로 먼저 그 마법을 걸어내었다. 그는 마법을 지나치게 한 마족에게 소리쳤다.

"요르겐센 후작!! 제대로 해주십시오!! 저곳에도 사람이 있을지 모르는데!!"

"닥쳐!! 왕만 지키면 됐지 뭘 더 바라! 제기랄! 내가 무슨 인간들 뒤닦아주는 하인도 아니고! 네놈이나 제대로 하란 말이다!!"

요르겐센은 신경질적으로 뒤를 가리켰다. 그제야 뒤를 돌아선 레가트는 전 드래곤 로드가 마법을 위해 주문을 영창하는 것을 보았다. 이미 한 박자가 늦어 있었으나 레가트는 지체없이 같은 주문을 영창해 들어갔다. 그의 무한한 마력은 순식간에 형태를 갖추어 주변의 빗줄기마저 순식간에 증발시켜 버릴 만큼 거대한 화염이 되었고, 아직까지도 주문을 영창하고 있는 전 드래곤 로드에게 쏘아 보내졌다.

쿠와아아아아아—

드래곤의 비명 소리인지 바람이 찢어지는 소리인지 알 수 없는 소리가 온통 메아리쳤다. 마법의 영향으로 후끈해진 빗방울이 온통 얼굴에 튀어왔다. 모든 이들은 전 드래곤 로드가 최후를 맞았을 것이라 믿어 의심치 않았다.

레가트는 좀 씁쓸한 심정으로 그곳을 바라보았다. 마지막까지 분투하는 그의 모습이 조금 안쓰럽게 보이기도 했던 것이다. 그의 버릇이 발동할 만큼의 시간을 주지 않은 것은 전 드래곤 로드의 불운일지도 몰랐다.

화염과 연기가 빗줄기에 가라앉으며 비늘마저 검게 타버린 드래곤의 모습이 드러나기 시작했다. 드래곤 중 가장 강력한 놈의 최후에 사람들은 저마다 안도의 한숨을 내쉬거나 크게 기뻐했다. 하지만 드래곤의 모습이 온전히 드러났을 때 그 분위기는 조금 싸늘해졌다. 아무리 봐도 시체처럼 보이는 드래곤이 어떻게 된 일인지 흉측스러운 이를 드러내며 웃고 있었던 것이다.

[방심하면 안 돼요!!]

전 드래곤 로드의 앞에서 말을 전하던 운디네가 갑자기 레가트의 앞으로 날아와 소리쳤다. 그 순간 그의 머리 위에서 번쩍 하며 수십 개의 빛무리가 모여 한줄기의 굵은 형상을 맺었다. 드래곤은 죽기 직전에 막 완성해 낸 마법에 만족해하면서 미소 지은 것이다.

레가트와 모든 이들이 아주 잠시 아차 하는 순간 강력한 파괴력을 가진 빛의 기둥이 아래로 내리 꽂혔다. 그때 운디네가 물의 장막으로 변하여 그의 앞을 막아냈다. 하지만 하급 정령인 운디네의 힘은 너무나 약해 빛무리가 닿는 순간 기화하여 형체도 볼 수 없게 사라졌다.

그 찰나의 순간이었다, 레가트가 수십 가지 생각을 떠올린 것은.

그는 운디네가 아주 잠시 시간을 끌어주는 동안 재빨리 하급의 방어 마법을 하나 영창해 내었다. 이대로 마법을 맞받는다 해도 좀 심한 상처를 입긴 하겠지만 죽거나 하진 않을 것이다. 그는 순수 마족의 그것마저 월등히 상회하는 강력한 회복력을 가졌으므로 어느 정도의 상처 따윈 문제도 되지 않았다.

진짜 문제는 다른 곳에 있었다. 그를 비껴간 나머지 빛은 지상의 몇몇 인간을 덮치게 될 것이다. 저항할 힘이 없는 자들은 형체도 볼 수 없게 새카맣게 타서 뼛가루와 잿더미로만 남게 되리라.

"그렇게 강한 주제에!!"

"그들을 지킬 힘을 가지고 있었으면서!!"

그의 머리 속으로 사람들의 날카로운 외침이 메아리쳤다. 자신의 아버지와 형님을 무참히 죽게 내버려 두었다고 원망하던 웨르젠스의 얼굴이 떠올랐다.

'하지만!!'

그는 변명하고 싶었다. 경멸받고 외면당하는 것은 너무 슬픈 일이었다. 그런 과거는 두 번 다시 겪고 싶지 않았다.

조금 힘든 일이 있더라도 사람들과의 부대낌은 큰 행복이었다. 그녀의, 캐티의 말을 따르면 언제나 인간 사회의 일원이 될 수 있었다. 그러니 캐티의 말을 어긴다면 그녀가 경고했던 대로 또다시 혼자가 되고 말 것이다. 아니, 그녀의 말이 아니라 할지라도 왜 모르겠는가! 어느 누가 자신의 본성을 보고도 손을 내밀 수 있을까!

"마족이라도 자네를 믿어!"
"세상에는 자네를 믿는 자들이 의외로 많다는 것을 명심하게."

하지만 그런 말을 들은 적도 있었던 것 같았다.
짧은 시간 동안 너무 많은 생각이 오고 가는 바람에 머리 속이 마비되어 버리는 것 같았다. 그럼에도 레가트는 자신도 모르는 사이에 억누르고 있던 힘을 끌어올리고 있었다.

운디네를 완전히 소멸시키고 드디어 빛무리가 일제히 사람들을 향해 쏟아져 내렸다. 그 일대의 인간들은 비명을 지르며 뿔뿔이 흩어지거나 주저앉았다. 다른 사람들도 대부분 눈부신 빛에 반사적으로 눈을 감을 수밖에 없었다. 운디네를 이용해 겨우 시간을 벌었던 릭샤는 앞으로 한 걸음 나아갔다. 눈을 가늘게 떴지만 그래도 앞에서 벌어지고 있는 일을 똑똑히 바라보았다.

빛은 천천히 걷혀 나갔다.

"…헉!!"

처음 눈을 뜬 자들은 누구나 할 것 없이 헛숨을 들이켰다. 하지만 피해가 심각해서 그랬던 것은 아니다. 죽은 사람은 한 명도 없었다. 누군가가 몸으로 직접 마법을 막아내 주었기 때문이다. 그러나 고마움에 감격하는 자는 없었다.

마법의 빛무리를 대신하여 음습한 그림자가 사람들의 머리 위로 드리워졌다. 컸다. 분명히 드래곤은 아니었으나 그만큼 거대한 몸집을 가진 생물이었다. 게다가 제 몸집만한 날개를 네 장이나 가지고 있어 드래곤보다 훨씬 더 커 보였다.

하지만 거대한 네 장의 날개는 제각각의 모양이라 웅장하기보다는 불길하고, 검은 몸체 또한 끈적해 보이는 데다 아무렇게나 털이 난 모양이 흉측하기 이를 데 없었다. 사람들은 문득 그 생물에게서 지독한 냄새까지 난다는 사실을 깨달았다. 물론 그것 때문에 눈살을 찌푸리는 사람은 별로 없었다. 다만 창백하게 질려 있을 뿐이었다.

레가트는 눈을 떴다. 어설픈 마법으로 상대의 공격을 막아내느라 온몸이 크고 작은 상처투성이였다. 하지만 그의 몸은 벌써부터 빠른 속도로 아물어가고 있었다. 그는 날갯짓을 한 번 해보았다. 얼마든지 움직일 수 있다고 판단했을 때 그의 몸이 솟구쳤다.

[컥?!]

잠시 동안 넋이 나가 있었던 것은 마족과 드래곤도 마찬가지였다. 제아무리 다양한 크기와 형태를 가진 마족이라고는 하나, 이만한 크기는 그 유래를 찾아볼 수 없는 것이었다. 마족들조차 그 커다란 몸집에 놀라 턱이 빠졌는데, 드래곤들은 오죽하랴. 레가트가 바로 눈앞까지 쇄도해 오는데도 드래곤은 아무런 조치도 취하질 못했다. 아니, 넋을 빼고 있지 않았더라도 아마 다친 몸으로 레가트의 속도를 따라잡는 것은 힘들었을 것이다.

날카로운 손톱이 단번에 드래곤 옆구리의 뱃가죽을 뜯어냈다. 비늘까지 통째로 몸이 뜯겨지자 드래곤은 난생처음 겪어보는 고통과 두려움에 비명을 질렀다. 레가트의 몸집은 드래곤만하지만 체형은 조금 달랐다. 그는 긴 다리를 이용해 유연히 움직여 드래곤의 머리를 후려갈 겼다. 드래곤은 눈을 감지도 못하고 피의 비를 뿌려가며 하염없이 바닥으로 추락해 버렸다.

전투의 양상은 전과는 조금 달라졌다. 크기의 차이가 있는 두 개체의 전투라 지금까지 대부분은 마법과 확장한 마검으로만 이루어졌지만 이제는 직접 손톱으로 뜯고 다리와 주먹으로 깨부수는 전투가 이어졌다. 물론 마법이 없었던 것은 아니다. 혼자 동시에 아홉 마리의 드래곤을 상대하며 오히려 전보다도 훨씬 더 많은 마법이 시전되었다. 힘을 억누르지 않는 레가트에겐 5클래스 이하의 마법들은 주문조차 필요치 않았다.

아홉의 드래곤. 비록 상처를 입은 드래곤이었으나 그들은 거의 저항 한번 못해보고 순식간에 목숨을 잃었다. 레가트는 그 드래곤들의 시체와 살점 사이에서 마치 무중력 상태에 들어간 것처럼 머물고 있었다. 드래곤의 몸뚱이가 왕성에 떨어져 피해가 생길 것을 우려한 것이었으나 사람들은 이 사실을 쉽게 눈치 채지 못했다.

큰 전투가 치러진 직후이건만 왕성은 전체에 찬물이라도 끼얹은 듯 조용했다. 레가트는 천천히 빈 공간을 찾아 바닥에 내려섰다. 갑자기 커다란 건물이라도 솟아오른 것처럼 그 일대에 큰 그림자가 졌다.

그의 앞에는 많은 사람이 있었다. 그가 온몸을 바쳐서 지켜주었던 사람들, 그중에는 티바울프 용병단의 일행도 있었다. 문득 데브의 모습이 가장 눈에 띄어 레가트는 조금 망설이다가 손을 뻗었다.

"데브……."

"허, 헉?!"

그러나 반응은 기대하는 것과 달랐다. 데브는 소스라치게 놀라며 급하게 뒷걸음질쳤다. 레가트는 어색하게 웃으며 손을 거뒀다.

그러고 보면 이런 식으로 손을 내민 것은 좀 곤란했을까. 그의 손가락은 살벌하게도 드래곤의 피와 살점으로 엉망이었고, 크기만 하더라도 데브의 몸통만 했다. 이런 상태로는 반갑게 악수를 하기가 여의치 않겠지…….

하지만 긍정적인 사고도 거기까지였다. 그저 곤란했을 것이라고 말하기엔 데브의 표정은 너무나 공포에 질려 있었다.

레가트는 주위를 보았다. 모든 이들이 그를 바라보고 있었다. 마족이라는 것을 알았을 때보다도, 날개를 폈을 때보다도 훨씬 더 두려움에 가득 찬 얼굴로 말조차 제대로 하지 못한 채 얼어붙어 있었다.

마족이라는 말을 몇 번이나 언급하면서도 사람들은 진짜 마족이 어떤 것인지 잘 몰랐던 모양이다. 그들은 지금껏 몇 장의 날개만을 보았을 뿐, 그의 진짜 모습은 보지 못했었다. 하지만 오늘 피부로 그 진실을 느낄 수 있었다. 그가 정말 괴물 그 자체라는 사실을!

순간 레가트는 얼굴이 확 달아오름을 느꼈다.

대체 무슨 생각으로 본래 모습으로 되돌아갈 생각을 했던 것일까. 어떻게 이런 모습을 받아들여 줄지도 모른다고 착각했던 걸까. 바보같이! 어리석게도!

그는 어찌할 바를 몰라 허둥지둥 서둘러 폴리모프를 시도했다. 거대한 몸이 순식간에 줄어들며 다시 예전의 '도련님'의 몸을 갖추기 시작했다.

"아, 이런. 루이스 경, 실례 좀 하겠습니다."

그 모습을 보던 릭샤만이 빠르게 움직였다. 그는 옆에 선 친위 기사의 망토를 뺏다시피 해서 레가트에게로 달려갔다. 그리고 실오라기 하나 걸치지 않은 상태로 되돌아온 그의 몸에 재빨리 망토를 걸쳐 주었다.

"괜찮으십니까, 레가트 형?"

변함없는 릭샤의 태도를 보고서야 레가트는 간신히 정신적 공황 상태에서 벗어났다. 하지만 여전히 어찌할 바를 모를 만큼 심장이 뛰고 얼굴이 달아올랐다. 그는 숨까지 조금 헐떡이며 릭샤의 어깨를 꼭 쥐었다. 그리고 뻣뻣한 움직임으로 다시 한 번 사람들을 돌아보았다.

익숙한 사람들이 있었다. 마족이라도 믿겠다고 말한 사람들이. 호탕하게 웃으며 등을 두드렸던 사람들이 오랜 과거의 마을 사람들과 다름없는 표정을 하고 그를 쳐다보았다.

레가트는 어떤 표정을 지어야 할지 몰라 망설이다가 잠시 후 정말이지 어색하게 한 번 웃었다. 그리고 여전히 변함없는 시선 속에서 떨리는 걸음으로 뒤돌아섰다. 주위는 너무도 고요했다.

"잠깐!!"

그때였다. 누군가의 큰 고함 소리가 레가트의 걸음을 멈추게 했다. 겁에 질린 사람들의 사이를 헤치고 나온 것은 웨르젠스였다. 그의 등장은 너무도 의외였기에 레가트는 조금 놀라고 말았다.

웨르젠스는 데브의 앞에서 걸음을 멈추었다. 그리고 매우 노한 기색으로 소리쳤다.

"지금 뭘 하고 있는 거지? 그렇게 질려 서 있는 것 외엔 다른 할 말이 없느냐? 네 입으로 잘난 듯이 말하지 않았느냐, 마족이라 할지라도 변함없이 신뢰하고 있다면서!! 믿겠다면서!"

데브는 조금 전에 자신이 자신만만하게 소리쳤던 것을 기억해 내었는지 얼굴을 확 붉혔다. 하지만 웨르젠스가 거칠게 레가트에게로 등을 떠밀자 여전히 기겁을 하며 뒷걸음질쳤다. 수치에 붉어졌던 얼굴이 순식간에 새파랗게 변해 버릴 정도였다. 레가트의 시선을 느낀 그는 허공에 마구 팔을 저어가며 변명을 했다.

"아, 아니야, 그러니까 이건 조, 좀 다, 당황해서, 핫, 하… 그, 그러니까 나는……!!"

"데브……."

레가트가 짧게 이름을 부른 것만으로도 데브는 크게 흠칫하며 입을 다물었다. 지독한 저주의 말이라도 들은 것처럼 안색은 파래졌다 하얘지기를 반복했다.

자신의 기대가 얼마나 허황되었는지 레가트는 다시금 절감했다. 당장이라도 도망치고 싶은 충동을 간신히 억누르며 그 자리에 섰다. 그리고 조용히 손을 잡아주는 릭샤의 온기에 힘을 얻어 간신히 어색한 웃음이나마 지어 보일 수 있었다.

"기다려!!"

그때 더 이상 입을 열지 않을 것 같던 데브가 소리를 빽 질렀다. 레가트는 다시금 고개를 들어 그를 바라보았다. 들릴 듯 말 듯 작은 목소리를 간신히 쥐어짜며 데브가 이야기를 이어가고 있었다.

"고, 고맙다고… 그 말을… 그 말을 해야만… 지금은 다, 당황해서, 그래서 이렇지만… 조금만 시간이 지나면 틀림없이… 틀림없이… 으으… 나란 놈은 어째서……."

데브는 양손으로 벌겋게 달아오른 얼굴을 쥐어뜯을 듯 감쌌다. 레가트는 뭐라고 말 한마디 못하고 멈추어 섰다. 잠시 굳어버린 두 사람의 사이로 의외의 인물인 웨르젠스가 나섰다.

"어설프지만 그의 감사의 인사를 받아들여 주시겠습니까?"

그제야 레가트는 크게 당황하여 고개를 저었다.

"아, 아니. 그, 그런. 감사랄 것까지……."

레가트를 바라보는 웨르젠스의 표정은 어쩐지 부드러웠다. 사람들이 외면하고 있을 때도 오직 침묵만 지키고 있던 릭샤가 웨르젠스를 향해 물었다.

"말씀하시는 것을 보니 웨르젠스 경께서는 이번 일을 계기로 레가트 경을 달리 보기로 마음먹으신 모양이군요."

릭샤의 질문을 받은 웨르젠스는 금방 대답하지 않고 조금 시선을 아래로 깔았다. 하지만 곧 거리낌없이 레가트에게로 다가갔다. 괴물이었던 자신을 향해 스스로 다가오는 자를 보며 레가트는 무척 당황했다.

"먼저 사과드리겠습니다. 아무것도 몰랐던 주제에 당신의 고통과 고뇌를 '별것도 아닌 것'이라고 매도한 것에 대하여."

"아니, 그건 제 입으로… 그렇게 말한 것도 있고……."

머리를 긁적이는 레가트를 보던 웨르젠스가 갑자기 표정을 조금 굳혔다.

"하지만 당신이 내 아버님과 형님의 죽음을 방관했다는 것은 진실입니다. 저는 도저히 그 사실을 잊을 수가 없군요. 제가 당신의 고통을 이해하지 못했던 것처럼 당신 역시 그러하신다 해도 어쩔 수 없는 일입니다만."

버벅이던 레가트는 좀 숙연해졌다. 어째서 그때 좀 더 사람들을 구해주지 않았을까 하는 후회가 뒤늦게 물밀듯이 넘쳐 났다. 웨르젠스는 그런 레가트를 가만히 주시했다. 그리고 쓸쓸함을 완전히 지우진 못했으되, 부드러움이 담긴 목소리로 말했다.

"하지만 과거를 묻어버리진 못하더라도 지금 이 말만은 반드시 해야겠다고 생각했습니다. 감사합니다, 왕성을 지켜주셔서."

"아……!"

웨르젠스는 깊이 허리를 굽혔다. 그만 되었다고 그를 만류하려 했던 레가트였으나 어쩐지 그의 분위기가 너무 숙연하여 그대로 그를 지켜보았다.

"괜찮을 것입니다."

문득 릭샤의 목소리를 듣고 레가트는 고개를 돌렸다.

"그렇게 필사적으로 본모습을 숨기면서 도련님의 흉내를 내지 않아도 괜찮습니다. 사실은 별다른 조치를 취하지 않아도 시간이 해결해 줄 일이었지요. 결국에는 모든 이들이 웨르젠스 경과 같이 포기를 선언하고 말 것입니다. 왜냐하면 레가트 형은 정말 좋은 사람이기 때문입니다."

한번쯤 따뜻하게 미소를 보여주어도 좋으련만 릭샤는 여전히 냉철하게 분석하는 말투와 무표정을 고수하고 있었다. 하지만 레가트는 전혀 섭섭하지 않았다. 문득 하늘을 보았다. 그는 환하게 웃었다.

"비가 그쳤구나."

제44화

제국에서는… ■

제국에서는…

　며칠간 추적거리던 비가 그치고 구름도 걷혀가고 있었다. 그와 함께 레기느멜젠 제국의 황성에는 축제 분위기(?)가 한창이었다.

　그 이유인즉슨 이렇다. 현재 황성에는 마계의 왕이 머물고 있는데, 그가 심각한 결벽증 증상을 가진 덕에 흙탕물과 눅눅한 기운을 만드는 비를 굉장히 싫어하여 계속 저기압이었던 것이다. 이 풍기는 살벌한 기운에 죽을 맛이던 황성의 사람들은 비가 그치고 마왕이 기분을 풀자 그제야 살았다며 환호성이라도 지르고 싶은 기분이었다.

　하지만 분위기 파악 못하고 또다시 마왕의 심기를 다시 어지럽히려는 자가 있었다. 마왕이 그리 부른 후부터 알게 모르게 원숭이라는 별명이 생겨 버린 비스하펜 황태자였다.

　"어딜 그리 급히 가십니까, 마왕이시여?"

　믿는 구석도 없는 주제에 앞뒤도 모르고 건방진 말투로 지껄여 대는 비스하펜을 보자니 마왕의 미간이 절로 찌푸려졌다. 그는 검지로 미간을 가볍게 눌러 주름을 펴며 어쩐 일로 제법 친절하게 대답해 주었다.

"형님을 만나러 가는 중이다. 이번에 함께 저녁 만찬을 즐기기로 하였지."

"그러하십니까. 즐거운 만찬이 되시길 기원하지요."

"호오, 너의 입에서 덕담이 다 나오는구나. 뭔가 질 나쁜 장난이라도 떠오른 모양이지?"

"……!! 내가 당신 같은 줄 아십니까?!"

비스하펜은 괜히 화를 내더니 횅하니 그 자리를 벗어났다. 비스하펜의 뒷모습을 가만히 바라보던 마왕은 가소롭다는 듯 웃고 다시 걸음을 재촉했다.

긴 테이블에 진미들이 끝을 모르고 쌓여 있었다. 단 두 사람이 먹기에는 부담스러울 만큼 많은 양이었으나 이 만찬을 즐길 자들의 신분을 생각하노라면 여전히 부족하다는 생각이 들지도 몰랐다.

"앉으시지요, 마왕이시여."

마왕을 맞이한 크로제츠 9세는 항상 자신이 이용하던 중앙의 상석 자리를 권했다. 하지만 마왕은 빙긋 웃으며 손을 내저었다.

"일부러 형님이라 불러 드리고 있는데 제가 상석에 앉는다면 꼴이 우스워지겠지요. 어떻습니까, 서로 마주 앉는 것은? 여봐라, 자리를 고쳐라."

황제의 의향을 묻던 마왕은 대답을 듣지도 않은 채 제 마음대로 자리를 바꾸라고 명령했다. 마왕이 상석에 앉지 않는 것이 상당히 의외이긴 했으나 그 멋대로인 행동이 또한 그를 무시하는 것과도 같게 느껴져 황제는 그다지 유쾌한 표정을 짓지 못했다.

겨우 자리에 앉게 되자 마왕이 먼저 몇 가지 음식을 음미해 보았다. 신기하게도 이 수많은 음식이 마늘과 당근 없이 맛과 모양을 내고 있었다.

"여전히 형님의 주방장은 제 입맛을 잘 아는군요. 매우 흡족합니다."

"…여전히 음식을 가리시는군요. 마왕의 체면에 흠이 되지 않을까 염려됩니다만."

마늘과 당근을 편식하는 마왕이라니 그야말로 개그가 아닌가. 황제는 고개를 절레절레 흔들었다. 그러나 마왕은 여전히 여유롭게 웃었다.

"항상 행동에 유의하고 있으니 저의 체면은 걱정하지 않으셔도 됩니다. 이 사실을 아는 자는 입을 함부로 놀리지 않을 몇 명 정도일까요? 형님 역시 남의 약점을 폭로하는 대신 정정당당히 승부하는 것이 좋다고 말씀하시지 않으셨습니까?"

"아아, 그렇습니다. 저야 능력도 없으면서 정면 승부만 고집하는 어리석은 자이지요."

크로제츠 9세의 나이프질이 다소 사나워졌다. 그러나 마왕은 눈 하나 깜짝 않고 빙글 웃으며 고기를 베어 들었다.

"……?!"

하지만 고기를 넘기고 얼마 되지 않아 마왕은 움직임을 멈추었다. 그가 인상을 찌푸리고 입가로 손을 가져다 대자 황제도 이상함을 느끼고 그를 바라보았다.

"무슨 일이……?!"

챙캉―

막 질문을 던지던 황제는 소스라치게 놀라 나이프를 떨어뜨리고야 말았다. 마왕이 울컥하더니 입에서 검붉은 피를 한 움큼이나 토해낸 것이다. 조금 늦게 그 장면을 본 주위에서 시중을 들던 하인들도 크게 놀라 짧게 비명을 질렀다.

"하르네센!!"

황제의 입에서 마왕이라는 호칭은 온데간데없고 어느새 과거의 이름이 튀어나왔다. 의자가 뒤로 넘어지는 것도 깨닫지 못한 채 급하게 일어선 그는 마왕에게 뛰어가 상태를 보았다. 마왕은 매우 일그러진 표정으로 토혈한 피가 묻은 소매를 보며 중얼대고 있었다.

"이런… 옷이……."

"이런 상황에서까지 그 결벽증은!! 지금 옷이 문제더냐! 거기 네놈들은 뭘 하고 섰느냐! 의원!! 신관!! 치유술사를 데려와!! 지금 당장!!"

"에, 예!!"

그제야 뒤늦게 정신을 차린 세 명의 시종은 한꺼번에 우르르 밖으로 뛰쳐나갔다. 어지간해서는 당황하지 않는 매우 숙달된 시종들이었으나 마왕의 토혈에는 다들 완전히 혼란 상태가 된 듯했다. 물론 그의 상태가 걱정이 되어서가 아니라 그가 열받아서 모조리 뒤엎을지도 모른다는 공포 때문에 말이다.

하지만 황제만은 생각이 다른 모양이었다. 그는 걱정스러움을 숨기지 않고 마왕의 어깨를 붙들었다.

"대체 어찌 된 일이냐, 설마 음식에 독이?! 제발 제 몸부터 살피거라!!"

마왕은 다소 창백한 안색에 불규칙한 숨을 내쉬면서도 제 몸을 살피기보다는 냅킨으로 옷부터 문질러 닦고 있으니 황제는 복장이 터질 지경이었다. 새삼 그는 마왕이 10년 전과 조금도 변하지 않았음을 절감해야만 했다. 전쟁터에서 상처를 입고서도 목욕부터 고집했던 결벽증에 그가 또 얼마나 발을 굴렀던가.

황제가 안절부절못하는 모습을 보고 마왕은 눈을 가늘게 떴다.

"지금… 저를 걱정하시는 겁니까……? 마치… 그렇게 보입니다만?"

"지금 그런 소리를 할 때가 아니잖느냐!! 어디가 어떤 게야?"

"무엇 때문에… 그런… 질문을… 후우, 하시는지 모르겠군요?"

그 뻔뻔한 마왕이 정말로 제법 괴로운지 말하는 중간에 숨까지 몰아쉬자 크로제츠 9세는 더 이상 참지 못하고 버럭 소리쳤다.

"그래!! 걱정해! 걱정하고 있다!! 그리하면 안 되는 것이냐?!"

"제가… 사라졌을 때… 그러했던 것처럼?"

"그런 말이 그리도 듣고 싶으냐? 그래, 말해 주지! 네가 걱정되었다! 그래서 몇 번이고, 몇 번이고 네 생사를 찾았지! 네가 나를 하찮게 본다는 것을 알아! 그럼에도 너에게 집착하고, 걱정 따윌 하는 내가 우습기도 하겠지! 비웃음이 나올 만도 해! 하지만 너는 내 동생이야! 동생을 걱정하는 것이 정말 그렇게도 잘못된 일이냐?"

"잘못되었을 리 있겠습니까. 비웃다니 천만의 말씀을. 걱정해 주셨다니 매우 기쁘군요."

예의 그 비꼬는 말투가 날아올 줄 알았던 황제는 갑자기 전혀 예상치도 못한 대답을 듣고 눈을 둥그렇게 뜬 채 한동안 움직이질 못했다. 그러한 상태로 있기를 몇 초, 그는 겨우 정신을 가다듬고 애써 불쾌한 표정을 지어 보이며 물러났다.

"기, 기쁘기는. 또다시 나를 조롱할 셈이로군."

"어째서 그리 생각하시는 거지요? 아아, 형님은 정말 문제가 많으십니다. 제가 이렇게까지 신경 써드리고 있건만 그걸 눈치 채지 못하다니."

마왕은 마주 보고 앉은 자리 배치를 가리키며 혀를 찼다. 아무리 과거에 형제였다지만, 그 성격에 상석까지 내줄 만큼 큰 인심을 쓸 자가 어디 보통 인물이랴. 그래도 황제는 요지부동으로 화만 냈다.

"더 이상 나를 조롱하는 것은 그만두어라!! 그래, 과거에는 그러했지. 비록 황위를 두고 대립하는 사이이긴 하였으나, 그래도 실은 그러한 것이 아니라고 여겼다. 너는 항상 그렇듯 비웃는 태도였으나, 내게 큰 수치가 될 만한 공격은 하지 않았고 되려 나의 큰 허물을 덮어주기도 하였지. 그래서 네가 나를 그리 싫어하지 않는다고, 형제로 생각한다고 착각하였던 것이야! 그런데 순식간에 네가 사라져 버렸다. 내가 얼마나 많은 생각을 하였을까. 내가 모르는 사이에 나의 측근이 너를 암살하였을지도 모른다는 생각에 몇 번이고 밤을 새하얗게 지새웠는지……."

점차 목소리를 누그러뜨리며 황제는 고개를 떨구었다. 그러다 어느 순간 거칠게 팔을 뻗어 마왕의 옷깃을 붙들었다.

"그런데 마왕이라고? 그저 황위보다 마왕위가 더 탐이 나서 사라졌던 것뿐이라고?! 웃기지 말아라. 네가 만약… 만약 조금이라도 내 생각을 하였다면, 절대 그대로 사라지지는 않았을 것이다!! 모든 이들을 이해시키기가 곤란한 상황이었다면 하다못해, 하다못해 내게만이라도 이야기를 해주고 떠났어도……!!"

"아아~ 드디어 말씀하셨군."

마왕이 갑자기 깊게 한숨을 내쉬자 잔뜩 흥분해 있던 황제는 무슨 영문인지를 몰라 또 움찔했다. 마왕이 먹살을 잡은 황제의 손을 부드럽게 뿌리치며 고개를 저었다.

"아아, 형님 생각을 안 해본 것은 아니었지만 역시 곤란합니다. 대체 무어라고 말씀드린단 말입니까? 마왕이 되러 간다고? 이제 와서 제가 황제의 아들이 아니며, 실은 인간이 아니라 누구나가 치를 떠는 악마의 핏줄이라는 것을 밝히라는 것입니까? 그랬다가 검을 들고 달려드는 꼴이라도 보면 어찌한단 말입니까?"

황제는 도저히 믿어지지 않는다는 얼굴로 마왕을, 자신의 동생인 하르네센을 바라보았다.

"네가… 그런 것을 걱정했단 말이냐? 내게 거부당할 것이 두려웠다고?"

"너무 넘어서시는군요. 그냥 탐탁지 않았다고 해두죠."

하르네센은 어깨를 으쓱했다. 크로제츠 9세는 한동안 말없이 그를 바라보았다. 그러다 이를 부득 갈며 인상을 썼다.

"어리석은 생각을……! 너는 단지 너 그 자체일 뿐. 마족이라는 사실이 밝혀진다 해서 뭐가 달라지지? 게다가, 네가 마족이라는 사실이 뭐가 그리 놀랍단 말이냐? 까놓고 말해 넌 인간보단 마족이 더 잘 어울리는군."

"아, 그렇습니까?"

하르네센은 가볍게 웃음을 터뜨렸다.

아무도 남지 않은 식당은 고요하기만 했다. 잠시 후 마왕이 먼저 입을 열었다.

"역시 말을 하고 갔으면 좋았을 뻔했지요?"

"당연하지……!! 하아~"

갑자기 온몸에 힘이 다 빠져 버린 듯하여 황제는 이마를 감싸고 한숨을 내쉬었다. 그러다 황제는 문득 잊어버린 것을 깨닫고 고개를 번쩍 들었다.

"아니, 그럼 지금까지 이 소란은 다 무어냐? 처음부터 네가 왜 갑자기 사라진 것인지 그것만 바로 해명해 주었다면 내가 이렇게 이성을 잃을 일도 없고, 인왕 폐하를 화나게 할 일도 없었을 것이 아니냐? 모든 인간이 하나로 단합해도 모자랄 판에 이렇게 분열이 오래 지속됐으니……!"

황제가 크게 당황하여 추궁하였으나 마왕은 여전히 뻔뻔한 얼굴이었다.

"글쎄요. 아무래도 이야기가 이야기인 만큼 제 입으로 먼저 말하고 싶은 생각은 없어서 말입니다. 형님 쪽에서 먼저 숙이고 나오셔서 말문을 여신다면 저도 이야기를 해드릴 의향이었습니다. 그렇게 몇 번이나 솔직해지라고 눈치를 주지 않았습니까."

"뭣……?! 겨우 그런 것 때문에 지금까지 시간을 끌었다고?!"

"제가 누구라고 생각하시는 것입니까? '겨우 그런 것'이라고 평가절하해서는 매우 곤란하지요. 또한 형님께서도 개인적인 감정 때문에 이러한 사태를 만드셨습니다. 형님께 들을 만한 이야기는 아닌 것 같습니다만?"

너무나 당연한 듯 받아넘기는 하르네센의 행동이 정말 어이가 없었으나 크로제츠 9세는 자신도 모르게 허탈하게 웃어버리고 말았다. 이 거만함과 뻔뻔함. 그는 자신이 알고 있던 동생과 정말 하나도 변하지 않은 것이다.

"자아, 그러면 이제 뒤처리를 해보실까."

이야기를 끝낸 마왕은 가볍게 옷을 털고 자리에서 일어났다. 그제야 황제는 하르네센이 독에 당했었다는 사실을 깨달았다. 하지만 그의 움직임에는 전혀 거칠 것이 없어 보였다. 창백했던 안색도 이미 안정을 되찾아 있었다. 황제는 떨떠름하게 물었다.

"너… 몸은 괜찮은 게냐?"

"아아, 또 한 번 말씀하시게 만드는군요. 형님은 도대체 제가 누구라고 생각하시는 겁니까?"

짙은 은청색의 눈동자가 황제를 내려다보며 가볍게 웃음 지었다. 허리에 손을 짚은 채 비스듬히 고개를 든 그 특유의 자세는 어쩐지 전보다도 더욱 강렬하고 매력적이라 눈을 뗄 수가 없었다.

크로제츠 9세는 자신이 한 가지 큰 착각을 하고 있음을 깨달았다. 자신의 앞에 선 그는 과거와 전혀 변한 것이 없었으나 한편으로는 또 크게 달라져 있다는 것을.

"마왕……."

황제의 대답을 들으며 하르네센은 흡족하게 웃었다.

"좋습니다. 이제 간만의 만찬에 독을 사용한 범인을 찾아야겠군요."

"아, 그렇군. 대체 어떤 무례한 놈이!!"

"그렇습니다. 그 무례한 황태자 녀석을 처벌할 때입니다. 완전히 저의 망령에서 풀려나셨는데 설마 하니 이번에도 비스하펜 황태자를 두둔하시지는 않겠지요?"

순간 황제는 말하던 것을 멈추고 굳어버렸다. 경황이 없어 엉망이던 머리가 그제야 제대로 돌아가는 것 같았다. 변명의 여지도 없었다. 생각해 보면 이런 상황에서 생각도 없이 마왕을 독살하려 들 자가 비스하펜 외에 있을 리가 없었다.

황제는 창백하게 질린 얼굴로 이마를 짚었다. 하르네센의 성격은 누구보다도 자신이 가장 잘 알았다. 자신에게 반하는 자에겐 상대가 누구라 한들 결코 용서가 없다. 그러한데 독살이라니! 비록 큰 상처 없이 무사했다고는 하나 여기까지 온 이상, 그는 절대 이대로 넘어가지 않을 것이다.

"…하르네센……."

한동안의 침묵 뒤에 황제는 겨우겨우 입을 뗐다.

"비스하펜은… 제국을 이끌 인재가 못된다. 언젠가 자신의 잘못을 깨우친다 하더라도 이제는 더 이상 황태자의 자리를 지킬 만한 자격이 없겠지. 나는 인왕의 요구대로 그 아이를 폐위할 것이다. 그리고 더 이상 무분별하게 그 아이의 행동을 방관하지도 않겠어. 그러하니 단 한 번만 기회를 주지 않겠느냐? 나 역시 너를 해한 자에 대한 분노가 일었다. 당장이라도 찢어 죽이고 싶을 정도로. 하지만 그럼에도… 비스하펜은… 나의 피를 나눈 친아들이다……."

크로제츠 9세는 깊이 머리를 숙이고 있었다. 마왕은 탐탁지 않은 듯 더럽혀진 자신의 옷자락을 바라보았으나 결국 크로제츠 9세의 모습을 보고는 고개를 저었다.

"지금의 저는 제법 기분이 좋습니다. 뭐, 평생 외진 곳에 유폐시키는 정도로 자비를 베풀 수도 있을 것 같군요. 하지만 비스하펜의 일은 저뿐만이 아니라 여러 이해관계에 얽혀 있습니다. 무엇보다도 형님은 인왕의 의지부터 물으셔야 하지 않겠습니까?"

"그러하군… 인왕 폐하께……."

생각해 보면 비스하펜이 일을 저지른 것은 이번만이 아니다. 인왕에게도 얼마나 지독한 짓을 저질렀던가. 하르네센이 용서해도 인왕이 용서치 않으리라. 비스하펜의 운명을 감지하며 황제는 깊은 한숨을 내쉬었다.

하르네센은 그런 황제에게 다가가 손을 내밀었다. 릭샤가 원한이 없는 성격이라는 것을 말한다면 훨씬 위로가 되었을 것을 알면서도 이 성격 나쁜 마왕에겐 한동안 진실을 알려줄 생각이 없어 보였다.

"마왕 폐하."

그때 두 사람밖에 없는 식당에서 누군가의 목소리가 나지막이 울려왔다. 황제는 조금 놀랐으나 마왕은 아무렇지도 않게 모습을 드러내라고 명했다. 창가 쪽 그늘이 진 곳에서 소리없이 한 인영이 나타났다. 겉보기엔 단순한 흑발의 소녀였으나 황제는 금방 그 아이가 마족이라는 것을 깨달았다.

"폐하, 천족들이……."

소녀의 모습을 한 마족은 마왕의 양해를 구하고 귓속말을 건넸다.

"과연. 역시 예상했던 대로군."

모든 이야기를 전해 들은 마왕은 턱을 쓸며 매우 만족스럽게 웃었다. 마족을 물리게 한 마왕은 황제를 바라보았다.

"그만 인왕을 다시 황성으로 모십시오. 이제 본격적으로 이종족 청소에 나설 때입니다."

"무슨 일이 있느냐?"

상황을 알고자 황제가 질문해 왔다. 마왕은 창밖을 바라보았다. 어두워지려는 하늘 위로 새하얀 색의 날개를 가진 새가 날아오르고 있었다.

"길조가 날아들었습니다. 아무래도 새로운 천왕과는 제법 마음이 맞을 것 같군요."

제45화

상황 역전 ∎

상황 역전

상당히 늦은 아침이었다. 밤새 마왕에게 독을 사용한 결과를 손꼽아 기다리다 늦게 잠자리에 든 비스하펜은 해가 중천에 뜨도록 잠에서 깨어나지 못하고 있었다. 하지만 갑작스럽게 들려오는 큰 소리에 비스하펜은 번쩍 잠에서 깨어날 수밖에 없었다.

문을 박차고 들어온 수십의 병사가 그의 방을 어지러이 만들고 있었다. 다른 누구도 아닌 바로 자신, 황태자의 방을! 이건 있을 수도 없고, 있어서도 안 되는 일이 아닌가!! 비스하펜은 목에 핏대를 올리고 소리쳤다.

"뭐, 뭐냐, 네놈들은?! 네놈들이 여기가 어디라고!!"

"좋은 아침이군요, 황태자 전하. 아니, 이젠 황태자가 아니로군."

비스하펜의 고함 소리에 대꾸하며 한 남자가 앞으로 나섰다. 엄격한 얼굴을 한 그는 분명 미크로외 백작이라 불리던 자였다. 아버지인 황제가 이렇게 문을 열고 들어와도 펄펄 날뛸 기세건만, 안중에도 없던 백작 따위가 이러한 난동을 부렸다고 하자 비스하펜은 머리에 불이 붙는 듯했다.

"뭐야, 겨우 너 따위가 감히 나를?!"

"모셔라."

비스하펜이 악다구니를 쳤으나 미크로외 백작은 그의 목소리를 무시하고 병사들에게 명령을 내렸다. 두 명의 병사가 달려와 양팔을 붙들어 비스하펜을 침대에서 끌어내렸다. 마치 범죄자를 다루듯 말이다. 병사들은 그대로 비스하펜을 끌고 황태자궁을 벗어나 어딘가로 걸어가기 시작했다.

"이, 이런 무례한 놈들! 이게 무슨 짓이냐!! 놓아라!! 네 이놈!! 네놈이 감히 이런 짓을 하고도 살아남을 성싶으냐?!"

비스하펜은 목이 터져라 고함치며 몸을 버둥거렸다. 그러나 이 정도 말하면 알아서 벌벌 기던 자들이 이상하게도 별 반응이 없었다. 하지만 그 같은 반응은 미크로외 백작이나 병사들만이 아니었다. 황태자궁을 나설 때까지 비스하펜은 이미 수많은 시종과 대신을 마주했다. 그러나 그 누구도 이 장면에 대해 이의를 제기하지 않고 있었다. 서로 수군거리거나 무례하게도 자신들끼리 키득 웃기까지 하지 않겠는가!! 감히 자신의 이런 모습을 보고 비웃다니, 저절로 비스하펜의 눈에 핏발이 섰다.

비스하펜은 문득 병사들의 사이에서 담담히 따라오고 있는 늙은 시종장을 발견했다. 전에는 눈 마주치는 것조차 못하고 매일 화풀이 상대로 밟히기만 하던 비굴한 시종장 늙은이까지 뻣뻣하게 고개를 들고 자신의 모습을 쳐다보고 있었다.

"시종장!! 이 더러운 늙은이가!! 제 주인이 험한 꼴을 당하고 있는데도 눈만 멀뚱히 뜨고 서 있어?! 내 당장 황태자궁의 모든 시종 놈의 목을 치도록 할 것이야!! 이놈들!! 천한 것들이 감히! 감히!!"

황태지의 화살이 늙은 시종장을 향해 있음을 깨달은 미크로외 백작이 시종장의 곁으로 다가갔다.

"소용없는 짓은 그만두시지요. 당신에게는 더 이상 황태자궁의 시종장에게 명령할 권리가 없습니다. 시종장은 지금 마지막 충심으로 당신의 마지막 모습을 지켜보아 주고 있는 것입니다."

"뭐라고?! 누구 마음대로!! 누구 마음대로오!!"

미크로외 백작은 대답없이 앞으로 걸어나갔다. 그들이 도착한 곳은 왕성의 북쪽에 위치한 탑이었다. 병사들은 그곳에서 비스하펜을 풀어주었다. 겨우 몸이 자유로워지자 비스하펜은 다시 한 번 미크로외 백작에게 소리쳤다.

"네 이놈!! 이게 무슨 짓이냐!!"

미크로외 백작은 얼굴을 굳히고 한 걸음 나왔다.

"황제 폐하의 명을 전하겠습니다. 당신을 지금 이 시각 황태자 위에서 영원히 폐하며 지금까지 저지른 모든 만행에 대한 죄를 물어 평생 이곳 북쪽 탑에 유폐할 것입니다."

"뭐, 뭐?!"

비스하펜은 자신의 상황을 금방 인식하지 못하고 되물었다. 어둡고 케케묵은 냄새 나는 내실, 차가운 돌로 만들어진 바닥, 벽. 모든 것이 황태자인 자신과는 어울리지 않는 곳이었다. 어떻게 이런 곳에서 살아간단 말인가! 아니, 애초에 자신이 어떻게 폐위가 될 수 있단 말인가! 이렇게 하루아침에!!

"허, 헛소리 집어치워라! 이 무례한 놈! 감히 황제 폐하의 명을 날조하려 들다니!! 네놈이 죽고 싶어 환장을 했구나!! 폐하를 모셔라!! 그분을 뵙겠어!! 아버님께 이야기를 듣겠다!!"

"황제 폐하께서는 당신을 보러 오지 않으실 겁니다. 그래도 금쪽같이 여기던 친아들인데 평생 이런 곳에 유폐되는 모습을 담담히 바라볼 만큼 담이 큰 분은 아니시지."

황제를 평하는 미크로외 백작의 표정이 조금 비틀어졌다. 하지만 그 반발심은 황제 그 자체보다 '비스하펜의 아버지'라는 부분에 초점이 맞추어져 있었다. 그만큼 비스하펜에 대한 분노는 극에 달아 있었다.

비스하펜이 마왕에게 독살을 시도했다는 소문은 삽시간에 온 궁전 안으로 퍼져 나갔다. 이 사실을 들었을 때 그가 얼마나 치를 떨었던가. 물론 아주 작은 타격조차 남기지 못한 어리숙한 독살 시도이긴 했으나, 경외해 마지않는 자신의 주군에게 그러한 시도를 했다는 것 자체부터가 미크로외를 분노하게 만들기에 충분했다.

"뭐, 뭐냐."

미크로외 백작이 큰 걸음으로 성큼성큼 다가오자 비스하펜은 어쩐지 그 모습이 위협적으로 느껴져 저도 모르게 조금 물러섰다.

당당하게 소리칠 땐 언제고 금방 개새끼처럼 꼬리를 말고 뒤로 물러서는 꼴이라니. 그 모습을 보는 순간 미크로외 백작은 자신도 모르게 격해지는 감정을 추스르지 못하고 비스하펜의 멱살을 잡아 거칠게 벽으로 밀어붙였다. 미크로외 백작의 허리를 간신히 넘는 키였던 어린 비스하펜은 그의 손에 대롱대롱 매달린 격이 되었다.

"이 추저분한 황태자야!! 네가, 네놈이 감히 그분을 해하려고 해?! 그 하잘것없는 손과 원숭이만도 못한 머리로?! 정말 그분이 쉽게 네놈의 손에 당해줄 것이라고 생각하였단 말인가?!"

"미, 미크로외 백작님!!"

일이 자칫 커질 듯 보이자 늙은 시종장이 다급히 달려와 백작을 뜯어말렸다. 아무리 폐위당했다손 쳐도 비스하펜에게 너무 지나친 언동은 백작에게 해를 가져다줄지도 몰랐다.

"백작님, 저런 자 때문에 백작님께서 해를 입으신다면 정말 어이없는 일이 될 것입니다. 제발 고정하십시오."

늙은 시종장은 눈살을 찌푸리며 백작의 손에 매달린 황태자를 바라보았다.

비스하펜은 어이가 없었다. 자신의 발밑에서 징징대던 것이 언젯적 일인데 저런 경멸 어린 눈으로 자신을 내려다보는 시종장이라니!! 마지막 충심으로 여기까지 뒤따랐다고 했었지만 이건 아무리 봐도 자신이 밑바닥 구렁텅이로 몰락하는 꼴을 구경하고 싶어서 따라온 것으로밖에 여겨지지 않았다.

비스하펜은 온몸을 비틀어대며 분노했다.

"네, 네 이놈!! 네~ 이노옴!! 크윽!"

미크로외 백작이 먹살을 잡은 손을 내팽개치듯 놓는 바람에 고함치던 비스하펜은 바닥에 쿵 엉덩방아를 찧었다. 분노하며 오뚝이처럼 발딱 그 자리에서 일어나 그를 죽일 듯이 노려보았다. 그러나 그것도 잠시, 뭐라 말로 다할 수 없는 싸늘한 분위기에 순간 말을 잃고 말았다.

미크로외 백작이나 늙은 시종장뿐만이 아니었다. 그 주변의 모든 병사들 중 누구 하나 자신을 향한 무례한 행동에 측은함을 느끼고 있지 않았으며, 되려 더욱더 경멸에 찬 눈길로 그를 내려다보았다. 수많은 눈이 오직 그를 향해 조롱과 경멸만을 보냈다.

비스하펜은 오싹함을 느꼈다. 그리고 그제야 이 주변에 자신의 편이라고는 단 한 사람도 없다는 것을 깨달았다. 아니, 생각해 보면 황태자궁에서 이곳에 끌려올 때까지 만났던 그 무수한 사람들의 사이에서도 자신의 편은 단 한 사람도 없었다.

갑자기 자신만의 편이 절실해졌다. 어떤 때라도 자신을 위해줄, 나만의……!!

"아버님! 아버님을 만나겠다!! 아버님이라면!"

비스하펜은 새파랗게 질린 얼굴로 소리쳤다. 그러나 미크로외 백작은 싸늘하게 그를 내려다보며 입을 열었다.

"다시 말하지만 황제 폐하께서는 당신을 만나러 오시지 않을 것입니다. 또한 폐하께서 오신다 한들 상황은 변하지 않습니다. 어린 나이의 치기라고 여기기엔 당신은 너무도 큰 일을 저질렀습니다. 본디 황태자 위란 막중한 의무와 책임을 감당해야만 하는 자리! 단순히 권력을 휘두르고 즐기기만 하면 되는 자리가 아니란 말입니다!!"

"닥쳐!! 쓰잘데기없는 소리 말고 아버님을 만나게 해달란 말이다!!"

미크로외 백작은 깊은 한숨을 쉬었다. 그리고 어쩔 수 없는 구제 불능이라는 것을 재차 깨닫게 해준 황태자로부터 등을 돌렸다.

"가자."

"어딜 마음대로 가겠다는 거냐!! 당장 나를 풀어주지 못해!! 아버님을 만나게 해줘! 아버님을 만나게 해달란 말이야! 아버님!! 아버님!!"

비스하펜의 목소리는 이젠 거의 애원조로 변해 있었다. 하지만 누구 하나 그를 가여이 돌아봐 주는 이는 없었다. 그러기엔 비스하펜의 잔악무도한 행동들을 너무나 많이 보아왔다. 차가운 철문의 금속음 속에 비스하펜의 애원은 무참히 묻혀 버렸다.

"후우."

크로제츠 9세의 얼굴은 다소 초췌해진 모습이었다. 그의 입에서 또한 번 깊은 근심이 섞인 한숨이 나오자 레나 황비가 조용히 그의 손을 감쌌다. 겉으로 보이지는 않아도 자신보다 더욱 상심이 클 황비 앞에서 이런 모습을 보여서는 안 된다고 다짐하며 황제는 애써 미소를 보였다.

문이 열리며 행렬이 안으로 들어오기 시작했다. 그 행렬은 선신의 신관과 마족이 섞인 묘한 행렬이었다. 게다가 그들의 앞에 당당히 나선 것은 다름 아닌 어린아이였다. 하지만 이 일행을 우습게 생각하는 자는 아무도 없었다. 크로제츠 9세는 상석에서 내려와 깊이 머리를 숙여 인사를 건넸다.

"다시 뵙겠습니다, 인왕 폐하. 상석에 자리하시지요."

전과는 달리 황제는 완전히 주군을 모시는 자세였다. 하지만 릭샤는 권하는 대로 냉큼 상석에 앉지 않고 먼저 황제를 향해 물었다.

"그 모습을 보아하니 마음을 새로이 정리하신 것 같군요. 하지만 저는 이 모든 것을 받아들이기에 앞서 황제께 좀 더 구체적인 신념과 각오를 듣지 않으면 아니 되겠습니다. 황제께서는 더 하실 말이 있으신지요?"

황제는 깊이 숨을 한 번 고른 후 몸을 일으켜 대답했다.

"레기느멜젠 제국의 모든 군신은 인왕 폐하 아래 충실한 신하가 될 것이며 목숨을 바칠 각오가 되어 있습니다. 그 증거로 인왕께서 요구하신 뜻을 받들어 비스하펜 황태자를 폐위하였으며 그간의 무례에 대한 사죄의 뜻을 담아 그를 평생 탑에 유폐하도록 하였습니다."

"평생 유폐……? 황태자는 이제 겨우 열세 살인데 그렇게까지……."

누구보다도 먼저, 거의 본능적으로 동정심을 느끼며 레가트가 작게 중얼거렸다. 릭샤도 동정심까지는 아니나 황제가 그렇게까지 할 줄은 생각지도 못했기에 다소의 놀라움을 느꼈다. 새삼 황제의 수척한 얼굴이 눈에 띄었다.

"힘든 결단을 내리셨군요."

"그동안의 불충에 대해 드릴 말씀이 없을 따름입니다."

황제는 깊이 고개를 숙였다. 릭샤는 고개를 끄덕이며 조용히 상석에 올랐다. 인왕이 착석하자 모든 이들이 새삼 감개무량한 기분으로 정렬했다.

"인왕 폐하, 상황이 이리되었으니 저 역시 한 가지 사실을 말씀드려야만 할 것 같습니다."

그때 잔뜩 고조된 분위기를 깨며 로티라이니아가 나섰다. 그녀 덕분에 한참 좋지 않은 일을 당했던 릭샤인지라 그리 탐탁지는 않은 기분으로 고개를 끄덕였다.

로티라이니아는 품속에서 붉은색 돌멩이를 꺼내었다. 그리고 손을 완전히 펴서 그것을 보이기 전에 좌측에 선 마족, 요르겐센에게 시선을 잠시 주었다.

"인왕 폐하, 이것을 보아주십시오."

"뭣……?!"

로티라이니아가 꺼낸 돌멩이를 본 순간 요르겐센의 얼굴이 당혹감으로 물들었다. 그 반응에 갑자기 흥미가 동한 릭샤는 당장 병사를 시켜 그것을 가져오도록 시켰다.

돌멩이는 붉은색으로 회색의 글씨가 하나 새겨져 있었는데, 바로 그 글씨에서 미미한 마력이 새어나오고 있었다. 그것을 보자 레가트가 바로 반응을 보였다.

"이건 마족이 계약을 할 때 쓰는……?!"

그 순간 사람들의 시선이 로티라이니아에게 쏠렸다. 그녀는 담담히 고개를 끄덕였다.

"네, 레가트 경의 말대로 그것은 마족과의 계약에서 사용되는 물품. 바로 이곳에 계신 요르겐센 후작과의 계약에서 사용된 것입니다."

"계, 계약이라고!!"

"설마 성녀가 마족과 계약을……?!"

단번에 장내가 시끄러워지기 시작했다. 성녀에 대한 갖가지 추측이 난무하는 가운데 요르겐센 또한 초조한 얼굴로 눈치를 보고 있었다.

"호오~ 그 이야기, 나도 흥미가 생기는군."

그때 갑작스러운 목소리가 소란을 잠시 동안 소강 상태로 만들었다. 이 자리에 참석하지 않았던 마왕이 어느새 로티라이니아의 곁에 나타나 서 있었던 것이다. 로티라이니아는 조금 놀란 듯했으나 금방 평정을 찾았다. 그녀의 움직임에 피식 웃음을 흘리며 마왕은 앞으로 걸어 나왔다. 그 모습을 본 크로제츠 9세가 재빨리 수하들에게 명령을 내렸고, 릭샤의 곁에 임시로나마 자리를 내었다.

"눈치 빠르게 조치해 주니 고맙군."

마왕은 픽 웃으며 그들이 준비한 자리에 앉았다. 대충 자리가 잡힌 듯하자 릭샤가 나서서 로티라이니아에게 물었다.

"그러면 로티라이니아 양께 묻겠습니다. 설마 하니 선신관의 신분으로 마족과 계약을 하였다는 것은 아니겠지요?"

"물론 아닙니다. 저는 요르겐센 후작께 계약을 청해받았으나 그 자리에서 거절하였습니다."

"요르겐센 후작은 무엇 때문에 당신께 계약을 청한 것입니까?"

릭샤의 질문이 이어지자 요르겐센은 식은땀까지 흘리며 손을 움찔거렸다. 하지만 그 모습을 뻔히 보면서도 로티라이니아는 흔들림없이 담담히 대답했다.

"인왕과 중간계의 성립을 방해하도록 저의 지위를 이용하고 싶다 하였습니다."

"호오~"

마왕의 입에서 가벼운 감탄사가 흘러나왔다. 마왕의 눈길이 닿는 순간 요르겐센은 더 참지 못하고 버럭 소리치며 나섰다.

"닥쳐라, 이년!! 그래서 어쨌다는 거냐!! 그걸 밝히고 네년도 무사할 수 있을 거 같아?! 정식으로 계약을 하지 않았다 하더라도 이미 한 것이나 다름없다!! 네년이 그동안 얼마나 인왕을 방해하고 인간들 사이의 분열을 조장하였느냐!! 내가 지시하려 했던 것보다도 더욱 철저하였지!! 겉으로는 번지르르하게 감싸면서도 결국 속은 시커먼 싸구려 성녀 같으니!!"

요르겐센은 어떻게든 로티라이니아에게로 모든 관심을 돌리기 위해 악다구니를 썼다. 성녀와의 계약 건은 인왕을 돕겠다고 결정한 마왕의 의지에 정면으로 반하였음을 밝히는 일이 되기 때문이었다.

이 같은 사태는 요르겐센으로서는 정말 의외였다. 분명 성녀에게 제안하였던 계약은 무산되었다. 하지만 성녀는 계약을 한 것이나 다름이 없도록 철저히 인왕을 방해하며 자신의 의도에 완벽하게 동참하고 있었다. 그래서 요르겐센도 그저 마족과 정식으로 계약하는 게 부담스러워서 그랬거니 생각하며 성녀의 행동에 장단을 맞추어 서큐버스를 이용해 악몽을 꾸게 하는 등 자잘한 문제를 지속적으로 발생시켰다. 상황은 이미 계약된 것이나 다름없었기 때문이다.

그런데 선신관의 몸으로 마족과 계약 아닌 계약을 하였음을 자신의 입으로 밝히다니! 죽어도 발설하지 않을 것이라 굳게 믿었건만!

요르겐센은 예기치 못한 상황에 온몸의 신경을 있는 대로 곤두세웠다.

"헉?!"

그때 요르겐센의 목덜미에 강한 충격이 가해졌고 그는 바닥에 머리를 처박고 나뒹굴어지고 말았다. 이미 바짝 긴장을 하고 있는 상태였음에도 조금도 저항을 하지 못했다.

어느새 요르겐센의 뒤에 나타나 공격을 가한 다엠부르크 공작이 쓰러진 요르겐센의 목덜미를 잡고 어린애 대하듯 번쩍 들어 올렸다. 수많은 인간의 앞에서 수치를 당하게 되자 요르겐센은 얼굴을 화끈 붉히고 반사적으로 반격을 시도했다. 하지만 허리를 튕겨 그 반동으로 몸을 꺾어 뒤꿈치로 그를 가격하려는 순간, 다엠부르크 공작이 마치 짐보따리 다루듯 그를 휘둘러 한쪽으로 집어 던져 버렸다.

"캑! 제, 젠장할!!"

반격은커녕 흉한 꼴로 바닥에 꼬꾸라지게 된 요르겐센은 이를 악물고 머리를 들었다. 그러나 순간 자신의 앞에 앉은 한 존재를 보고는 온몸이 딱딱하게 굳어옴을 느꼈다.

깍지를 끼고 앉은 마왕이 미소하고 있었다. 소름 끼치도록 위압적인 마력을 풍기면서.

콰직―!

"컥!!"

마왕의 발이 요르겐센의 머리를 무자비하게 짓밟았다. 그는 여유롭게 미소한 채로 나머지 발을 자연스럽게 그 위로 꼬았다. 발밑의 요르겐센은 안중에도 없다는 느낌이었다.

"크으윽!!"

무엇보다도 인간들의 앞에서 이런 꼴을 당하고 있다는 것이 견딜 수 없어서 요르겐센은 죽기 살기로 마왕의 발에서 벗어나고자 온몸에 힘을 주었다. 그러나 그 발악도 잠시, 마왕이 별다른 힘을 싣지도 않은 것 같음에도 으드득 하는 소리와 함께 요르겐센은 다시 바닥에 짓이겨졌다.

잠시 동안의 살벌한 광경에 장내가 완전히 침묵에 휩싸이자 마왕은 빙그레 웃으며 손을 저었다.

"자아, 그래서 나머지 이야기를 들어볼까? 어떤가, 성녀여?"

로티라이니아는 여전히 담담한 표정으로 다시 이야기를 이었다.

"저는 요르겐센 후작과는 계약을 하지 않았습니다. 그러나 다른 존재와 계약을 하였습니다."

"다른 존재라니."

또 한 번 작은 웅성임이 일었다. 로티라이니아는 그 술렁거림이 가라앉기를 기다렸다가 입을 열었다.

"그 상대는 천족의 왕이신, 천왕."

이번에는 상당히 큰 소란이었다. 그래서 릭샤가 직접 나서 그 소란을 가라앉혔다.

"조용히 하십시오. 로티라이니아님, 좀 더 자세한 이야기를 들려주시지요. 모든 분이 아시다시피 천족은 인간들과 적대 관계라고 보아도 좋은 상황에 있습니다. 그럼에도 천왕과 계약을 맺었다는 것은 성녀 역시 인간에 적대하고 계시다는 결론… 이 되겠습니다만 성녀께서 그러한 이야기를 이곳에서 당당히 하실 리는 없다고 믿고 있습니다."

릭샤의 이야기를 듣고서 그제야 사람들은 웅성거림을 멈추고 귀를 쫑긋 세운 채 로티라이니아를 주목했다. 다시금 로티라이니아의 이야기가 이어졌다.

"천왕께서는 인간들에게 세상의 모든 진실을 거짓없이 일러주라고 하셨습니다. 하지만 이것은 요르겐센 후작이 청하였던 것과 같은 단순한 방해와는 다른 것이었습니다. 천왕께서 원하신 것은 시련. 잠시간의 평화를 위하여 어두운 진실들을 덮어두기만 한다면 끝내 균열이 일어날 수밖에 없을 것입니다. 그러나 시련을 피하지 않고 정면으로 극복한다면 저희들은 더욱 단결력을 공고히 할 수 있을 것입니다. 제가 천왕의 제안을 받아들여 시련의 제공자를 자처한 것은 모두 이 때문입니다."

"오오, 그래서……!"

모든 이가 그야말로 성녀다운 이야기에 감탄을 했다. 그때 요르겐센이 마왕의 발에 밟힌 채 웃긴 꼬락서니를 하고서도 발악을 하며 소리쳤다.

"크악!! 닥쳐라, 이 싸구려 성녀야!! 천족과 천왕이 인왕을 없애고 싶어 안달이 난 건 다들 아는 사실이야!! 겉만 번지르르하게 포장해서 이야기하고 있지만 결국엔 인간을 방해해서 몰락하는 꼴을 보고 싶었을 뿐이라고!! 성녀며 천족이라고 내세우는 주제에 그 더러운 수작들하고는!!"

"꼭 그렇지만도 않지."

한참 발악 중이던 요르겐센은 의외의 곳에서 대답이 들려옴에 소스라치게 놀랐다. 천왕을 옹호하는 듯한 발언을 한 것은 다름 아닌 마왕이었다.

"무슨 뜻입니까?"

릭샤 역시 의아하여 바로 마왕에게 질문하였다. 마왕은 고개를 저었다.

"이런, 천왕의 입장을 생각하여 더 이상의 자세한 이야기는 삼가는 게 좋겠군. 하지만 분명한 것은 이번 천왕이 상당히 처세술이 좋은 작자라는 것이지. 그건 그렇고……."

애매한 이야기만을 해주던 마왕은 말 중간에서 지긋한 눈초리로 발밑의 요르겐센을 내려다보았다.

"이걸 어쩌면 좋을까… 어떻게 생각하나, 인왕? 그쪽도 이놈에게 개인적인 감정이 남아 있을 것이라고 보는데? 원한다면 이놈의 처벌은 그쪽의 취향에 따르도록 하지."

순간 장내의 모든 인간들은 마른침을 꿀꺽 삼켰다. 배신자를 벌하는 데 무슨 '취향' 씩이나 있단 말인가! 그럼에도 이런 살벌한 이야기를 농담처럼 건네고 있는 마왕의 모습을 보노라니 발밑에서 아등바등거리고 있는 요르겐센에게 측은함이 느껴질 지경이었다.

마왕의 질문에 잠시 생각하던 릭샤가 입을 열었다.

"더 이상의 방해를 놓지 않는다면 저는 아무래도 좋습니다. 어차피 그는 마족이니 마왕께서 알아서 처리해 주십시오."

"좋아."

마왕은 고개를 끄덕이며 발을 들어 올렸다. 어느새 다엠부르크 공작이 다가와 요르겐센의 머리채를 붙들어 일으켜 세웠다. 마왕은 손가락을 까닥거리며 다엠부르크 공작을 향해 명령했다.

"예의 그곳에 처박아놓아라. 이후에 들르도록 하지."

마왕의 말이 떨어지자마자 요르겐센의 얼굴이 새파랗게 질렸다. 그는 미친 듯이 온몸을 비틀며 새된 목소리로 고함을 질러댔다.

"크학! 자, 잠깐!! 기다려!! 아니, 기다리십시오!! 안 돼!! 그것만은!!"

"시끄럽군."

마왕은 눈살을 찌푸리며 오른손을 들어 손끝을 튕겼다. 그러자 요르겐센이 주먹에 호되게 얻어맞은 것처럼 목을 확 뒤로 꺾었다. 코와 윗입술이 완전히 짜부러져 그는 더 이상 소리를 내지 못하고 부들거릴 뿐이었다.

버릇이 발동한 레가트가 그런 요르겐센을 매우 안쓰럽게 바라보며 릭샤에게 귓속말을 했다.

"차, 차라리 아까 마왕이 물을 때 네가 알아서 처벌하겠다고 말하지 그랬니……."

"레가트 형은 지나치게 무릅니다. 강해지라고는 말씀드리지 않을 테니 이럴 땐 그냥 가만히 계십시오. 인간들에게도 얕잡아 보일까 걱정됩니다."

릭샤에게 구박을 들은 레가트는 정말 그럴지도 모른다고 생각하며 고개를 폭 꼬꾸라뜨렸다. 그러나 실은 다른 사람들도 레가트와 비슷한 생각을 하며 눈치를 보고 있음을 그들이 알 턱이 없었다.

"지금 뭐 하자는 거야?!"

이루이즈는 지금 화가 나 있었다. 머리끝까지 화가 나서 자신의 고함 소리가 레어를 장식하는 소중한 종유석을 부스러뜨리는 것도 몰랐다.

이루이즈의 앞에 선 아름다운 여인은 한 쌍의 날개를 가진 고귀한 천족이었다. 이루이즈는 다시금 언성을 높였다.

"대답해, 천왕!! 어째서 확실히 하지 않는 거지?!"

"무엇을 말인가요? 저희들은 나름대로 최선을 다하고 있답니다. 그 결과 마족들의 움직임이 더뎌지고 있지요. 이 정도면 충분하지 않은가요?"

"이제 겨우 움직임을 봉쇄했을 뿐인데 뭐가 충분해!! 이 기세를 몰아 마족들을 단번에 해치워 버려야지!!"

"글쎄요……."

이루이즈는 묘하게 튀는 뉘앙스를 느끼고 천왕을 노려보았다. 빙그레 웃고 있을 뿐인데도 그 속을 전혀 읽을 수가 없다. 이루이즈는 새삼 눈앞의 천족이 평범한 천왕과는 확실히 다르다는 것을 상기했다. 그녀는 이를 부드득 깨물었다.

"전혀 충분치 않아!! 우리는 이겨야 한단 말이다!! 그러니까 얼마 전에 있었던 전 드래곤 로드의 전투 때만 해도 그래!! 왜 치료를 덜 받은 드래곤들이 상처를 입은 채로 뛰쳐나가도록 내버려 두었지?!"

"너무 간단히 말하시는군요. 그들이 스스로 저희들의 손을 뿌리치고 나가겠다고 난동을 부렸는걸요. 저희들이 중간에서 폭력을 사용하여 제지할 수도 없는 일 아닌가요?"

"헛소리하지 마!! 상처 입은 드래곤을 회수하였을 때 너희들은 수면 마법 등으로 드래곤의 의식을 완전히 잃게 하고 치료를 시작했다. 그렇지 않으면 자존심 높은 그들이 천족의 치료를 순순히 받아들일 리 없을 테니까! 결국 너희들은 치료가 완전히 끝날 때까지 드래곤들이

의식을 되찾지 않도록 조정할 수 있었어!! 또한 치료받은 드래곤 수십 마리를 한꺼번에 깨워 집단 공격을 하도록 조정할 수도 있지! 이기기 위한 방법은 수십 가지다! 설마 몰랐다고는 하지 않겠지?! 나는 당신이 그렇게 어리석다고 생각지 않아!"

거기까지 추궁을 해도 천왕의 태도는 별로 변한 게 없었다. 그녀는 자신의 회색 머리칼을 가만히 쓸어내리며 입을 열었다.

"후우, 너무 복잡하군요. 저희들이 정말 그렇게까지 해야 한다는 말입니까? 당신들은 인간계의 성립을 거부하며 그 대신 용계가 성립되어야 한다고 주장하고 있지 않나요? 스스로 중간계의 첫째가는 종족을 자처하고 있으면서도 그 정도 인내심조차 없어서 저희들의 손에 조정받길 원하시는 것입니까?"

"어쩔 수 없다는 거 알잖아! 드래곤들이 강력한 힘을 가지고 있긴 해도 인내심은 거의 바닥이라는 걸! 그러니까 너희들이 나서서 그 부분에 보완을……!!"

"그렇지요. 드래곤들이 다 그렇다는 거. 뭐, 원래 천성이 그러한 것이고, 끝끝내 그 정도밖에 될 수 없다면… 나가서 뒈져 버리라지."

갑자기 천왕의 어조가 음산하게 바뀌는 것을 느끼며 이루이즈는 움찔 몸을 낮추었다. 그런데도 천왕은 아무 일도 없었다는 듯 천연덕스럽게 웃었다.

"말실수를 했군요. 당신이라면 양해해 주실 거라 믿습니다. 어쨌든 저희들 천족은 최선을 다했고 마족의 움직임을 봉쇄하였습니다. 이 정도라면 선신 카율세이나님께서도 분명 '충분히' 잘하였다고 말씀해 주시겠지요."

그 말을 듣는 순간 이루이즈의 눈에 살벌한 빛이 떠올랐다. 그녀는 천천히 가늘게 떨리는 주먹을 쥐고 천왕을 노려보았다.

"뭐야, 그게……. 그게 무슨 뜻이지?!"

대답은 없었다. 천왕은 여전히 웃고만 있었다. 그러나 자세한 설명을 듣지 않아도 충분했다. 이루이즈가 그 모든 것을 이해하지 못할 만큼 어리석지는 않았다.

선신은 자신의 손으로 직접 빚어낸 인왕을 지극히 아꼈고, 그 아이가 인간계를 세우길 원했다. 하지만 자신이 만든 천족이 당하기만 하는 것도 참을 수 없었다. 그래서 뽑힌 것이 현재의 천왕.

새로운 천왕은 선신의 뜻을 너무도 정확히 이해했다. 그리하여 천왕은 인간들을 '적절히' 방해하고 마족을 '적절히' 견제하기 시작했다. 이 모든 것은 그 이상도 그 이하여서도 안 된다. 그리고 충분히 천족의 힘을 과시한 끝에 중간계의 정점에 서는 것은 다른 누구도 아닌 인왕과 인간이어야만 했다.

"빌어먹을, 빌어머그을—!!"

이루이즈는 아예 부숴 버릴 듯 탁자를 주먹으로 내려쳤다. 천족에게 많은 기대를 했던 것은 아니다. 하지만 이런 결과라니!! 자신은 물론 모든 드래곤이 짜고 치는 게임에 이용당한 꼴이 아닌가!!

콰당탕!!

몇 번을 내려친 끝에 결국 탁자를 부숴 버린 이루이즈는 숨을 몰아쉬며 입을 열었다.

"꺼져……."

"너무 화내지 말아주십시오. 사실, 대세는 이미 정해진 것과 다름없었습니다. 또한 당신의 종족은 치명적인 태생적 결함으로 인하여 도저히 구제가 불가능한 상황입니다. 하지만 이루이즈, 그대만은 다릅니다.

다른 드래곤들처럼 자존심만 내세우기보다는 우리들 천족에게 도움을 청하는 쪽을 선택하였으니까요. 자, 그 현명한 눈으로 다시 한 번 대세를 보십시오. 당신이라면 현재의 상황을 인지하실 수 있을……."

"꺼져 버리라고 했다!! 당장 그 면상을 짓뭉개 버리기 전에!! 네놈이 천왕이라고 해서 내가 못할 거라고 생각하는 거냐?!"

확실히 이루이즈는 역대 드래곤 로드 중에서도 손에 꼽힐 만큼 강하다. 마왕이 글론토 전을 꾸미며 겸사겸사 견제에 들어갔을 정도니 어련할까. 이루이즈와 정면으로 맞붙는다면 천왕 역시 적지 않은 피해를 입어야 할 것이다. 별다른 이득도 없이 그만한 손해를 감당하고 싶은 마음은 아니다.

천왕은 혀를 차며 돌아섰다. 보통 드래곤들보다는 어느 정도 융통성을 가지고 있지만 그녀 역시 어쩔 수 없는 드래곤.

"다소의 기대를 한 것이 사실이기에 조금 실망스럽군요. 이로써 그대의 종족은 완전히 전멸인가……. 그럼, 이만 실례하지요."

씁쓸한 말을 남기며 천왕은 연기처럼 레어 안에서 사라졌다. 홀로 남은 이루이즈는 으드득 소리가 날 만큼 이를 깨물었다.

"전멸? 전멸이라고? 그래, 좋아……. 자존심밖에 없는 멍청한 드래곤 녀석들 따위 인간들에게 당해 싸지!! 그래, 맞는 말이라 이거야! 하지만 이것만은 용납 못해. 반드시, 반드시 그 녀석만은 후회하게 만들어주겠어!! 감히 이 몸을, 유일무이한 드래곤 로드를 우습게 본 대가를 말이다!!"

제46화

인왕의 시험 ■

인왕의 시험

하얗게 빛이 서린 검이 매섭게 사방을 갈랐다. 검술에 화려한 맛도 없고 기교도 없었으나 기본적으로 손목에 실린 힘이 바위마저 깨부술 정도로 강력했고 어찌 된 일인지 속도마저도 눈부시게 빨랐다. 결국 이 사내에게 걸린 상대는 속절없이 피를 흘리며 바닥에 쓰러지는 수밖에 없었다.

"어떻게 인간 따위가 이렇게까지……!!"

한 드워프가 마지막 숨을 몰아쉬며 자신과 자신의 동족을 벤 자를 바라보았다. 사방에 튀는 붉은 핏물과는 대조되게 짙푸른 머리칼이 인상적인 남자였다. 무뚝뚝하며 날카로운 인상의 그 남자는 드워프의 목소리를 듣자마자 아주 미미하지만 가소롭다는 듯한 표정을 지었다.

하지만 그것도 잠시였다. 남자는 다시 무표정으로 돌아왔고 드워프의 시야에서 사라졌다. 아니, 실은 그의 시야 내에 있었다. 그가 워낙 빠르게 움직이고 있었기에 가물거리는 드워프의 눈에 제대로 비추어지지 않았을 뿐이다.

단 한 번의 검격으로 강력한 드워프 전사를 셋이나 베어낸 그 남자는 한참 전투가 벌어지는 전장의 가운데에서 검에 묻은 피를 털어내는 여유를 보였다. 그의 주변에는 둥그런 반원이 생겨 있었다. 거의 혼자서 돌격을 하여 드워프 군의 진형을 반토막 낸 것이다. 하지만 인간의 연합군은 이 남자 혼자만이 아니었다.

"알테어 단장!! 이제부턴 저희들에게 맡기십시오!!"

"와라와라! 으랴랴랏!"

선발대로 나선 그의 엄청난 활약에 분기탱천한 인간들이 검을 휘두르며 달려오고 있었다. 이미 진형이 무너진 드워프 군은 어쩔 수 없는 패배를 예감했다.

콰과광—!!

그때 좌측에서 엄청난 폭발음이 들려왔다. 그렇지 않아도 수세에 몰려 있는 드워프들은 절망적인 기분으로 그쪽을 바라보았다.

진형의 좌측을 담당한 3진은 지금 그들보다 훨씬 더 처참한 상태에 있었다. 이쪽은 밀리고 있긴 해도 그나마 전투다운 전투를 하긴 했다. 하지만 그들은 달랐다.

"그만 항복하십시오!!"

네 장의 검은 날개를 단 금발의 청년이 애타는 목소리로 소리를 질렀다. 하지만 기껏 제안된 평화안을 드워프들은 한쪽 귓구멍으로 흘려보냈다.

비단 드워프뿐만이 아니라 모든 종족이 그랬다. 이것은 일족의 명예를 건, 물러설 수 없는 전쟁이었다. 인왕이나 인간계 따위를 도대체 누가 인정할 수 있겠는가?

　드워프들이 끝내 핏발을 세우고 달려들자 발을 동동 구르던 청년은 결국 눈을 질끈 감으며 하얀 빛을 뿌리는 아름다운 마검을 크게 쳐올렸다. 엄청난 검풍이 바닥을 가르고 나무를 베며 드워프들을 덮쳤다. 그렇게 서른 명의 혈기 넘치는 드워프 전사는 도끼 한 번 휘둘러 보지도 못한 채 목숨을 잃었다.

　"그냥 물러서 주십시오!!"

　청년의 고함 소리와 함께 또 한 번의 공격이 시작되었다. 이번에는 마법이었다. 주문도 외우지 않은 채 그냥 검을 들지 않은 손을 한 번 휘두르자 멀쩡한 바닥이 꺼지고 솟아올라 마흔의 드워프를 생매장시켰다.

　"제발 좀 항복을……!!"

　쿠과과광!!

　"그만 좀 하시면 안 됩니까?!"

　콰광~!!

　드워프들은 이렇게 생각했다. 어쩌면 이놈은 우리들을 약 올리고 있는 것일지도 모른다. 아니, 분명 그럴 것이다!

　자존심에 상처를 입은 드워프 전사들은 노성을 지르며 그 시건방진 놈을 향해 내달렸다. 하지만 그들은 청년의 근처로 다가가는 것조차 불가능했다. 그는 유약해 보이는 얼굴과는 달리 너무나 압도적인 힘을 가졌고 덕분에 근방의 양상은 전투라기보다 일방적인 학살이라 해도 무리가 없을 정도였다.

　"빌어먹을 인간 놈들!! 우리가, 우리가 이대로 질 줄 아느냐?!"

　리오브 일족의 첫째가는 전사 노오칸은 괴성을 질렀다. 다행히 그의 주변에는 무거운 검을 괴물같이 휘두르는 용병도, 이미 자신들과는 한 차원 다른 힘을 가진 반마도 없었다. 그래서 거대한 도끼를 휘둘러 나약한 인간들을 유린하며 종횡무진할 수 있었다.

하지만 사실은 그도 이미 개미 떼처럼 달라붙는 인간들의 검에 몇 차례나 찔려 피를 흘리고 있었다. 그저 여기서만은 물러설 수 없다는 독종 같은 집념과 의지력을 발휘하여 움직였고, 끝내는 단신으로 적의 진형을 뚫고 말았다.

전장의 후방, 그곳에는 이상하게도 웬 어린아이가 백마를 탄 채 전장을 내려다보고 있었다. 열 살도 채 되어 보이지 않는 아이는 겁에 질린 표정을 하고 있진 않았으나, 말고삐를 잡은 손이 아직 조막만 한데다 고사리 같고 어깨가 왜소하고 좁아서 어쩌다 이런 전쟁터에 오게되었을까 하는 안쓰러움이 들게 했다.

하지만 노오칸은 이 자그마한 어린아이야말로 자신이 처단해야 할 최대의 적이라는 것을 알고 있었다. 이 세상의 것이 아닌 것 같은 아름다운 금색의 눈동자를 보자 증오심마저 터져 나올 지경이었다. 그는 하늘이 쩌렁쩌렁 울릴 만큼 커다란 노호성을 지르며 곧장 그 아이를 향해 내달리기 시작했다.

"인왕!! 네 이노옴~!!"

"헉!! 인왕 폐하를 보호해라!!"

"멈춰랏!!"

기사들이 다급히 노오칸의 앞을 가로막으며 인왕을 비호하러 나섰다. 그러나 노오칸은 지금 그 어느 때보다 강한 무력을 발휘하고 있었다. 바로 코앞에 인왕이 있는데, 이대로 온몸의 모든 피를 뽑고 죽는한이 있어도 멈출 수는 없었다.

노오칸의 상상을 뛰어넘는 무위에 순간적으로 인왕의 주변은 완전히 무방비 상태가 되었다. 노오칸의 온몸에 희열이 가득 찼다. 이제 남은 것은 솜털 난 꼬맹이 하나뿐이다. 역시 어린아이는 어린아이인지 공포에 완전히 얼어버린 듯 그가 달려가는 데도 주문을 외울 생각조차 않고 있었다.

이로써 끝이다!! 인왕만 없애 버린다면 자신이 이 자리에서 죽는다 해도 남은 동포들이 분명 드워프만의 지상 제국을 건설해 주리라!!

"죽어라아—앗!!"

노오칸의 애도(愛刀)가 어린아이의 몸을 두동강 내려던 순간이었다. 공포에 얼어버린 것으로밖에 보이지 않던 아이가 손가락을 앞으로 내밀며 담담히 말했다.

"실라페."

"크아악?!"

난데없이 투명한 여인이 나타나 치마를 휘둘렀다. 거대한 옷자락에 휩쓸려 노오칸은 짜리몽땅한 몸통째로 허공에 날려지고 말았다. 비록 꼴사납게 바닥에 얼굴을 찍히거나 하진 않고 제대로 균형을 잡아 바닥에 내려섰지만 그의 놀라움은 매우 큰 것이었다.

"뭐, 뭐냐? 엘프 놈들이 쓰는 정령 마법?! 인간인 주제에!!"

"평범한 인간이 아니지요. 저는 인왕으로서 선신과 마신은 물론, 정령신의 축복까지 받고 있으므로 정령 마법을 사용할 수 있습니다. 그런데 이런 중대한 정보를 잊으시다니 실로 무식하시군요. 전투 전문 드워프라서 머리가 나쁜 것입니까?"

"크아악!! 말 다 했으렷다?!"

가슴에 손을 얹고 맹세하건대 그저 궁금해서 물었을 뿐 결단코 상대를 조롱하기 위해 꺼낸 말은 아니었으나, 그 사실을 알 리 없는 노오칸은 분노에 치를 떨며 릭샤를 향해 곧장 뛰어나갔다.

보통 사람이라면 오금을 저려 버릴 만큼 무지막지한 기세!! 그러나 릭샤 특유의 무심한 심리 상태를 흔들기에는 심각하게 역부족이었다.

릭샤는 자신의 키에 비해 높은 높이에도 불구하고 말의 등에서 훌쩍 뛰어내렸다. 마석 팔찌를 낀 양 손목을 허공에 뻗어 서로 마주 댄 다음, 스태프를 쥔 오른팔을 앞으로 뻗었다. 릭샤가 흘려보내는 마력의 흐름에 따라 손목의 마석이 푸른 빛을 뿜은 뒤 스태프의 거대한 루비가 붉은 빛을 사방에 흩뿌렸다.

"실레스틴."

스태프를 한 번 거두어들였다가 다시 내뻗으며 릭샤는 또 한 번 외쳤다.

"엘레스트라."

"셀레아나."

"노에아넨."

세 번의 같은 동작이 반복되었을 때 노오칸의 주위에는 거대한 최상급 사대정령이 그 위용을 드러내며 서 있었다. 노오칸은 시퍼렇게 질린 얼굴로 릭샤를 바라보았다. 아직 솜털이 보송보송한 이 어린아이는 사대정령을 모조리 불러내고도 그다지 지친 기색이 보이지 않았다.

"어, 어떻게 사대정령을… 그것도 최상급 정령을 모두 다 불러낼 수가……!! 인왕이라면 아직 어린아이인데, 아니, 애라면 이런 일은 불가능해!! 네놈의 정체가 뭐냐?! 이런 비겁한 놈들!! 인왕을 내놔!!"

"오해하시면 곤란합니다. 제가 바로 인왕입니다. 그리고 아직 어린애 맞습니다."

릭샤의 무심한 대답이 끝나자마자 사대정령이 한꺼번에 노오칸을 덮쳤다. 드워프 일족의 위대한 전사는 마지막으로 외마디 비명을 지르고 세상을 떴다.

"거어짓마알—!!"

여름의 녹음으로 가득해야 할 리오브 산맥은 혈향으로 가득했다. 인왕이 이끄는 군대와 드워프 반란군이 맞부딪친 결과였다. 그렇게 산맥 곳곳에 쓰러진 시체들은 대부분 드워프들의 것이었다.

전투가 일단락되자 릭샤는 몇몇의 마법사와 호위기사를 대동하고 전장으로 나섰다. 모든 병사들이 대승을 거둔 것에 환호성을 올리고 있었으나 릭샤는 특별히 기쁜 표정을 짓지 않았다. 원래 무표정한 아이이기도 했고 워낙 연전연승을 하다 보니 이제는 아예 무감각해진 것이다.

인왕을 시험하겠다는 신의 전언이 있은 후로 모든 이종족이 일제히 반란을 일으킴에 따라 인간들은 매우 위급한 상황에 처했다. 하지만 그러한 상황에서도 인간 측은 일련의 트러블로 인해 늑장을 부린 격이 되어버렸고, 상당히 늦은 시점에서야 각지에 중앙의 원군이 파견되었다.

그러나 생각 이상으로 사람들은 잘 버티고 있었다. 상당히 많은 지역이 굳건히 방어선을 지켰으며 원군의 힘이 더해지자 매우 쉽게 승리를 이끌어냈다.

승리를 거둔 데는 여러 가지 요인이 있을 수 있겠지만 가장 큰 이유 중 하나가 이종족들은 협력을 하지 않는다는 데 있었다. 아니, 아예 협력의 차원을 떠나 서로를 방해했다. 그들은 같은 종족끼리도 부족이 다르면 결코 힘을 합치지 않으며 서로의 위기를 무시했다. 다른 종족이 마주치기라도 하면 서로 공을 차지하기 위해—그러며 자신들의 세계를 만들기 위해—전투가 벌어졌다.

"이런 상태라면 특별히 큰 위험 요소가 없는 한 앞으로의 전투도 매우 수월할 것 같군요. 모두 수고하셨습니다. 특별히 힘을 더해주신 선신관, 마신관 여러분, 그리고 알테어 단장도."

그 자리에 모여 있던 장교들과 병사들을 치하하던 릭샤가 특별히 알테어 단장의 이름을 거론했다. 수많은 귀족 장교를 제치고 일개 용병인 알테어가 치하받는 것에 몇몇 귀족은 눈살을 찌푸렸다. 하지만 그들도 속으로만 삼킬 뿐 이견을 대진 않았다.

그만큼 알테어 단장이 보여준 공적은 눈이 부셨다. 그가 이끄는 티바울프 용병단이 선발에 설 때면 전군의 사기가 하늘을 찌를 듯 올라갔다. 소문보다 대단한 자는 없다는 것이 정석인데 어찌 된 일인지 이알테어 단장은 소문보다도 수배는 강한 듯했다. 정말 용병왕이라는 칭호를 갖다 붙인다 해도 할 말이 없을 정도였다.

"과찬이십니다, 인왕 폐하. 하지만 솔직히 가장 큰 공헌자는 레가트 경이지요."

알테어가 고개를 숙이고 겸손히 대답했다. 이번에도 치하받을 자는 귀족 장교가 아니었다. 하지만 알테어 때와는 달리 못마땅한 표정을 짓는 자는 없었다. 아마 논할 가치조차 없는 일이기 때문이리라. 그들이 연전연승하는 이유 중 또 다른 하나가 바로 레가트였기 때문이다.

본래의 힘을 그대로 내보이는 레가트는 그저 강력한 마검사 겸 마법사라고 정의하기엔 너무나 거대한 무력을 보유하고 있었다. 익히 듣고있는 마왕 급이라는 말이 제대로 피부에 와 닿지 않는다면 평범한 드래곤 서넛 정도야 껌으로 때려잡는다는 사실을 상기하라. 마족과 천족의 뒷공작으로 인해 드래곤이 완전히 배제된 이종족과의 전투에서 레가트가 발휘한 힘은 지나칠 만큼 압도적이었다. 그냥 레가트 혼자 내보낸 다음 다 쓸어버려라 해도 될 만큼 말이다.

생각해 보면 참 이상한 일이다. 신은 마왕과 천왕의 힘이 너무 강력하다고 직접적인 개입을 금지시켰으면서 레가트는 아무런 제재 없이 내버려 두었다. 이종족들은 레가트의 개입을 허용한 신에게 이건 전부 무효고 말도 안 된다고 소송이라도 걸어야 될 판인 것이다.

'설마 신께서 상황이 이렇게 될 줄은 미처 생각을 못해 그러한 결정을 내리신 건가?'

"릭샤!"

릭샤가 가만히 생각에 잠겨 있는데 호랑이도 제 말하면 온다고 때마침 레가트의 다급한 목소리가 들려왔다. 숨 하나 흩뜨리지 않고 드워프 군대를 작살낸 주제에 뭐가 그렇게 불안할 게 있는지 안절부절못하는 얼굴이었다.

"릭… 아니, 인왕 폐하! 어디 다치신 곳은 없으십니까? 멀리서 드워프 하나가 달려드는 것을 보고 얼마나 놀랐는지 모릅니다. 앞으론 폐하의 주변 경호를 더욱 강화하지 않으면! 아니, 아예 제가 떨어지지 않고 항시 곁에 붙어 있는 편이!!"

레가트가 그 이야기를 꺼내자 다른 이들도 그때의 상황을 떠올렸다. 아무리 그들이 연전연승하고 있다 해도 릭샤가 죽어버리면 인간계고 뭐고 전부 황이었다. 그 무엇보다도 릭샤의 안전을 중시해야 할 이때에 그를 이런 위험에 노출시키다니 언어 도단이 아닌가!

하지만 어쩐 일인지 사람들은 릭샤의 호위를 강화해야 할 필요성을 그렇게까지 절실히 느끼지는 못하고 있었다. 릭샤도 단박에 레가트의 걱정을 쓸데없는 것으로 치부했다.

"드워프 하나 정도는 저도 얼마든지 상대할 수 있습니다. 레가트 경은 이대로 적군의 병력을 줄이는 임무에나 충실해 주십시오."

"아니, 단신으로 삼엄한 방어선을 뚫고 달려온 드워프 일족 최고의 전사를 그냥 '드워프 하나' 정도로 치부하긴 어려운 문제가 아닐지요."

"그러나 실제로 간단히 처리하지 않았습니까. 레가트 경께서 알려주신 이 마석 연계법의 활용으로 최상급 정령을 불러내는 네 소모되는 마력이 크게 줄었습니다. 덕분에 여간한 상대는 제 상대가 되지 않을 것입니다. 저 역시 병력의 한 축을 담당하는 실력자라는 것을 알아주시기 바랍니다."

"하, 하지만… 하지만 폐하는 아직 어린아이지 않습니까!"

"네, 어린애 맞습니다."

"그렇죠! 세상의 모든 어린아이들은 위험에서 보호받아야 할 권리가 있습니다!! 그러니까 역시 인왕 폐하께서는 어른의 보호를 받아야 하는 겁니다! 특히 이런 전쟁터에서는 더 더욱 그렇지요. 안 그렇습니까?!"

"좋습니다, 레가트 경. 제가 어린아이의 권리를 행사하고 싶다고 말할 때 달려와 주십시오. 그보다 아군의 피해 상황과 도주한 드워프족 패잔병의 행방에 대해서 듣고 싶습니다만."

레가트는 말주변이 달리는 고통에 부들부들 떨었다. 하지만 이건 레가트가 처음부터 공략할 부분을 잘못 잡은 탓이다라고 사람들은 그렇게 생각했다.

어린아이가 맞다고는 하지만 저 대화의 어디가 어린아이란 말인가? 마력과 무력, 평소에 생각하는 것까지 어른에 비해 부족함이 없고 되려 월등히 능가하고 있으니 차라리 어린아이가 아니라고 대하는 편이 속 편하고 타당할 것이다. 하지만 아무리 상대는 아이가 아니라고 마인드 컨트롤을 하여도 어린애 특유의 똘망똘망한 눈동자에 젖살이 토실토실한 뺨을 마주 대하노라면 자신도 모르게 흔들려 버리기 마련.

사람들은 위대한 드워프 전사의 마지막 외마디 외침을 깊이 이해하고 동감의 빛을 보내었다.

여하튼, 릭샤에 대한 호위는 지금까지의 수준에서 조금 더 강화한다는 선에서 결론이 났다. 릭샤가 괴물같이 강하긴 하지만, 수십만 분의 일의 가능성이라도 사고가 나면 곤란했다.

"저의 호위에 대한 논란은 그 정도 선에서 끝내기로 하고, 이만 병사들을 쉬게 하십시오. 패배를 거듭함에도 불구하고 이종족들은 결코 쉽게 물러서지 않을 것입니다. 이 전쟁, 반드시 장기전이 될 것이라는 사실을 잊지 말아주십시오."

"넵, 인왕 폐하. 자아, 폐하의 말씀을 들었지!! 어서 막사를 세워라! 쉴 수 있을 때 쉬어야지!!"

장교들은 그 즉시 릭샤에게 받은 명령을 병사들에게 하달했고 휴식하라는 말만큼은 절대 거부하지 않는 병사들이 분주히 움직이기 시작했다.

대충 공식적인 자리가 해산된 듯 보이자 레가트는 릭샤의 곁으로 다가와 작은 어깨에 손을 얹었다. 레가트는 아무리 채이고 밟히면서도 릭샤가 어린애라는 생각을 여전히 지우지 않고 있었다. 그리하여 어린 아이인 릭샤는 이런 전쟁터에서의 생활이 분명히 커다란 마음의 상처로 남을 것이며, 한시라도 빨리 아늑한 곳에서 피에 물든 마음을 정화하고 쉬게 해주어야 한다고 판단했다.

"릭샤, 오늘 많이 힘들었지? 그만 가서 형이랑 쉴… 컥?!'

상냥하게 말을 붙이던 레가트였지만 순간 릭샤의 몸에서 난데없이 퍼져 나오는 검고 탁한 기운에 휩쓸려 이번에도 말할 기회를 잃고 말았다.

사람들은 그 검은 기운을 보며 소스라치게 놀랐다. 지옥의 뱀처럼 일렁이는 기운은 척 보기에도 무척 불길해 보였다. 처음 이 현상을 접한 이들은 급기야는 인왕을 보호해야만 한다는 사명감을 느끼고 검까지 뽑아 들었다. 겨우 검은 기운을 헤집고 나온 레가트가 다급히 그들을 말렸다.

"앗! 기다려! 이건 위험한 현상이 아니니 검을 치우십시오. 마신께서 노하시겠습니다!"

마신이라는 이야기를 들은 이들은 의아한 표정으로 릭샤를 바라보았다. 불길한 기운의 안에 무표정히 선 릭샤가 갑자기 고개를 끄덕이며 입을 열었다.

"예, 오랜만입니다, 크샤네리프님."

크샤네리프라 함은 바로 마신을 뜻한다. 제아무리 무식한 인간이라도 그 사실을 모르는 자는 없을 것이다.

인왕이 어떤 존재인지에 대해서는 귀가 닳도록 들었으나 실제로 이 광경을 앞두고 서 있자니 사람들은 벌어진 입을 다물 수가 없었다. 수많은 사람들, 신관, 종교인이 온몸을 불사르면서 그토록 듣고 싶어했던 신의 목소리! 그 가르침! 바로 신탁이 자신들의 앞에서 벌어지고 있는 것이다!!

그때 릭샤가 고개를 갸우뚱하며 입을 열었다.

"그런데 마신께서 웬일로 제게 연락을 다 하셨습니까?"

감동에 벅찼던 분위기는 릭샤의 한마디 대꾸로 인해 살짝 찬물이 끼얹어졌다. 이는 사람들이 꿈에 그리던 신비로운 신탁에 어울리는 대답이 아니었다. 화려한 미사여구를 덕지덕지 발라 끝도 없이 인사말을 주절주절 늘어놓지는 않아도 최소한 '웬일이냐'라고 물어서는 안 되는 것이었다.

하지만 사람들이 어떻게 생각하든 말든 릭샤는 대화를 계속해 갔다.

"아니오. 물론 용건이 없으셔도 연락하실 수 있습니다. 그저 지금은 시험 도중인데 채점관이나 마찬가지인 마신께서 이렇게 개인적으로 말을 거서도 되는가 하는 그런 뜻으로… 아닙니다. 비록 따뜻하게 저를 감싸주신 카율세이나님과는 달리 크샤네리프님께서는 질타부터 하셨지만 모두 저를 위하신 일이라는 것을 알고 있습니다. 카율세이나님만 좋아서 그랬던 것이 아닙니다. 제 말투가 나빴습니다. 앞으로도 심심하실 때면 언제든지 연락해 주십시오. 그냥 하는 소리가 아닙니다."

'신탁을 심심하다고 내린단 말인가!'

어색한 침묵을 담은 바람이 이 일대를 스쳐 지나갔다.

너울거리는 검은 기운 속에서 잠시 동안 대화가 더 지속되었다. 어느 순간 릭샤가 주변을 두리번거리더니 고개를 든 채 남서쪽을 향해 한 걸음 내디뎠다.

"이렇게 하늘을 보면서 걸어가란 말씀이십니까? 더? 스물세 걸음?"

릭샤는 혼자서 중얼중얼 대답하며 좀 더 앞으로 걸어나왔다. 병사들은 경이로움에 멍하니 넋을 빼고 있으면서도 릭샤가 다가오자 자신도 모르게 뒤로 물러서 길을 내었다.

릭샤가 정확히 스물두 번째 발자국을 걷고 마지막 스물세 번째 발자국을 디디려는 순간이었다. 바로 그 앞에 교묘하게 솟아오른 돌부리가 진로를 방해하고 있음을 사람들은 똑똑히 보았다. 하지만 릭샤는 하늘을 쳐다본 채로 걷느라 그것을 알지 못했다.

"앗?!"

마지막 걸음을 내디디려다 돌부리에 발이 걸린 릭샤는 깜짝 놀랐다. 하지만 그대로 넘어질 릭샤는 아니었다. 그는 재빠르게 몸을 낮추며 반대쪽 다리를 뻗어 땅을 디딤으로써 균형을 잡으려 했다. 하지만 때마침 그곳에 매우 잘 굴러갈 것 같은 반질반질한 둥근 돌멩이가 있었다. 과연 그 돌멩이는 잘 굴렀다.

콰당!

모든 이들이 침묵한 채로 있었기에 소리는 유난히 요란했다. 그 소음이 난 후에는 다시 침묵이 이어졌다.

신탁이라는 경이로운 장면을 보기 위해 지금 병단의 모든 병사들, 장교들은 한 점을 주목하고 있었다. 그 시선의 가운데 인류의 구원이자 희망인 인왕은 양팔과 양다리를 쭉 뻗고 얼굴은 정면으로 바닥에 박은 채 쓰러져 있었다. 어찌나 정석에 가까운 넘어짐의 자세였는지 이 장면을 그려두었다가 본받아야만 할 것 같았다.

"리, 릭샤……."

레가트가 가장 먼저 정신을 차리고 다급히 릭샤에게 달려갔다. 마치 자신이 넘어지기라도 한 듯 그의 얼굴은 좀 발갛게 달아올라 있었다.

그의 부축을 받으며 릭샤가 조용히 고개를 들었다. 천만다행이라고 해야 할까, 심하게 얼굴을 박은 것치고 코피는 나지 않았다.

화악―

그때 릭샤의 몸을 감싸고 있던 탁하고 검은 기운이 크게 일렁였다. 평범한 사람들도 어쩐지 알 수 있을 것만 같았다. 그 기운의 주인이 지금 웃고 있다는 것을.

"웃지 말아주십시오. 제가 말실수를 좀 했기로서니 모두가 보는 앞에서 이런 식으로 복수를 하시다니… 장난이라구요? 아무리 장난이라도 정도가 있습니다. 카율세이나님이 아니라도 이쯤 되면 잔소리가 나올 수밖에 없습니다."

무표정, 무감동의 대명사인 릭샤가 콧등을 문지르며 흔치 않게 불만을 내비쳤다.

뭐랄까, 사람들은 복잡한 기분이었다. 신께서 이런 장난을 걸 만큼 이 아이는 신비한 존재인 것이다. 그러나 발갛게 부어오른 이마와 콧등, 턱을 보고 있자니 1초 전의 그 광경이 눈앞에서 어른거려 자꾸 입 주변이 간질거렸다. 그렇게 애늙은이처럼 유난을 떨던 아이가 그림에 그린 듯 발라당 넘어지다니.

신비하고 경이로운 존재를 보고 감탄할 것인가, 아니면 본능에 몸을 맡기고 웃을 것인가, 그것도 아니라면 레가트처럼 릭샤의 곤란을 자신의 일같이 여기고 걱정할 것인가!

"응? 이건……?"

사람들이 술렁이는 동안에도 마신과 뭔가 이야기를 주고받으며 바닥에서 꼼지락대던 릭샤가 갑자기 침음성을 냈다. 무슨 일인가 하여 릭샤를 쳐다본 레가트는 릭샤가 양손으로 짚고 있는 바닥에서 희미하지만 흰색의 기운이 떠오르고 있음을 알게 되었다. 그것은 마석에 마력을 흘려보내었을 때 생기는 현상과 비슷했다.

"대체?"

어쩐지 심상치 않은 기분이 들어 레가트는 일단 지난 일은 덮어두고 릭샤가 하고 있는 것처럼 바닥을 손으로 짚었다. 일견은 평범한 바닥과 차이가 없는 것 같았으나 마력을 흘려보내니 미미하지만 평범한 땅바닥과는 다른 점을 감지할 수 있었다.

"마력이 증폭되는 것이 느껴져… 이 일대에 마석이 매장되어 있는 건가……? 아니, 그게 아니야!!"

레가트는 소스라치게 놀라 고개를 들었다. 그리고 허둥지둥 자신의 허리에 찬 검을 뽑아 들었다.

지금 바닥에서 흘러나오고 있는 이 파동은 자신이 쥐고 있는 검에서 느낄 수 있는 것과 똑같았다. 하지만 그것은 있을 수 없는 일이다. 이곳은 마계도 천계도 아닌 중간계이기 때문이다.

레가트는 재차 확인을 하고자 오른손에 검을 왼손을 바닥에 두고 동시에 정신을 집중했다. 그의 마력에 반응하여 검과 그 일대의 바닥에 서리처럼 하얀 빛무리가 졌다. 레가트의 느낌에 착각은 없었다. 검과 바닥의 기운은 완벽한 일치감을 보이고 있었다.

"이럴 수가… 이건 미스릴이잖아……!!"

레가트의 말이 떨어지자마자 마력을 사용할 줄 아는 자라면 너나 할 것 없이 땅에 손을 짚었다. 그리고 모두가 경악했다.

그들이 밟고 있는 바로 이곳에 미스릴이 매장되어 있었다. 단순히 자그마한 미스릴 금속 하나가 우연히 묻힌 것은 아니다. 이토록 멀리, 그리고 미미하게 기운이 퍼진 것으로 보아 이 일대는 미스릴 원석의 매장 지역으로 보는 것이 타당했다.

하지만 자신의 손으로 느끼고도 사람들은 이 진실을 믿을 수 없었다. 미스릴은 단순한 마석에 비해 수배나 강력한 힘을 발휘하는 마석이다. 그리고 동시에 신의 축복이 어린 매우 신성한 금속이기도 하다. 미스릴이 천계와 마계에서밖에 나지 않는 것은 바로 그런 이유에서였다. 분명, 그것이 정석이었다.

하지만 그들이 느끼고 있는 것은 부정할 여지도 없는 미스릴. 도대체 어째서, 언제부터 중간계에 미스릴이 나기 시작했단 말인가!

"인왕이 탄생하였기 때문에… 인왕이 탄생하던 그때에… 중간계에도 미스릴이 존재하게 된 것이다……."

레가트와 모든 이들의 의문에 대답하기라도 하듯 릭샤가 멍하게 중얼거렸다. 릭샤의 주변에는 여전히 검은 기운이 떠나지 않고 있었는데,

사람들은 바로 그 기운의 주인인 마신의 말을 릭샤가 그대로 전하고 있음을 깨닫게 되었다.

그때 이미 검고 탁한 기운에 휩싸여 있는 릭샤에게서 또 다른 희고 눈부신 기운이 퍼져 나왔다. 거부할 수 없는 고결함과 경건함의 감각이 선신의 신탁이라는 것을 알리고 있었다. 하지만 확실히는 알 길이 없으나 선신의 기운은 뭔가 크게 화가 난 듯했다. 마신과 한바탕 말싸움이라도 벌이는 것처럼 사납게 일렁이던 백색 기운은 어느 순간 검은 기운을 끌고 가듯이 휘감았고 동시에 사라졌다.

"설마 신들은 처음부터 이럴 생각으로……!!"

사람들이 멍하니 그 광경을 지켜보기만 하고 있을 때 알테어 단장이 그답지 않게 크게 당황한 얼굴로 소리를 높였다. 덕분에 모든 이들의 시선이 그에게로 집중되었다.

그것은 릭샤도 마찬가지였다. 여전히 바닥을 짚은 채로 알테어 단장에게 계속 이야기해 보라는 듯 눈짓을 보내었다.

아주 잠시 망설이는 기색을 보여주었던 알테어 단장은 곧 순순히 이야기를 이어갔다. 얼굴은 무뚝뚝한 평소의 모습으로 돌아왔으나 목소리만은 무언가에 크게 흥분한 사람처럼 떨리는 기색을 감추지 못했다.

"미스릴은 신의 금속, 신의 축복을 받는 세계에서만 생산되는 신성한 광물입니다. 따라서 언젠가 중간계가 신의 축복을 받는 유일 종족의 세계로 변화하였을 때 중간계에도 미스릴이 생겨나게 될 예정이었을 것입니다. 하지만 사실 미스릴은 이미 중간계에 존재하고 있었습니다. 인왕이 탄생하던 바로 그때에 이미 미스릴 또한 창조되어 있었던 것입니다. 그리고 어쩐 일인지 신께서는 몸소 신탁을 내려 일부러 그 사실을 인왕께 각인시켜 주고 가셨습니다. 이것이, 도대체 이 신탁이 무엇을 의미합니까.

이곳 중간계는 오래전부터 너를 맞이하며 변혁을 갖추었다고, 중간계의 모든 것은 이미 너의 것이나 마찬가지라고 말씀하시는 것 아닙니까? 신들에겐 인간계를 철회할 생각 같은 건 애초에 없었습니다. 인왕을 시험하고자 했던 것은, 실은 인간계에 조금이라도 타당성을 부여하고자 만든 것으로 이종족의 불만을 잠재울 허울 좋은 구실에 불과했다는 겁니다!'

옆 사람이 침 삼키는 소리까지 들릴 정도로 사방은 고요했다. 할 말이 없는 것은 아니었다. 되려 하고 싶은 말이 너무 많아 목구멍이 터질 지경이었다. 그러나 누구 하나 감히 입을 열지 못했다. 고요함 안에 자그마한 열기가 떠돌았다.

사람들은 그 열기에 불씨를 던져 줄 위대한 존재를 열망했다. 그리고 릭샤가 움직였다. 느리게, 하지만 절대 미적이는 느낌은 주지 않는 당당한 움직임으로 그들의 앞에 바로 섰다.

"이, 인왕 폐하 만세—!!"

마치 약속이라도 한 것만 같았다. 조금 전까지만 해도 숨 막힐 듯한 침묵이 이어졌다고는 믿어지지 않을 정도로 어마어마한 함성이 모든 이들의 입에서 동시에 터져 나왔다. 사람들이 느낀 전율과 기쁨은 허튼 말로는 감히 표현하기 힘든 감정이었다. 그래서 더욱 그랬으리라.

신의 뜻이 있고, 인왕이 있는 이상 그들은 이긴 것이나 다름없었다. 이종족들은 더 이상 인간을 나약하고 미천하다고 깔보지 못하리라!!

연전연승을 거둘 때도 들을 수 없었던 거대한 환호성은 한참 동안이나 계속됐다.

"굉장해! 굉장하다고, 릭샤!!"

유일하게 인왕의 개인 막사를 자유로이 들락거릴 수 있는 레가트가 릭샤의 뒤를 따라 들어와 흥분한 얼굴로 소리쳤다.

"인왕을 시험한 것이 그저 이종족의 불만을 감추기 위한 구실에 불과했다니, 하기야 갑자기 인간계를 만들어 버리면 이종족의 불만이 장난이 아니겠지. 처음에야 신의 뜻이라 복종할 수밖에 없을 테지만 언젠가는 폭발하고 말 거야. 아하, 그래서 계기를 만드시는 거구나! 이젠 좀 안심해도 될 것 같아. 그렇지? 하핫!"

"아니요. 틀렸습니다."

자신만만하게 자신의 의견을 피력했건만 릭샤의 대답은 가차없었다. 레가트는 오랜만에 무척 무안한 기분으로 되물었다.

"으, 음… 그, 그럼 뭔데?"

"시험은 단순한 구실이 아니며 여전히 저의 능력을 가늠하기 위한 장입니다. 그러니 레가트 형은 방심하지 마시고 계속 절 지켜주십시오."

"어째서 그런 말을 하는 거니? 형의 생각에도 알테어 단장의 추측은 타당하다고 판단돼. 이미 마신은 릭샤의 편을 들어주신 거나 마찬가지야. 일부러 네게 신탁을 내려 미스릴과 너의 관계를 강조하고 가셨잖니? 도대체 그 의도가 뭐겠어?"

"별다른 의도는 없었습니다. 그저 오늘따라 심심하셨던 마신께서 괜히 말을 거셔서 이것저것 알려주고 가신 겁니다. 아, 매우 난감한 장난도 치셨군요."

"에이, 대체 그게 뭐니, 아무리 마신이라고 해도 그런 대답은 너무하잖……."

손사래질을 치며 불만을 표하던 레가트는 순간 잊고 있던 중대한 사실을 떠올렸다.

마신의 성격!! 어느 날 문득 별로 관계도 없는 망자들을 대거 살려내는가 하면, 난데없이 착하게 살아가고 있는 자들을 재로 만들어 버리는 등, 자신이 만들고 공언한 세계의 섭리마저 개무시하는 그 제멋대로인 성격에 죽어나고 살아나는 생명이 얼마인가!

"아, 맞아. 크샤네리프님은 원래 좀 그런 분이었지…… 그래서 아무 생각도 없이 인왕을 옹호하는 것처럼 보이는 행동을… 아, 그럼 마지막의 하얀 빛은 선신께서 크샤네리프님의 돌발 행동에 화가 나셔서 호통을 치시다 끌고 가시며 생겼던 거구나."

"매우 정확하신 추리입니다."

"하지만 아무리 그래도… 자신이 제안한 시험인데 자신의 손으로 그 형평성을 흔들어 훼방을 놓다니… 크샤네리프님은 정말……."

"아, 하지만 그 부분에서 주목할 필요가 있습니다."

릭샤는 손가락을 하나 꼽았다.

"마신께서 자신의 위치를 망각하고 종종 돌발 행동을 감행하시지만 그 행동이 완전히 무에서 나오는 것은 아닙니다. 이를테면 기분이 나쁘실 때엔 파괴를 기분이 좋으실 때엔 기적을, 마음에 드시는 자에겐 선심을, 마음에 들지 않으신 자에겐 불행을 내리시지요."

"아, 그건 그래. 그러니까 조금 전에 마신께서 하신 행동은 완전히 릭샤의 편을 들려고 한 건 아니지만, 릭샤가 어느 정도 마음에 들었기에 긍정적인 방향으로 돌발 행동을 하셨다는 거구나. 그것은 앞으로도 마신께서 가끔씩 내키실 때마다 릭샤에게 유리한 쪽으로 움직여 주실 수 있다는 거네? 이것도 나름대로 좋은 소식인걸?"

릭샤는 고개를 끄덕이며 손가락을 한 개씩 더 꼽았다.

"추측일 뿐입니다만, 이 외에도 괜찮은 정보는 더 있습니다. 첫째로 신께서는 형평성을 따져 지나치게 강대한 힘을 가진 마왕과 천왕의 개입을 사전에 차단하셨습니다. 하지만 어찌 된 일인지 마왕에 버금가는 힘을 가진 레가트 형의 개입은 인정하셨습니다. 비록 그 당시의 레가트 형이 힘을 숨기기에만 급급한 모습을 보였지만, 그것만으로 신께서 레가트 형의 존재를 무시하고 넘어가셨다고는 생각하기 어렵습니다. 그 외에도 짚이는 곳은 많습니다. 천족의 적극적이지 않은 움직임. 마족의 사이에 끼어 완전히 봉쇄되어 버린 드래곤들. 예상외로 강력한 힘을 보여주지 못하고 있는 이종족들. 과연 신께서 이 모든 사태를 아예 예상하지 못하였던 것일까요?"

레가트는 도무지 이해하지 못하겠다는 표정으로 릭샤를 바라보았다.

"아니, 그럼 알테어 단장님과 똑같은 결론이 나오잖아. 결국 신께서는 인간계를 철회할 의향이 없으시다는 것. 시험이란 허울 좋은 구실에 불과하다는 것."

"아닙니다. 마신은 그렇다손 치더라도 선신도 함께 계시지 않습니까? 이것은 명실 공히 한 시험이며 제가 실격을 당할 가능성도 분명히 있습니다. 그때가 되면 신께서는 반드시 인간계 철회라는 약속을 지키실 것입니다. 하지만 제가 손꼽은 여러 가지 변수로 인하여 인왕의 시험이라는 것이 생각보다 훨씬 난이도가 낮다는 것입니다. 아마도 제가 어지간히 어리석은 짓을 저지르지 않는 한, 정말 큰 이변이 없는 이상은 실격당할 확률은 일 할 미만일 테지요. 하지만 분명히 실패의 확률을 내재하고 있기에 끝까지 방심하지 않고 분발해야 할 필요성이 있다는 것이 저의 결론입니다."

레가트는 멍하게 릭샤를 쳐다보았다.

"와아, 릭샤… 정말 굉장하구나. 정말… 진심이야……. 이건 정말… 후우, 어린애 운운하는 말은 그만둬야 하나 보다."

"제가 분명 어린아이이긴 합니다만, 일반적인 어린아이라고는 볼 수 없으므로 레가트 형은 보다 개방적인 사고방식을 가질 필요성이 있습니다."

"그, 그렇구나. 알았어! 우리 릭샤를 어린애 취급하는 것은 그만둬야지."

어린애 취급을 그만두기 위해서는 '우리 릭샤'라는 호칭부터 어떻게 해야 할 것 같았지만, 레가트도 릭샤도 그 사실은 별로 인지하지 못했다. 어쨌든 레가트는 자신의 결심을 재확인하듯 주먹을 불끈 쥐었다. 그 순간 릭샤의 눈이 번쩍 하고 빛났다.

"그렇다면 다음 해 이맘때 즈음에 저와 약혼식을 올려주십시오!"

"뭐?!"

레가트는 화들짝 놀라서 몸을 굳혔다. 그냥 결혼하자도 아니고 다음 해 이맘때쯤의 약혼식! 이것은 너무나 구체적이고 너무나 위험한 것이었다.

"지금까지 저의 프로포즈를 거부해 왔던 이유가 저를 어린아이로 보고 계시기 때문 아니었습니까. 그런데 이제는 제가 어린아이로 보이지 않으실 테니 더 이상은 거절하지 않으시겠지요. 어떻습니까. 제 프로포즈를 받아주시겠습니까?"

"헉!! 헉?!"

프로포즈라는 단어가 나올 때마다 레가트는 격한 숨을 들이마셨다. 그날 밤은 레가트에게 무척이나 심란한 밤이 되었다.

제47화

덴버그쟈드 전투 ■

덴버그쟈드 전투

릭샤가 생각한 대로 이어지는 전투는 순풍을 탄 배와 같았다. 각지에서 이루어지는 크고 작은 이종족과의 접전에서 인간 연합군은 패배를 모른 채 연전연승을 거두었다. 특히 인왕이 이끄는 군대는 단 한 번의 패배도 겪어보지 못했으며 모든 전투는 언제나 압도적인 승리였다.

그 어느 때보다도 인간들의 얼굴에는 활기가 가득 차 있었다. 연승하고 있는 것과는 별개로, 전 대륙의 모든 곳이 이종족과의 전투에 휘말렸기 때문에 자연히 생활이 피폐해질 수밖에 없었으나 불평을 내뱉는 이들은 극히 드물었다.

이것은 다른 평범한 전쟁과는 차원이 달랐다. 그들은 지금 신께서 내려주신 인왕을 모시고 인간계를 인정받기 위해 싸우고 있었다. 인간들에게 있어 이것은 역사에 길이 남을 지상 최대의 성전(聖戰)이었다. 지금 창과 칼을 들고 용감히 나선 자들은 미래의 전설 속에 등장할 용감한 기사가 될 것이다.

때문에 코흘리개 꼬마들까지 너도나도 지원병으로 나서 그 행렬이 끝날 줄을 모르고 길게 이어졌다. 사람들은 한마디 불평도 않고 자발적으로 자신이 재배한 곡식들을 군량미로 내놓았다.

전 대륙에서는 하루도 빠짐없이 인왕을 위한 찬양의 노래가 울려 퍼졌다. 각지의 전투에서 인왕이 보이고 있는 현명함과 신에 가까운 힘을 소문으로 전해 들으며 사람들은 이미 인간계가 확정된 것이나 다름없다고 믿었다.

"또다시 전멸?!"

갑자기 들이닥친 전령이 다급히 늘어놓은 이야기를 듣고 릭샤는 눈을 동그랗게 떴다.

사실 연전연승이라고 광고하고 있는 것과는 달리, 릭샤가 직접 이끄는 인왕 친위 부대를 제한 다른 부대는 종종 패배를 겪어왔다. 하지만 이종족의 피해도 만만치 않았고, 다음 접전에서는 언제나 인간 연합군 쪽으로 승리가 돌아왔다.

하지만 지금은 상황이 좀 달랐다. 벌써 네 번째 패배인 데다가 피해 상황은 거의 전멸에 가까웠다. 놀라운 것은 이번 전투는 크로제츠 9세가 황실 기사단까지 이끌고 직접 지휘했다는 것이다.

비록 공식적인 첫 만남에서 불미스러운 일이 있긴 했으나 릭샤는 기본적으로 황제가 유능하다고 생각했다. 이미 전 대륙에 퍼진 명성이 그러하였고, 재위 기간 동안의 제국 역사를 뒤돌아보아도 그는 확실히 뛰어난 군주였다. 크로제츠 9세가 직접 나선다는 이야기를 들었을 때, 릭샤는 패배 따위 염두에 두지도 않았었다.

그런데 패배했다. 그것도 전멸에 가까운.

"황제께서는 무사하십니까."

릭샤의 형식적인 물음을 듣고 전령은 고개를 깊이 숙였다.

"폐하께서는 무사히 그곳을 벗어나셨습니다. 하지만 카크비아님께서 큰 부상을 당하시고 지금 혼수상태에 계십니다."

"카크비아 경이……!!"

막사 내부가 크게 술렁이기 시작했다. 9클래스 마법사인 그의 부상은 인간 측의 커다란 전력 저하를 의미했다.

레가트가 지도를 짚으며 입을 열었다.

"멜카츠 성에 이어 덴버그쟈드 성을 점령한 엘프 일족, 눈여겨볼 주요 전력은 두 명의 최상급 정령사, 그리고 다섯 명의 상급 정령사… 그때도 생각한 것입니다만, 한 부족에서 이렇게나 많은 정령사를 배출해 내다니 정말 대단하군요."

"아니, 적군 병력에 대하여 새로 보고 올릴 것이 있습니다. 이번 전투에서 확인된 적군의 최상급 정령사는 그 수가 무려 다섯이나 되었습니다! 또한 상급 정령사의 수도 적게는 일곱, 많게는 열에 가깝다는 보고입니다."

"다섯? 열?"

레가트는 눈을 휘둥그레 뜨고 그의 말을 따라 했다. 놀랍다기보다는 갑자기 그게 웬 농담이냐는 심정이 진하게 담겨 있었다.

최상급 정령사들이 사용하는 정령 마법은 일반 마법에 비하자면 8클래스, 9클래스 초급에 가깝다. 하지만 일반 마법에 비해 마력이 적게 들고 발동 시간이 매우 짧으므로 오히려 9클래스의 마법사보다 우위에 있다고 볼 수도 있었다.

인간들 중에서 카크비아 급의 9클래스 마법사가 네 명밖에 되지 않는 것처럼, 엘프들 내의 최상급 정령사의 수도 마찬가지였다. 그들의 수는 매우 적으며, 최상급 정령사를 단 한 명도 배출해 내지 못한 일족이 부지기수일 수밖에 없었다.

그런데 최상급 정령사가 한 부족 안에 다섯이나 존재하다니, 게다가 상급 정령사마저도 열에 가까운 수라니… 상식적으로는 도저히 불가능한 수치였다.

"저기, 뭔가 착각을 한 게 아닐는지……."

"아닙니다! 최상급 정령사의 수는 확실합니다! 황제 폐하의 엘프인 레이젤레스가 확인한 일이기도 하며, 그만큼 압도적인 무력의 차가 있었기 때문에 황제 폐하께서 이끄는 군이 전멸에 가까운 패퇴를 했어야 했던 것입니다!"

병사는 황제에 대한 충성심이 상당한 듯 마지막 발언에서 다소 격한 감정을 드러내었다. 릭샤는 고개를 끄덕이며 말했다.

"알았습니다. 진위 여부를 떠나 이번 전투의 패배에는 분명 그만한 이유가 있었을 것이 틀림없습니다. 케줄러 령의 탈환은 미루고 당장 회군하겠습니다."

다른 이들도 즉각적인 조치에 동감을 표했다. 연전연승하고 있는 현재 상황은 모든 이종족 세력을 심리적으로 압박시키면서 사기를 크게 저하시키고 있었다. 그런데 이런 식으로 연이어 패배를 하기 시작한다면 이종족에게 희망과 투쟁의 의지를 불태우게 해줄 것이 틀림없다.

"하지만… 최상급 정령사가 다섯이나 된다는 것이 정말 사실이라면 상황이 굉장히 어렵지 않을까요. 아군 측은 카크비아 경마저 부상 중이라 최상급 정령사에 버금가는 마법사는 인왕 폐하와 마신관 덱스틴님, 그리고 물의 최상급 정령을 부리는 레이젤레스 정도가 전부입니다. 물론 아군 측의 마검사단과 일반 병력 등이 압도적이긴 합니다만, 자칫 하면 고위 클래스의 마법에 한 개의 군단이 단번에 날아가 버릴 가능성도……."

레가트는 눈썹을 한가운데에 모으고 끙 소리를 냈다. 그러자 다른 이들도 조금 심각한 눈짓으로 릭샤를 바라보았다. 확실히, 최상급 정령사가 한자리에 다섯이나 모인다는 것은―그것이 진실이라면―정말 초유의 비상사태였다.

하지만 릭샤는 그들의 걱정이 이해가 가지 않는다는 듯 고개를 저었다.

"설마 긴장을 하시는 것입니까? 특히나 레가트 경께서 그런 소리를 하다니 이해가 가지 않는군요. 경의 힘이라면 최상급 정령사 다섯 정도야 얼마든지 쉽게 상대하실 수 있지 않습니까? 저나 덱스틴, 레이젤 레스의 힘을 고려해 볼 것까지도 없다고 생각합니다만?"

사실 사람들이 최상급 정령사 다섯이라는 말을 듣고도 큰 소란 없이 조용했던 것은 릭샤가 말한 것을 인지하고 있었기 때문이기도 했다. 9클래스 마법을 자유로이 구사하는 거대한 드래곤조차도 때려잡은 전적이 있는데, 약하고 조그만 몸을 가진 엘프 정령사 정도야 어디 상대나 되겠는가.

다만 인간계를 위한 인간들의 성전임에도 레가트의 힘, 즉 마족의 힘에 전적으로 기대는 현 상황이 어쩐지 좀 찜찜하여 입을 다문 것이다. 릭샤는 그것을 읽고 입을 열었다.

"현재 마족들은 드래곤을 침묵시킨 이후 일체 움직임을 보이지 않고 있습니다. 그들도 이것이 인왕과 인간에 대한 시험이며, 자신들의 지나친 참견은 되려 화를 부를 수 있음을 알고 있기 때문입니다. 하지만 레가트 경의 경우는 달리 보아야만 합니다. 레가트 경은 순수 혈통의 마족이 아닌 인간의 피가 섞인 반마족이며, 기본적으로 중간계의 생물입니다. 또한 신께서는 레가트 경이 하루빨리 저의 조력자로서 성숙하긴 바라며 조언도 하셨습니다. 따라서 저는 마족의 경우와는 달리 거리낄 것 없이 마음껏 그를 이용해도 상관없다고 생각합니다."

어쩐지 물건을 이용하는 듯한 발언에 사람들은 눈치를 봤고 레가트도 상처를 받았다. 하지만 레가트는 다른 쪽으로 고뇌를 했다. 잠시 후 그가 다 기어들어 가는 목소리로 중얼중얼 말했다.

"하지만… 아무리 저라도 최상급 정령사를 다섯이나 상대하는 건 역시 좀 벅찹니다. 엘프 정령사들은 드래곤들과는 달리 합동 공격을 펼칠 테니……."

"그들을 저지하는 것이 불가능하다고 말씀하시는 것입니까? 레가트 경조차?"

거의 웅얼거림이나 다름없는 목소리를 듣기 위해 바짝 귀를 기울이던 한 장교가 크게 낭패인 얼굴로 다급히 되물었다. 아주 잠시 막사 안이 불안해지자 릭샤가 손을 들어 술렁임을 멈추게 했다. 그리고 은근히 압력을 실어 레가트를 돌아보아 주었다.

"정말 상대 못하십니까? 한때 레가트 경을 가르치셨던 마왕께 이 사실을 확인해 보아도 좋겠습니까?"

"헛! 아니… 꼭 그러실 필요까진… 제 말은 못 이긴다는 말은 아니고… 그 정도 되는 자들을 상대하려면 저도 제법 힘을 써야 하는데… 그 뭐냐… 그러려면… 완전히 본체로 되돌아가야……."

"기각하겠습니다."

레가트의 말을 끝까지 듣지도 않고 릭샤는 말을 잔인하게 끊었다. 릭샤가 그 자리에서 즉시 회군 명령을 내리자 레가트는 울 것 같은 얼굴로 사정을 했다.

"이, 인왕 폐하! 본체로 돌아가는 건 정말……!! 다들 그렇지 않으십니까? 여러분 모두 제 본체를 보는 일만큼은 절대 피하고 싶으실 겁니다!"

문득 이 자리에 선 모든 이들은 스테왈트 왕성에서 보았던 레가트의 본체, 거대한 괴물을 떠올렸다. 비록 그 사건을 계기로 레가트를 받아들이겠노라고 결정하였지만, 그때의 괴물을 다시 마주하면 또다시 소리를 지르거나 굳어버릴 것만 같았다. 아무리 마음을 강하게 다져도 금방 오금이 저려올 정도로 레가트의 본체 모습은 공포, 그리고 혐오감 그 자체였다.

사람들이 자신의 주장에 굉장히 긍정하는 듯한 분위기를 보이자 레가트는 기뻐해야 할지 슬퍼해야 할지 모를 복잡한 심정이 되었다. 어찌 됐든 자신의 상처를 스스로 후벼 파서 만든 기회를 이용해 레가트는 다시금 절실히 외쳤다.

"인왕 폐하! 제발 재고를……!"

"레가트 경, 경의 활약에 수많은 병사들의 목숨이 걸려 있음을 상기하십시오. 설마 웨르젠스 공과의 약속을 벌써 잊으신 것입니까?"

막무가내로 강요하던 릭샤가 이번엔 다소 부드럽게 말했다. 레가트는 동정심 많고 약자를 도와주길 좋아하지만 눈에 띄지 않는 불특정 다수의 괴로움은 아무렇지도 않게 무시하는 이중적인 경향도 있었다. 웨르젠스, 이제는 작위를 물려받아 스밀터 공작이 된 그의 아버지와 형도 레가트의 그런 성향에 의하여 허무하게 죽어나간 이들 중 하나였다.

레가트는 웨르젠스와 다시는 그런 짓을 하지 않겠다고 약속한 바 있었다.

그러나 40년 이상 묵은 성격이 그리 쉽게 고쳐질까. 레가트는 이번에도 자신이 힘을 감추고 시간을 끄는 동안 무수히 죽어나갈 일반 병사에 대해서는 완전히 잊어버리고 있었다.

"알겠습니다… 레가트 카럴, 폐하의 명을 받들어 최선을 다하도록 하겠습니다!!"

한동안 생각에 잠겨 있던 레가트가 주먹을 강하게 쥐고 비장하게 다짐을 밝혔다. 그렇다고 성격이 고쳐진 것은 아니고, 눈에 띄지 않는 불특정 다수의 존재를 살짝 상기시켜 준 것으로 레가트의 동정심이 단숨에 일반 병졸들에게까지 확산된 것뿐이었다.

어찌 됐든 원하는 바를 이룬 릭샤는 회군을 위해 명령을 내렸다.

"덴버그쟈드 성을 함락시키는 데는 레가트 경의 힘을 적극 이용할 예정이므로 병력의 반은 이곳에 남기고 가겠습니다. 트레제먼 경이 남아 군을 통솔해 주십시오. 그리고 알테어 단장, 케줄러 령을 점령한 드워프 일족의 세력이 상당히 강성하므로 그대도 이곳에 남아 제가 돌아올 때까지 방어선을 지켜주십시오."

"명을 받들겠습니다."

알테어가 남는다고 하자 트레제먼 장군의 얼굴에 화색이 돌았다. 그가 있다면 만에 하나라도 방어선이 무너질 일은 절대 없을 것이다. 그만큼 지금까지 있었던 5개월 동안의 전투에서 알테어 단장이 날린 명성은 대단했다. 얼마 안 가 귀족 작위를 받으리라는 소문이 돌았다. 실제로도 그러한 준비가 이루어지고 있으며 문제는 어떤 작위를 내리는가 하는 정도였다.

회의는 금방 끝이 났고 빠르게 회군 준비가 이루어졌다.

둥둥둥둥둥.

개전을 준비하는 북소리가 정적을 깨고 있었다. 회색 성벽 위로 엘프들이 활시위를 당기고 적을 맞을 준비를 했다. 모든 이들이 곱게 자란 귀족 아가씨마냥 가느다란 팔다리에 연약한 외모를 가졌으나 그들 하나하나가 백발백중의 뛰어난 궁수에 위협적인 정령 마법까지 구사한다는 것은 모르는 자가 없었다.

엘프 궁사들의 사이로 백금발을 가진 자가 걸어나와 성곽 위에 발을 얹고 상반신을 앞으로 내민 좀 위태한 자세로 아래의 상황을 살폈다. 그는 초조한 사람처럼 계속 손톱 끝을 잘근잘근 깨물다가 그것을 의식하고 손을 내렸는데 버릇인지 손이 계속 입술 근처에 머물렀다.

"저 엘프입니다."

백금발의 엘프를 가리키며 황제가 입을 열었다. 릭샤에게 작은 목소리로 이야기를 건네는 크로제츠 9세의 얼굴 표정은 다소 어두웠다. 아마 자신이 직접 이끈 군이 패배한 것에 책임감을 느끼는 듯했다. 어쨌든 그는 설명을 이어갔다.

"스스로의 이름을 레빈이라고 밝힌 저 엘프는 지금까지 보았던 그 어떤 엘프보다도 뛰어난 정령 마법을 구사하였습니다. 전투 내내 바람의 최상급 정령을 넷이나 소환하여 수족처럼 부렸으나 크게 지친 기색조차 보이지 않았습니다. 게다가 나이가 그다지 많아 보이지 않는데도 보시다시피 저렇게 일족을 지휘하고 있습니다."

인간으로 치자면 이제 겨우 20대 초반 정도로 아직 소년 티가 나는 레빈의 얼굴을 보며 릭샤는 신중히 고개를 끄덕였다. 엘프 일족은 전쟁이 나면 대체로 나이가 많은 장로의 지휘를 따른다. 하지만 특별히 두각을 드러내는 자가 있다면 그를 따르기도 한다. 그만큼 레빈의 수완이 굉장히 좋다는 뜻이다.

"그런데 저 엘프… 이름이 어쩐지 엘프 식이 아닌 것 같은……."

"레가트 경."

레빈을 주시하며 중얼거리던 레가트는 문득 릭샤의 목소리를 듣고 흠칫했다. 개전을 알리는 두 번째 북소리가 울리고 있었다. 레가트는 아주 잠시 망설였지만 침을 한 번 꿀꺽 삼키고는 앞으로 나섰다. 뒤를 따르는 병사는 없었다. 오직 그 혼자였다. 일단 레가트 혼자만의 힘으로 엘프들을 몰아붙인 다음 그 이후에 병력으로 진압에 들어간다는 작전이었다.

그는 미스릴 검을 뽑아 든 후 가벼운 발구름으로 날아올랐다. 자유로이 하늘을 날 수 있는 그에게 높은 성벽은 외관상의 웅장함 외에는 아무런 의미도 없었다.

"항복해 주십시오."

모든 이들이 자연스럽게 자신에게 시선을 집중하게 되자 레가트는 엘프들을 향해 부탁을 했다. 레빈은 입술을 비틀어 소리없이 비웃고는 성곽 위로 올라서 허공으로 발을 내딛었다. 어느새 실프를 소환한 것인지 그는 매우 자연스럽게 허공에 떠올랐다. 확실히 정령을 다루는 실력이 대단하다는 말은 거짓이 아닌 듯했다.

"네가 레가트 카럴이냐?"

비록 적이라 할지라도 첫 대면에서는 정중하게 존대부터 하고 보는 엘프들이건만, 레빈은 거칠게 하대를 하고 있었다. 레가트는 레빈이라는 엘프가 영 적응이 되지 않아 얼떨떨한 기분으로 일단은 고개를 끄덕였다.

그 순간 레빈의 주변 공기가 날카롭게 바뀌었다. 그는 레가트에게만 들릴 만큼 목소리를 낮추고 으르렁거렸다.

"그렇다면 죽어……!"

"에?!"

바람이 칼날처럼 사방에서 날아들었다. 레가트는 바로 미스릴 검을 들어 정면과 좌측에서 날아오는 칼날을 베며 옆으로 몸을 피했다. 하지만 약간의 짬도 없이 바로 연속 공격이 이어졌다. 레빈에 의해 소환된 실레스틴이 팔을 교차시키며 길게 늘어진 옷소매를 휘두르자 강한 바람의 소용돌이가 휘몰아쳤다. 자칫 휩쓸리면 바람의 압력에 온몸이 갈기갈기 찢어지고 터져 나갈 것이다.

그야말로 난데없는 공격에 레가트는 크게 당황했다. 아무리 전시라도 엘프가 이런 식으로 전투를 시작하리라고는 예상하지 못했기 때문이었다. 하지만 놀란 것은 레가트뿐만이 아닌 것 같았다. 그는 성곽 위에서 무척 당황하고 있는 엘프들의 얼굴을 얼핏 스쳐 보았다.

"헛……!!"

"웃, 안 돼!"

레가트가 마구잡이 기습에 계속 밀리자 연합군 쪽에서 신음성 같은 것이 새어나왔다. 엘프들의 막강한 전력에 연이어 대패하였던 과거가 있었기 때문에 목소리엔 상당한 다급함이 실려 있었다.

레가트는 더 이상 머뭇거릴 수 없다 생각하고 어깨를 좀 움츠렸다가 펼쳤다. 그의 등에서 네 개의 날개가 높게 뻗어나와 아주 짧은 순간 태양을 가렸다.

"오라, 만물을 무로 만드는 암흑!"

주문을 빠르게 중얼대며 레가트는 정면에서 다가오는 소용돌이를 향해 미스릴 검을 위에서 아래로 털었다. 하얀 검신에 스멀스멀 감겨 있던 지독히 검은 빛이 튀어나와 소용돌이의 반을 집어삼키면서 사실상 마법은 와해되었다.

정령 마법만큼이나, 아니, 그보다도 훨씬 빠른 마법을 보며 레빈은 크게 놀라 짧게 신음까지 냈다. 그러나 표정을 수습할 새도 없이 레가트가 정면으로 그를 향해 돌진해 오고 있었다. 레빈은 다급히 양팔을 휘둘렀다. 둘이었던 실레스틴이 넷으로 늘어 둘은 레빈을 보호하듯 주변에 머물었고 남은 둘은 레가트에게 날아갔다.

레가트를 겨냥한 실레스틴 중 하나가 손을 뿌리자 송곳같이 날카로운 바람이 수십 개가 생성되어 화살처럼 빠르게 날아갔다. 또 다른 실레스틴은 춤이라도 추듯이 한 바퀴 제자리 돌기를 하며 팔을 휘둘렀다. 이번엔 좌우로 길쭉한 바람 칼날이 허공에 떠올랐고, 첫 번째 공격의 바로 뒤를 이어 쏘아졌다.

전속력으로 돌진하던 레가트가 허공에 우뚝 멈추어 무어라 중얼거리며 검을 가로로 세워 팔을 뻗었다. 마치 그만은 관성의 영향을 받지 않는 존재처럼 움직임이 대단히 빨라서 그의 모습이 뚝뚝 끊겨져 보였다. 이미 마력이 실려 하얗게 빛나던 검이 더욱 눈부신 빛을 정면으로 터뜨렸다.

레빈은 본능적으로 이 빛이 위험함을 깨닫고 위로 몸을 날렸다. 실레스틴이 만들어냈던 마법은 빛에 완전히 먹혀 버렸고, 실레스틴 하나도 몸뚱이의 반쪽이 빛에 휘말렸다. 손에 전해지는 반응으로 보건대 빛에 닿은 부분은 완전히 소멸되었을 것이다.

형체가 일그러졌다고 해서 타격을 받은 것은 아니며 소량의 마력을 부가해 다시 빚어내면 되는 일이었지만 레빈의 등에서는 벌써부터 식은땀이 흘렀다. 그는 짧은 공방에서 이미 자신 따위 상대도 안 된다는 것을 깨달았다. 정보 수집을 소홀히 한 것도 아니고 자만한 것도 아니었지만 그 힘을 직접 확인하고 나니 도무지 진정할 수가 없었다.

'라니아… 이 정도면 나올 때가 되지 않았나?'

레빈은 힐끗 성곽 쪽을 흘겨보며 손톱을 가볍게 한번 뜯은 뒤, 이어서 올 공격에 대비해 바짝 신경을 곤두세웠다. 그때 아직까지 허공을 가로지르고 있는 빛의 안쪽에서 무언가가 불쑥 솟아올랐다.

레가트였다. 당연히 그 빛에 닿으면 치명적인 피해를 입을 것이므로 다른 방향에서 공격해 올 줄 알았던 레빈은 소스라치게 놀랐다. 레가트의 검이 그의 몸을 두 동강 내려던 찰나 레빈은 좌측의 실레스틴을 이용해 방어 마법을 펼쳤다. 그리고 아주 잠시간의 여유를 이용해 남은 실레스틴에게도 방어를 돕게 했다. 예상대로 실레스틴이 급조한 방어벽은 금방 깨어졌고 다음 실레스틴의 방어에 간신히 검의 진로가 막혔다. 레가트가 방어벽에 검을 꽂고 시간을 끄는 틈을 타서 레빈은 재빠르게 그곳에서 최대한 멀리 떨어졌다.

원거리 마법전에서 밀리고 있지만 마검을 혼용하는 근접전에 돌입하면 승산은 아예 없다. 그렇게 판단했기에 레빈은 아예 검조차 꺼내질 않고 있었다.

"와라! 실레스틴! 실레스틴!! 실레스틴!! 실레스틴!!"

레빈은 다급히, 레가트를 막고 있는 하나를 제외한 세 명의 실레스틴을 주위로 불러들이고 추가로 실레스틴 네 명을 더 불러냈다.

모든 인간들, 릭샤까지도 소스라치게 놀랐고 엘프들도 벌떡벌떡 일어서거나 된소리를 냈다. 실로 경악할 만한 마력과 정령술이었다. 최상급 정령을 동시에 넷만 불러내어도 대단하다고 말하는데 지금 레빈이 불러낸 수는 총 여덟이었다. 릭샤처럼 마석을 적극 활용한 것도 아닌데 그냥 불러내는 것만으로는 지칠 것도 없다는 모습이었다.

하지만 정작 그만한 무위를 드러낸 레빈은 여유가 없었다. 초조함을 견디지 못한 그는 더 힘을 아끼거나 숨길 것 없이 전력을 다하기로 결심했다.

그것은 정말 현명한 판단이었다. 실레스틴에게 얽매여 조금은 더 시간을 끌 것이라고 생각했던 레가트가 벌써 마법을 완성시켜 검은 마력이 이글대는 미스릴 검을 굉장히 묵직한 물건을 던지는 것처럼 느릿하게 매우 높이 치켜들었고 몸이 완전히 접힐 만큼 크게 휘둘렀다.

귀를 찢는 소음은 없었다. 끔찍하다고밖에 표현할 수 없는 거대한 마력 파동의 앞에 대기조차 경련을 일으키며 레빈을 할퀴고 도망치고 있었다.

레빈은 반격이나 공격당한 이후의 대처 따위는 꿈에도 생각하지 못하고 모든 실레스틴들을 한곳에 모아 당장 그 마법을 방어하는 데만 치중하게 했다. 실레스틴이 일제히 손을 위로 들자 반투명한 차단막이 몇 겹이나 덮이고 덮여 레빈의 모습이 거의 보이지 않을 정도가 되었다. 하지만 급조한 차단막으로는 턱없이 모자랐다. 검은 마력이 차단막과 맞부딪치는 순간 레빈은 목이 아래로 꺾이는 듯한 엄청난 충격과 압력을 느꼈다.

그는 육체적인 움직임이 아무런 의미가 없는 줄 알면서도 양팔을 머리 위로 교차하여 들어 버티는 자세를 취했다. 보통 이런 상황에서는 이를 앙다무는 것이 정상이건만 레빈은 반대로 혓바닥을 마구 굴렸다.

"9클래스 급? 9클래스 마법! 망할! 어떻게 그 짧은 시간에 이걸 완성

했어! 망할! 망할! 이런 괴물 같은!! 아니, 괴물 자식!!"

"그만두세요!!"

이미 한 차원 다른 두 존재의 전투 앞에 모든 이들이 숨을 죽이고 있던 그때, 여자 아이의 앳된 목소리 하나가 고요를 깨뜨렸다. 그 순간 아래로 짓누르는 마법의 힘이 약간 느슨해졌다. 정말 짧은 순간이었지만 레빈은 그 찰나의 시기를 놓치지 않고 재빨리 실라페를 하나 소환하여 그녀의 보호를 받으며 옆으로 물러섰다.

그가 몸을 피한 바로 뒤를 이어 검은 마력이 실레스틴들을 소멸시키고 두 동강 내며 아래로 내리 꽂혔다. 덴버그쟈드 성벽과 바닥에 대략 1미터 너비로 말끔히 검으로 자른 흔적이 남았다. 그만한 일이 소리없이 일어났다는 것이 더욱 경이로웠다.

잠시 마법의 흔적을 보느라 침묵이 이어졌다. 하지만 조금 전에 전투를 방해했던 목소리가 다시 전장을 울렸다.

"그만두세요, 그만둬요. 레가트!"

레가트는 목소리가 들리는 쪽으로 고개를 돌렸다. 귀에 매우 익은 목소리였다. 그랬기에 마법을 사용하면서 잠시 집중력을 잃기도 했다.

덴버그쟈드 성곽의 위에 옅은 녹색의 머리칼을 가진 20대 초반의 여자 엘프가 마치 울 것처럼 소리쳤다.

"저예요, 데일 족의 라니아! 언젠가 인간들의 손에 잡혀 큰일을 당할 뻔했던 것을 당신이 구해주셨잖아요! 저는 다정하게 머리를 쓰다듬던 그 따뜻한 손길을 아직 기억해요! 그런데 어째서!! 어째서 당신이 인간들의 앞잡이가 돼서 우리들을 도륙하는 거죠?!"

"라, 라니아……!"

레가트에게선 당황한 기색이 역력했다. 그녀는 언젠가 릭샤와 함께 머물렀던 엘프의 마을에 살던, 정말 여동생처럼 귀여워했던 아이였다. 그런데 바로 그 라니아가 지금 무너뜨려야 할 적군의 안에 있었다.

레가트는 지금까지 릭샤를 돕기 위해서 이종족을 베면서, 아무런 의심도 망설임도 하지 않았다. 이종족의 내에 있는 친인에 대한 생각은 미처 하지 못했던 탓이다.

"맙소사!!"

뒤늦게 그 사실을 깨달은 릭샤는 크게 당황하여 목소리를 높였다. 라니아의 등장은 정말 곤란했다. 레가트의 힘이 없으면 덴버그쟈드 성의 엘프들을 굴복시키는 데 큰 어려움이 따를 것이다. 하지만 아무나 쉽게 동정하고 도움을 주려 하는 레가트는 그녀의 눈물 어린 눈동자에 흔들릴 것이 틀림없다.

문득 릭샤는 조금 떨어진 허공에 만족스럽게 웃고 있는 레빈의 모습을 보게 되었다. 레빈의 미소는 마치 라니아가 나타난 것이 우연이 아니라 그의 의도라는 걸 알려주는 것 같았다.

"레가트! 그만둬요! 이들은 모두 내 가족이고 동포라구요! 그들을 죽이지 말아요!! 어째서 당신과 이렇게 싸워야만 하죠?"

"라니아… 난……!!"

"정말 저를 죽여 버리고 싶으신 건가요? 제 친구와 저의 가족에게 정말 칼을 들이댈 생각인가요?"

"그건……."

한때 동생처럼 여겼던 라니아에게 어떻게 상처를 입힐 수 있단 말인가! 릭샤의 예상대로, 아니, 확신대로 레가트는 완전히 흔들려 버렸다. 그는 더 이상 덴버그쟈드 성의 엘프들을 공격할 수 없게 된 것이다.

"위험합니다!!"

여러 가지 고민과 혼란에 빠져 있었기 때문에 레가트가 그 애탄 외침을 깨닫는 데까지는 평소보다 세 배가 넘는 시간이 걸렸다. 고개를 돌렸을 때 레가트는 엄청난 기세로 밀려들어 오는 바람에 휘말려 버렸다. 검을 꺼내 뒤늦게 대처했으나 마법의 영향권에서 벗어나는 것은 무리였다. 바람의 압력에 휩쓸려 레가트는 몸뚱이째로 10미터는 족히 넘는 아래의 바닥에 내리 꽂혔다.

콰광—!!

"레가트 형!!"

조금 전에 경고해 주었던 릭샤가 크게 놀란 음성으로 소리치고 있었다. 레가트는 릭샤를 더 걱정시켜서는 안 된다는 일념으로 바위를 날개로 단번에 걷어내며 몸을 일으켰다. 하지만 바위를 걷어낸 순간 엄청난 고통에 다시 바닥에 꼬꾸라졌다.

"크… 아악!!"

자신도 모르게 신음 소리를 내고 말았다. 왼쪽 허리와 팔이 뭉개져서 걸레처럼 너덜거리고 있었다. 하지만 이것은 고통보다는 다른 것을 인내하느라 낸 소리였다.

바다색의 시원한 눈동자는 예전에 핏빛으로 되돌아왔고 이마와 귀바로 윗부분에서 무언가가 솟아오르려 하고 있었다. 앙다문 이도 짐승의 그것처럼 날카롭게 길어져 나왔다가 줄어들기를 반복했다. 눈에 확띄는 그런 현상들 외에도 전신의 근육이 불끈댔다.

사람들은 알 수 있었다. 마족의 본성이 위험을 감지하고 본래의 힘과 모습을 되찾길 원하고 있음을.

하지만 레가트는 지독스럽게 그것을 억누르고 비틀대며 다시 일어섰다. 본체로 되돌아가면 이 정도 상처쯤 강력한 재생력과 간단한 치유 마법으로 순식간에 완치할 수 있을 텐데도 끝끝내 이를 거부했다. 아파 죽었으면 죽었지 본체로 되돌아가긴 싫었다.

　나이스트리 공작과의 전투에서 날개 두 쪽이 부러지고 배 한쪽에 바람 구멍이 뚫리는 상처를 입고도 끝끝내 본체를 드러내지 않았던 쇠고집이 그에게 있었다. 한때 사람들이 보여주는 호의에 잠시 혹해서 본성을 해방시켰던 때도 있었으나, 지금 현재 그는 여전히 본체를 드러내는 것에 지독한 거부 반응을 일으키는 고집쟁이로 되돌아와 있었다.

　레가트는 어떻게든 이 상태로 버티려고 덜렁대는 팔을 붙들고 숨을 몰아쉬었다. 하지만 조금 쉴 틈조차 없었다. 레빈의 공격이 이어지고 있었다. 레가트는 하늘로 솟아오르며 최대한 공격을 피하고, 날개로 쳐낼 수 있으면 그렇게 했다. 하지만 움직일 때마다 상처가 찢어지고 벌어지는 것이 멀리서 지켜보는 사람의 눈으로도 보일 정도니 구경꾼조차 몸이 아파올 지경이었다.

　보다 못한 릭샤는 아주 잠시만이라도 공격을 중지시켜 보고자 레빈을 향해 소리쳤다.

　"이 비겁한!! 여자를 내세워 정신을 흩뜨리게 하고 그 사이에 공격을 하다니! 그러고도 당신이 엘프입니까?"

　순간적으로 레빈의 백금색 눈동자가 릭샤를 향해 휘릭 돌아갔다. 그의 얼굴이 억지로 비웃는 표정을 띠우려다가 끝내 감정을 숨기지 못하고 기괴하게 일그러졌다.

　"비겁해? 네놈들에게 그런 소리를 듣다니 미쳐 버릴 것 같군!! 갖은 더러운 수는 다 쓰는 주제에 상대는 깨끗하길 바랐다는 거냐?! 이 추잡한 것들아!!"

　그의 목소리가 쩌렁쩌렁하게 주변을 울렸다. 확실히 비겁한 수라면 인간 쪽이 전공 분야이므로 그의 분노는 별로 이상한 게 아니었다. 그 때 라니아가 몸을 내밀며 소리쳤다.

"기다려요, 레빈! 인왕의 말도 일리는 있어요. 인간들이 비겁한 수를 쓴다 해서 우리들까지 그렇게 한다면 인간들과 다를 바가 없게 되지 않나요? 그런 짓은 옳지 못해요!"

레빈은 라니아의 목소리를 듣고 인상을 썼다.

"지금 상황이 어떤지 알기나 해?! 너도 봤잖은가? 비겁한 수를 써도 저 반마를 상대하는 데는 벅차!! 너의 소중한 가족과 친구, 그들을 먼저 살리고 봐야 할 거 아니냐!! 이건 죽느냐 사느냐가 걸린 전쟁이란 말이다!!"

"하지만 그런 짓은 나빠요!! 해서는 안 돼요!!"

이미 성숙할 대로 성숙한 한 사람의 성인인 라니아가 열 살짜리 어린애도 하지 않는 소리를 하며 고개를 도리도리 저었다. 레빈은 아주 잠시였으나 어이가 없다는 표정을 지었다. 하지만 다른 엘프들 역시 라니아의 의견에 절대 동감한다는 표정이었고, 때로는 라니아와 비슷한 소리를 하기도 했다. 오히려 레빈과 같이 황당한 표정을 짓는 것은 인간들이었다.

"뭐, 좋아… 일단은 눈앞의 승리가 먼저다……."

씹어뱉듯 혼자 중얼거린 레빈은 손톱 끝을 물어뜯으며 다시 앞을 노려보았다. 대화를 하는 잠시 동안의 틈을 타서 레가트는 왼팔과 몸에 기운을 불어넣어 몸을 회복하고 있었다. 레빈은 손을 내리며 혀를 찼다.

"쯧, 내가 이런 실수도 다 하는군. 하지만 어쩔 거냐? 라니아와 성안의 엘프들을 공격할 수 있겠어?"

"……."

상처를 치유하며 한숨을 돌린 레가트였지만 저 질문을 들으니 갑자기 가슴이 턱 막히는 것 같았다. 레빈의 말대로 그는 공격할 수가 없었다. 하지만 그는 릭샤를 돕기 위해 엘프들을 쳐야만 했다. 하지만 어떻게 라니아를 죽일 수 있단 말인가.

꼬리에 꼬리를 무는 고뇌가 이어졌다. 레빈은 그 순간을 놓치지 않고 단숨에 실레스틴으로 공격을 시작했다. 레가트는 미스릴 검을 꺾어 공격을 걷어내고 반격을 시작했다. 혼란스러워서 어떻게 해야 할지 모르겠지만, 일단 라니아가 아닌 레빈은 원래 잘 모르는 관계였으니 그에겐 검을 휘두를 수 있을 거 같았다.

레빈은 급히 실레스틴을 불러들여 방어를 지시했고 최대한 멀리 몸을 피했다. 하지만 레가트는 별로 어렵지 않게 그를 따라잡았다. 옆으로 꺾여져 준비 동작을 취한 미스릴 검이 레빈을 겨냥해 위험스럽게 궤도를 바꾸던 순간이었다.

"기다려요, 레가트!!"

또다시 라니아였다. 레가트는 반사적으로 움찔했고 공격은 멈추어졌다. 라니아는 애타게 소리쳤다.

"기다려 주세요!! 레빈이 비록 옳지 못한 일을 하고 있지만 그도 분명 자신의 그릇됨을 깨달을 거예요! 부탁해요, 그는 이곳에서 사귄 제 소중한 친구랍니다. 그러니 싸움은 그만 해요! 제발 그를 용서……!!"

"그만 죽어!"

레가트가 라니아의 말을 듣고 멈칫대고 있는데 또다시 레빈이 끼어들어 공격을 감행했다. 레가트는 간신히 막고 다시 검을 휘둘렀다. 그러나 라니아가 소리를 질렀고 레가트는 또다시 멈추었다. 사실 라니아는 레빈에게도 그만두라며 고함을 치고 있었다. 문제는 그녀의 목소리에 반응하는 것은 레가트뿐이라는 사실이었다.

같은 수에 몇 번이나 당하는 것을 보니 사람들은 그야말로 답답해 미칠 지경이었다. 계속해서 이어지는 꼴사나운 졸전을 보다 못한 릭샤가 강제로라도 레가트를 움직이게 하기 위해 강압적인 목소리로 소리쳤다.

"레가트 경! 그녀의 말은 무시하고 먼저 눈앞의 엘프를 치는 데 주목하십시오!! 이건 명령입니다!!"

"하지만… 라니아의 친구라는데… 컥!!"

"레가트 형!!"

좀 더 다그칠 새도 없이 레가트가 실레스틴의 공격에 휩쓸렸다. 다행히 그대로 땅으로 곤두박질칠 것 같던 그는 마지막에 간신히 정신을 차리고 실레스틴을 베어버린 뒤 다리부터 바닥을 디뎠다. 하지만 실레스틴의 돌풍에 온몸이 베이고 터진 데다가 좀 전에 당한 상처가 심하게 벌어져 검붉은 피가 왈칵왈칵 쏟아져 내리고 있었다. 레가트는 결국 짧게 소리를 내며 한쪽 무릎을 꿇었다.

그 절호의 기회를 놓칠 레빈이 아니었다. 그는 단숨에 실레스틴 넷을 소환해 레가트에게 집중 공격을 감행했다.

릭샤는 작전이고 뭐고 더 가릴 것 없이 당장 팔찌와 스태프에 달린 마석의 힘을 빌려 각 최상급 정령을 불러냈고 레빈의 정령을 막아섰다. 정령들이 강하게 한번 마주쳤다 떨어지며 아주 잠시 동안 소강 상태가 되자 릭샤는 빠르게 뒤를 돌아보며 멍하니 서 있는 병사들을 향해 소리쳤다.

"마법사단 각 부대의 화염술사는 앞으로! 저 엘프에게 집중 공격을 퍼부으십시오!"

잠시 넋을 놓고 있긴 했으나 훈련된 병사들답게 마법사들이 빠르게 앞으로 나와 레빈을 공격했다.

레빈은 혀를 차며 뒤로 물러나 엘프들에게 맞서라고 명령을 내렸다.

갑자기 난전이 시작되려 하고 있었다. 레가드를 제할 경우, 연합군은 최상급 정령사가 다섯이나 있는 엘프 군의 상대도 되지 않는다. 하지만 엘프들은 바로 적극적인 공격과 방어 태세를 갖추지 않았다. 대부분의 엘프들이 지휘관인 레빈의 행동을 탐탁지 않게 여긴 탓이다. 하지만 그들도 전쟁이라는 상황을 망각한 것은 아니었기에 곧 레빈의 명령에 따라 움직임을 빨리했다.

갑자기 연합군 측에서 파란 물줄기 하나가 곧장 성벽으로 날아간 것은 그렇게 엘프들이 아주 잠시 동안 망설이던 그 순간이었다. 물줄기의 정체는 레이젤레스가 소환해 낸 물의 최상급 정령 엘레스트라였다. 목표는 레가트가 잘라놓은 그 틈이었다. 성벽이 단 한 번의 짧은 공격으로 쉽게 무너질 리는 없지만, 성벽 사이의 틈을 이용하면 충분히 벽을 무너뜨릴 수 있을 것이라는 판단을 내린 황제가 잠시간의 틈을 놓치지 않고 레이젤레스에게 명령을 내린 것이다.

"맙소사!!"

레빈은 순간적으로 그 공격을 놓치고 비명을 질렀다. 황제의 뜻을 먼저 알아챈 릭샤가 집요하게 정령들을 내보내 그의 시야를 방해했던 탓이다.

황제에겐 일전의 패배에 대한 오욕을 씻을 수 있었던 기회였으며, 연합군 병사들에겐 다시 승리할 수 있을지도 모른다는 희망을 심어주었을지 모를 기막힌 공격이 막 성공하려던 순간이었다.

하나 그것은 어이없게도 전혀 예상치도 못한 자에게 가로막히고 말았다.

"레가트 형!! 대체 무슨 짓을……!"

릭샤마저 흔치 않은 감정을 내비쳤다. 피투성이로 흔들거리면서도 단번에 엘레스트라를 베어 공격을 막아버린 레가트는 문득 자신을 올려다보는 일만에 달하는 인간들의 눈에 크게 당황하여 손을 내저었다.

"아니, 그러니까… 잠시 먼저 이야기를……."

"핫하! 이렇게까지 멍청할 줄은 몰랐군!!"

당황하는 레가트의 뒤를 레빈이 바로 치고 들어왔다. 그는 검을 들어 공격을 막았으나 극심한 상처들 때문에 신음을 흘리며 물러서야만 했다. 릭샤의 정령들이 다급히 레빈과 레가트의 사이를 막아섰다.

이를 기점으로 엘프들도 완전히 정신을 되찾고 활시위를 당기고 정령들을 불러냈다.

"레가트 경은 일단 물러서십시오!!"

"잠깐! 릭샤! 잠시 전투를 멈춰줘! 전투는 이야기를 나눈 다음에 해도 되잖아!!"

"인간과 엘프 양측에 이제 와서 무슨 대화가 필요하단 말씀이십니까? 그것은 레가트 경 개인의 마음의 문제가 아닙니까? 레가트 경은 지금 저를 도울 것인지 엘프들을 도울 것인지 입장을 확실히 하십시오!"

레가트는 말을 잇지 못했다. 정말 릭샤가 한 말 그대로였기 때문이었다. 하지만 머리로 깨닫고 있음에도 마음이 확실히 움직이질 못하고 있었다. 물론 지금 가장 소중히 여기는 것은 릭샤였다. 하지만 엘프들과의 친분도 중요한 것이다. 어느 한쪽을 완전히 버리고 다른 한쪽을 택하기엔 그의 심성이 너무 물렀다.

그동안에도 전투는 점점 격화되고 있었다. 높은 성벽을 방패로 하고 쉽없이 정령술을 사용하는 엘프들은 무척 강했다. 벌써부터 연합군에 짙은 패색이 드리워졌다.

릭샤는 최상급 정령들을 더 불러내어 레가트 대신 레빈의 공격에 맞서는 중이었다. 레가트가 알려준 마석 연계법을 최대한 활용 중이었지만 최상위 정령들이 쉽없이 마법을 사용하자 금방 마력은 바닥이 드러났다. 이에 비해 레가트 앞에서는 쪽도 못 쓰던 레빈은 어린애 다루듯이 시종일관 여유로운 얼굴로 릭샤의 정령들을 희롱했다.

"하, 하하하! 그걸 정령술이라고 사용하는 거냐? 엉? 인왕? 그러고도 네가 왕이라고?!"

"……"

릭샤는 자신의 약함에 크게 아쉬움을 가져 본 적이 없었다. 마왕이나 레가트, 이루이즈 같은 이들에 비하자면 턱없이 약한 힘이었으나, 또래의 나이에 비해서는 지나칠 만큼 강했고 앞으로 더 더욱 강해질 것이므로 현재로도 충분하다고 여겼다.

하지만 릭샤는 새삼 자신의 약함이 거슬렸다. 레빈에게 조롱당하는 자신이 굉장히 마음에 들지 않았다. 바꿔 말하면 그만큼 레빈이 거슬리는 존재라는 뜻이다. 릭샤는 아무리 핍박받고 괴롭힘을 당해도 누군가를 강렬히 미워해 본 적이 없었다. 하지만 레빈에 대한 반감은 신기하게도 지금까지 느꼈던 그 어떤 감정보다 강했다.

격렬한 전투 중에서도 릭샤는 새삼 그 이유가 무엇인지를 생각해 보았다. 그러다 문득 레가트가 무엇을 하고 있는지 궁금해져 아주 잠깐 주변을 두리번거렸다. 막 릭샤가 그의 모습을 찾았을 때였다.

"인왕 폐하! 상황이 좋지 않습니다. 일단 피하십시오!! 어떠한 일이 있어도 폐하만은 상처를 입어서는 안 됩니다!"

크로제츠 9세가 다급히 릭샤에게 달려와 소리쳤다. 동시에 그의 소유인 레이젤레스가 앞으로 뛰어나와 릭샤의 정령들을 대신하여 레빈에게 대항했다. 장난스럽게 움직이던 레빈은 완전히 태도를 달리했다.

"어딜 쥐새끼처럼 도망치려고! 이번 전투에서 모든 것을 마무리 지어버리겠다! 멋도 모르고 제 발로 기어들어 온 걸 후회하게 해주마!!"

갈수록 레빈의 말투는 엘프답지 않게 험악해져 갔다. 그는 단숨에 릭샤를 잡아버리기 위해 큰 마법 준비에 들어갔다. 그가 양손을 펼쳐 머리 위로 들어 올리자 그의 주변에 모여든 다섯 명의 실레스틴도 똑같이 손을 모아 올렸다.

레이젤레스가 마법을 방해하려고 엘레스트라를 날려 보냈으나 또 다른 레빈의 실레스틴에 의해 차단되고 말았다. 자신의 힘이 턱없이 부족함을 깨달은 레이젤레스는 도움을 요청하기 위해 다급히 고개를 돌렸다.

"…아?"

하지만 그녀는 난데없이 온몸을 휩쓸고 오는 엄청난 상실감에 그토록 절박하게 여겼던 구원 요청까지도 송두리째 잊어버리고 우뚝 멈추었다. 그러한 기분을 느끼는 것은 그녀뿐만이 아니었다. 마법전이 벌어지면서 각종 폭음 등으로 한창 시끄럽던 전장에 갑자기 차가운 침묵이 가라앉았다.

침묵의 원인을 모르는 대부분의 일반 병사들은 대체 무슨 일이 일어난 건지 의아해하며 고개를 두리번거렸다. 하지만 마력을 이용하는 마법사, 마검사, 그리고 정령사들의 얼굴엔 거의 핏기가 없었다. 마법사들은 분주히 제 몸을 더듬었고 마검사들은 검을 허공에 마구 휘저어보았다. 엘프 정령사들은 소환된 채 굳어버린 정령들을 보고 어찌해야 할 바를 모르고 있었다.

마력의 흐름이 완전히 멈추어 버렸다!

어느 정도의 시간이 흐른 후에야 모든 이들은 그 사실을 깨달았다. 그리고 뒤이어 또 다른 사실에도 생각이 미쳤다. 분명 마법의 절정이라 불리는 경외의 10클래스 마법 중에 일정 공간 내의 마력을 완전히 봉인해 버리는 마법이 있다고 들었다.

모든 이들의 시선이 마력을 통제하는 그 한 점에 모였다. 레가트는 숨을 헐떡이며 고개를 들었다.

"잠시, 전투를 멈추십시오……."

신의 영역에 가까운 마법을 행해놓고도 그는 여전히 그렇게 얼빠진 소리나 하고 있었다. 그때 어린 소년의 날카롭게 찢어진 목소리가 쩌렁쩌렁하게 바닥을 울렸다.

"레가트 형!!"

레가트를 형이라고 부를 사람은 이 자리에 릭샤밖에 없었다. 하지만 워낙 목소리가 감정적이라 황제나 다른 이들은 바로 릭샤의 곁에 서 있으면서도 그것이 릭샤의 목소리라는 것을 인지하는 데 상당한 시간을 요했다.

믿어지지 않게도 릭샤는 목소리뿐만이 아니라 표정까지 완전히 일그러져 있었다. 그 무표정한 얼굴이 화에 잔뜩 붉어졌고, 어지간해서는 꿈쩍도 않는 눈썹이 사납게 치켜 올라갔다. 릭샤는 거칠게 숨을 몰아쉬며 레가트를 향해 소리쳤다.

"이게 무슨 짓이야! 자신이 지금 무슨 짓을 하고 있는지 자각이나 있는 겁니까? 저런 엘프 따위를 위해서 이런 짓을 하다니!!"

"에, 에? 이, 이런 짓?"

잠시 동안이라도 전투를 멈추게 하기 위해 생각없이 마법을 썼던 레가트는 릭샤의 엄청난 반응에 굉장히 놀랐고 또 쫄았다. 고작 여덟 살밖에 안 되는 이 어린아이가 내뿜는 기세가 얼마나 대단한지 비단 레가트뿐만이 아니라 먼 곳에 떨어진 엘프들까지 오싹한 기분을 느끼고 있었다.

"레가트 형! 어서, 어서 이리 오십시오! 그리고 전군은 들으십시오! 퇴각합니다!! 어서 퇴각하십시오!!"

화를 주체 못하고 고함을 치던 릭샤가 이번엔 굉장히 초조한 모습으로 레가트를 불러들이고 또 전군에 퇴각 명령을 내렸다. 물론 퇴각을 해야 했을 시점은 맞으나 릭샤의 행동이 너무 이상해서 사람들은 제대로 그 명령을 따르지 못했다.

"퇴각하라는 말이 들리지 않습니까?!"

"아, 옙!!"

두 번째로 재촉이 이어지고 나서야 장교들은 정신을 차리고 퇴각 명령을 내렸다.

마력이 봉인되면서 실프와 함께 허공에 묶여 버린 레빈은 다 이긴 전투에서 적들이 유유히 퇴각하는 것을 쳐다보며 두 발을 동동 굴렀다. 하지만 마력을 봉인하는 마법이 유지되는 한 연합군을 추격한다는 것은 불가능하다. 일반 병력 수는 연합군 측이 압도적으로 많았다. 차라리 이 상황에서 덴버그쟈드 성을 치지 않고 퇴각해 준 것은 엘프들에게 있어 천만다행한 일이었다.

"그나저나… 대체… 무슨 일이지?"

연합군의 사이로 인왕이라던 꼬마의 뒷모습을 찾으며 레빈은 손톱 끝을 깨물었다.

제48화

틀어짐 ■

틀어짐

퇴각한 연합군은 일단 진을 치고 다음 명령이 떨어질 때까지 대기에 들어갔다. 본진으로 되돌아온 후부터 릭샤는 막사 안엔 들어갈 생각도 않고 밖에서 계속 하늘만 쳐다보고 있었다. 레가트는 자신이 좀 전의 전투에서 엘프와 인간들 사이를 오락가락하며 태도를 제대로 하지 않아 화가 난 탓이라고만 생각했다.

온몸에 성한 자리 없이 상처를 입었던 그는 치유술사들에게 치료를 받아 대강 움직일 만큼이 되자 조용히 릭샤에게 다가갔다.

"릭샤… 저기……."

목소리를 못 들었을 리가 없는데 릭샤는 대답은커녕 꼼짝도 않았다. 정말 어지간히 화가 난 게 틀림없다고 레가트는 단정했다. 그는 침을 꼴깍 삼킨 다음 다시 이야기를 꺼내었다.

"릭샤, 네가 화를 낼 만도 해. 형이 정말 못난 짓을 했지. 하지만 형은 아무리 해도 라니아를 해칠 수가 없단다. 물론 이곳에 서 있는 이상은 어느 한쪽으로 태도를 분명히 해야 한다는 것은 알아. 하지만, 하지만 말이야, 형은 바보라서 도저히 어느 한쪽을 버리는 짓은……."

레가트의 이야기를 들으며 릭샤는 초조한 듯 주먹을 꽉 쥐었다. 하지만 레가트가 그것을 눈치 채지 못하고 계속해서 주절주절 이야기를 이어가자 어느 순간 도저히 참을 수 없다는 듯 고개를 확 돌리고 소리 쳤다.

"지금 그것이 문제가 아니지 않습니까!! 바보 주제에 10클래스는 도대체 어떻게 익히고 사용하는 겁니까?!"

릭샤의 커다란 목소리에 깜짝 놀란 주변인들이 웅성대며 그들을 주목했다. 그 시선을 인식한 것인지 자신이 너무 흥분한 것을 깨닫고 스스로 마음을 가다듬는 것인지 릭샤는 깊게 한숨을 내쉬었다.

하지만 여전히 흥분한 기운을 감출 수는 없는 것 같았다. 매사에 무표정했던 얼굴을 초조하게 굳히고 릭샤가 물어왔다.

"그럼 묻겠습니다. 그 10클래스 마법은 어디서 배우신 것입니까? 일전에 마왕께서 가르치신 10클래스 마법은 실드 계열뿐이었습니다. 그런데 마력을 봉인하는 마법 같은 건 도대체 언제, 어디서 익히신 거란 말입니까?"

"그건 나도 정말 궁금하군."

문득 위에서부터 말소리가 들려왔다. 릭샤는 그 어느 때보다도 소스라치게 놀라 다급히 돌아섰다. 주변의 모든 이들도 어느새 자신들의 머리 위 허공을 밟고 서 있는 그 존재를 올려다보았다.

"하르네센……!!"

황제가 하늘을 보고 나지막이 중얼댔다. 여전히 주름 하나, 티끌 하나 없는 깔끔한 정장을 차려입은 마왕이 천천히 소리없이 바닥에 내려왔다.

릭샤는 당장 레가트를 보호하듯 뒤로 물리며 나섰다. 하지만 이제 여덟 살인 릭샤가 180센티미터가 넘는 레가트를 가리려고 드니 그 꼴이 우습게만 보였다. 마왕은 잠시 비웃는 듯 웃다가 레가트에게 물었다.

"자, 말해 봐라. 레가트, 언제 그런 마법을 다 익혔지?"

정말 둔함의 극치를 보여주던 레가트였지만 마왕의 등장에서부터 그도 무언가 깨달은 바가 있는 듯했다. 그는 당황한 기색을 숨기지 못하며 머뭇거렸다. 릭샤는 차라리 대답을 하지 말라고 신호를 보냈지만, 레가트는 마왕의 압력을 이기지 못해 결국 입을 열었다.

"그게… 전에 폐탑에서 읽던 마법 서적 중에 참고할 만한 마법이라는 소제목으로 실드 계열 외에 다른 마법에 대해 기술되어 있기에… 힐끗 봐둔 것입니다만……."

"호오, 힐끗 보는 것만으로 그게 익혀지더란 말이지."

"그게 저도 실제로 될 줄은 몰랐는데… 해보니까 정말 되더군요… 그래서……."

다른 것도 아니고 궁극 마법인 10클래스에 관한 일이건만 레가트의 입에서는 그냥 해보니 되더라는 말이 잘도 술술 흘러나왔다.

마왕은 자신의 위치를 위협할 만한 강자를 굉장히 경계했다. 레가트는 자신의 말이 얼마나 마왕을 자극할지 상상도 못하는 것 같았다. 릭샤는 바보라고 소리쳐 주고 싶은 걸 꾹 참았다. 차라리 진짜로 바보였다면 나았을까.

분위기가 묘하게 싸해지자 레가트는 무척 당황하여 마왕을 향해 강력히 자신의 사정을 호소했다.

"저기, 실드 마법 외에 다른 마법은 익히지 말란 경고를 무시한 것은 정말 죄송합니다. 하지만 아무래도 그것만으로는 릭샤를 지키기에 부족할 것이라고 생각되더군요. 그래서 세벤님을 속여가면서까지 10클래스를 익혀 버렸습니다만… 믿어주십시오! 릭샤를 지키는 것 외의 일에는 절대 사용하지 않을 것입니다! 절대로……!!"

"그래, 그럼 그런 식으로 익힌 다른 마법이 또 있느냐? 솔직히 말해 보거라."

마왕은 마치 다 이해한다는 듯 부드러운 표정을 지었다. 그에 릭샤가 더 이상은 불지 말라고 안간힘을 다해 온몸으로 신호를 보냈다. 하지만 레가트는 어떤 면에선 막 폐탑을 나설 시절의 릭샤보다도 눈치가 없었다. 그는 모든 걸 솔직하게 다 털어놓으면 용서해 줄지도 모른다는 생각을 하며 조심스레 입을 열었다.

"그게… 정말로 그냥 한번 훑어봤을 뿐이라 실제로는 사용할 수 없을지도 모릅니다만… 일단 알고 있는 것으로는 진공으로 된 검을 만드는 공격 마법 하나랑, 방금 그 검의 기운을 수십 가닥으로 나뉘게 하는 대범위 공격 마법… 일정 공간에 역중력을 만드는 마법을 알고 있습니다. 대부분이 대기를 이용하는 실드 마법 서적에서 나왔기 때문에 전부 풍계인데… 아, 골절상을 치유하는 데 탁월한 치유 마법도 하나… 아, 맞어. 시야를 차단하는 환영 마법하고……."

릭샤는 아예 눈을 꾹 감았다. 책을 펴기만 하면 꾸벅꾸벅 졸고 딴청 피우기 바빴던 인간이 언제 그걸 다 익혔는지 도무지 끝이 날 기미가 보이질 않았다.

사실 마법뿐만이 아니다. 레가트는 마법이든 일반 교양이든 책만 폈다 하면 무척 불성실한 태도를 보이는데 그럼에도 진척도가 비정상적으로 높았다. 그에 비해 검술은 밤낮도 없이 피땀을 흘려가며 열성을 다해 정진한 결과가 마왕과 대강 겨룰 수 있게 된 정도이다. 언제나 자신은 육체 노동파라고 우기고 다니는 레가트였지만, 이런 걸 보면 그의 재능은 검보다는 되려 학문 쪽에 있는 것일지도 몰랐다. 그것도 단순히 천재적이라는 말 한마디로 평하기가 아까울 만큼 경이로운 재능을.

"그 짧은 기간에 참 많은 것을 익혀두었군. 그래, 네가 하는 짓과 달리 머리가 비상하다는 것 정도는 내 직접 가르쳐 보며 익히 느꼈던 차였다. 그러한데, 그토록 뛰어난 두뇌가 어째서 내가 경고한 것만은 새카맣게 잊어버린 것일까?"

마왕은 한쪽 눈가를 살짝 찡그리며 물었다. 좀 전까지만 해도 그의 얼굴에 남아 있던 부드러운 분위기가 흔적도 없이 사라졌음을 레가트도 느꼈다. 그가 크게 당황해서 대답을 못하자 마왕은 다시금 말했다.

"내가 폐탑에서 무어라고 했지? 실드 계열 외의 다른 마법은 익히지 말라고 경고하지 않았던가?"

목소리가 점차 음산하게 깔리자 그 주변에 가볍게 흙먼지가 일었다. 마왕이 내뿜는 살기에 대기가 떠는 것이다.

"내가 아낄 수 있는 곳까지만 머물라고 말했을 텐데?!"

끝내 그의 목소리가 높아졌다. 잘게 일던 흙먼지는 이제 완전히 모래바람으로 바뀌었다. 감당하기 힘든 기운을 견디다 못한 대기가 격렬하게 휘몰아치고 있었다. 하지만 그것도 지독히 검은 날개 두 쌍이 사납게 한 번 날갯짓하자 화들짝 놀란 어린아이처럼 순식간에 가라앉았다.

사방은 고요해졌으나 이번엔 피부가 따끔거릴 만큼 강렬한 위압감이 온몸을 지배했다. 언제나 인간의 모습을 유지하던 마왕이 완전히 본체로 되돌아가 있었다. 날카로운 손톱을 가진 오른팔과 오른 다리, 그리고 하늘로 솟은 네 개의 뿔. 무엇보다도 웅장한 네 장의 날개.

갑작스러운 모래바람 때문에 밖으로 뛰쳐나온 이들은 자신의 눈앞에 펼쳐진 광경에 벌어진 입을 다물지 못했다. 이 자리에 있는 연합군은 대다수가 제국 출신의 병사와 기사단으로 이루어져 있었고, 과거의 하르네센 황자를 코앞에서 대면해 본 자들도 다수 있었다. 그래서 더욱 경악했으며 공포에 떨었다. 어떻게 저러한 존재를 정면에서 마주 대할 수가 있었을까! 다만 먼 곳에 서서 그가 존재하는 것을 바라보는 것만으로도 온몸이 짓이겨질 것 같건만.

"셰, 셰벤님……!!"

마왕의 살기를 정면으로 받으며 레가트는 새파랗게 질렸다. 마왕의 실제 모습이라면 몇 번이고 보았다. 하지만 이처럼 기운을 갈무리하지 않은 그의 모습을 보는 것은 처음이었다.

릭샤가 왜 그렇게 화를 냈는지 레가트는 이제야 마음으로부터 제대로 이해할 수 있었다. 그는 10클래스를 익힘과 동시에 마왕이 용인할 수 있는 선을 넘어버렸다. 이미 배운 것을 전부 뱉어놓을 수 있다면 또 모를까, 더 이상은 마왕의 용서나 이해는 구할 수가 없게 된 것이다. 이로써 세상에서 가장 위험한 존재가 완전히 적이 되어버렸다.

"비켜서십시오, 마왕이여!"

그때 등으로 더욱 레가트를 보호하듯 감싸며 릭샤가 소리쳤다. 마왕의 눈동자가 자신을 향하자 릭샤는 언젠가 신의 분노를 정면에서 맞받았을 때와 똑같은 압력을 느꼈다. 정말 어깨라도 으스러뜨릴 것만 같은 끔찍하고 무거운 존재감. 그럼에도 릭샤는 지지 않고 손가락을 들어 당당하게 그를 가리키며 소리쳤다.

"마왕께서는 한순간의 실수로 인해 미래에 닥칠 거대한 분노를 상기하셔야 할 것입니다!! 신께서는 마왕과 천왕의 직접적인 간섭을 허락치 아니한다고 하셨습니다! 그럼에도 마왕께서 감히 그분들의 뜻에 도전하고자 함이라면 저는 신의 검이 되어 철저히 당신에게 대항할 것입니다!!"

릭샤의 이야기를 듣자 마왕의 얼굴이 비웃음으로 한차례 가볍게 일그러졌다. 그는 스스로 기운을 갈무리했다. 그리고 겨우 인간들이 숨통을 틀 수준이 되자 정말 소리를 내어 큭큭 웃었다.

"그래, 잘 말해 주었다. 물론 내가 직접 나서진 않을 것이야. 이 모습은 약간의 협박이랄까, 잠시간의 여흥에 지나지 않지. 그러나 어찌하겠느냐. 이 몸이 직접 손을 더럽히지 않아도 네놈을 나락으로 몰아넣을 카드는 얼마든지 쥐고 있다. 먼저, 중간계에 머무는 모든 마족은 들어라! 이제는 더 이상 인간을 보호할 의무가 없노라. 미친 드래곤들이 날뛰게 내버려 두어라. 그리하여 지상의 인간들이 몇 시간 만에 전멸당하는지 내 눈으로 확인해 보겠다!"

그의 명령이 떨어지는 순간 연합군의 진영에 검은 어둠이 드리워졌다. 수백에 달하는 마족들이 허공에 나타난 덕에 그림자가 진 것이다. 이는 드래곤을 감시하고 있던 모든 마족들이 마왕의 명령이 떨어지는 즉시 철수하였음을 알려주는 전조이기도 했다.

사람들은 언제나 마족이 못마땅했고 지금에 와서도 여전히 마족의 도움을 받아서 되는가에 대하여 토론을 펼쳐 왔다. 하지만 막상 마족들이 돌아서겠다고 선언하자 비명이라도 지르고 싶어졌다.

마왕의 말 그대로였다. 마족들의 방해 공작에 이만 갈고 있던 전 대류의 모든 드래곤이 해방되어 일시에 공격을 퍼부으면 인간이 전멸하는 데까진 시간 단위도 필요치 않을 것이다. 인간이 드래곤을 이길 수 있는 건 어디까지나 드래곤 하나에 절대 다수의 인간이 있는 상황뿐이었다.

자신의 생각없는 행동 하나기 얼마나 커다란 사태를 불러오게 되었나를 하나둘씩 자각하며 레가트는 온 목소리를 쥐어짜 사정했다.

"세벤님!! 한 번만 더 재고해 주시면 안 되겠습니까? 솔직히 생각을 한번 보십시오. 제가 미치지 않은 다음에야 마왕의 지위를 노리거나 할 리가 없지 않습니까?!"

"할 말이란 그런 것뿐이냐?"

마왕은 짜증스러운 듯 고개를 돌려 손짓했다. 어떻게 자신을 부르는 것이라는 걸 아는 건지 매우 자연스럽게 다엠부르크 공작이 나섰다.

"모든 마족을 철수시키는 것만으로도 큰 타격을 줄 수 있을 터이지만 그것만으로는 성에 차지 않아. 나는 꼭 레가트 놈의 끝을 확인하고 가야겠다. 마알 강의 주인이여, 그대에게 마계에 하나밖에 없는 땅을 선물한 것은 그만큼 내 신뢰가 매우 크다는 것을 의미한다. 그대는 이러한 내 기대에 응해줄 수 있겠는가?"

다엠부르크 공작은 입을 열지는 않았지만 정중히 머리를 조아린 후 손톱을 세운 채 레가트를 향해 걸어가는 것으로 대답을 대신했다. 그렇지 않아도 불안해하던 레가트는 그가 한 발자국 다가올 때마다 몸을 흠칫 떨었고 릭샤의 작은 어깨를 꼬옥 잡았다. 하지만 잘 따져 보면 마왕이 상대라면 모를까 다엠부르크 공작 정도를 상대로 레가트가 주눅이 들 필요는 없었다. 그가 단순히 자신의 강함을 망각해서 저러는 것이라고 생각한 릭샤는 일부러 레가트에게 들으라는 의도로 마왕을 향해 소리쳤다.

"어리석으시군요. 마알 강의 주인이라고 무엇이 다르단 말입니까. 겨우 그 정도의 힘으로 레가트 경을 이길 수 있을 것이라고 보았습니까? 레가트 경의 힘이라면 마왕께서 누구보다 잘 아시리라 여깁니다만?"

그때 생각지도 못하게 다엠부르크 공작의 곁으로 수염을 거칠게 기른 중년 남자가 거친 걸음으로 걸어나왔다. 마계 동령의 군주인 맥시갈라드 공작이었다.

"하핫! 선택받은 신의 핏줄이라서인가, 그것참 볼수록 당찬 꼬마로군. 하지만 '겨우 그 정도' 라니, 마계 공작을 하찮게 보는 말버릇은 도저히 그냥 넘어가 줄 수가 없어!!"

"그건 이쪽도 동의하는 바네."

"이거야, 언제부터 마알 강의 주인이나 마계 공작이 '그따위 것' 이 되어버렸던가?"

곧 뒤이어 다른 두 명의 공작도 앞으로 나와 가세할 듯 검을 들거나 손톱을 세웠다. 릭샤는 겉으로는 내색하지 않으면서도 내심은 초조해졌다. 레가트가 마왕 급이라고 익히 들어왔지만, 그 힘이 정확히 어느 만큼인지는 알 수 없었다. 아무리 마왕이라도 혼자서 마계의 사대공작이 동시에 공격해 오는 것을 상대할 수 있을까. 게다가 레가트는 이미 정신적으로 많이 위축되어 있었고 제 힘을 모두 활용할 만큼 미법을 제대로 배우지도 못했다.

"내가 나서라고 한 것은 다엠부르크 공작뿐이다. 나머지는 모두 물러서라."

그러나 마왕은 매우 의외의 반응을 보였다. 릭샤는 물론 모든 사람들이 이것을 의아하게 생각했고 일부 성급한 이들은 급기야 여기에서 희망의 빛까지 찾던 때였다.

"다엠부르크 공작 혼자로도 충분하다. 레가트의 힘이 월등하다는 것은 나도 익히 아는 바이나 다엠부르크 공작이 상대라면 절대 이기지 못하지. 왜냐하면 다엠부르크 공작이 놈의 친부이기 때문이다. 저 녀석이 과연 자신의 손으로 친아비를 벨 수 있을까? 아아, 그것도 참 흥미로운 이야기군. 즐길 것이 늘었어. 구경꾼들은 주의하는 것이 좋을 게다. 다엠부르크 공작의 본체는 레가트 정도는 아니더라도 상당히 거대하니까."

마왕은 그리 말하며 느긋이 뒷짐까지 졌다. 얼음물이라도 쏟아 부은 것처럼 주변의 기온이 뚝 떨어졌다. 호의를 가지고 있던 그가 지금까지 베풀었던 모든 은혜를 철회하는 순간, 사람들은 진정한 마왕(魔王)이 어떤 존재인지를 절감하게 되었다.

"기다려!!"

그때 수많은 마족들의 사이를 지나쳐 한 인물이 마왕의 팔을 잡아챘다. 그자가 대단한 고수였기 때문은 아니다. 그에게 손을 대면 마왕에게 좋은 꼴을 못 본다는 것을 아는 마족들이 스스로 물러난 것이다.

"사람을 시험하고 조종하는 건 이제 그쯤 해두어라, 하르네센! 하고 싶은 말이 있다면 솔직하게 이야기하는 것이 좋지 않으냐?"

이것이 얼마나 의외의 일이었던지 마왕의 얼굴에도 당혹감이 서렸다. 대담하게 마왕의 팔을 붙들고 무려 설교까지 늘어놓은 것은 크로제츠 9세였다. 그의 앞에 선 것은 더 이상 하르네센 황자가 아닌, 마계의 절대자 마왕임에도 그의 목소리엔 거침이 없었다. 제국의 충신들은 파리하게 질려 버렸고, 마왕도 잠시 동요했던 기운을 지우고 천천히 불쾌한 기운을 흩뿌렸다. 하지만 크로제츠 9세는 조금도 움츠러드는 기색 하나 없이 레가트를 가리켰다.

"그래, 네 말대로다. 그는 심성이 지나치게 나약해서 친분이 있는 엘프조차 해치지 못하였다. 당연히 친아버지인 다엠부르크 공작도 베지 못할 것이다. 그렇다면 너의 경우도 마찬가지야! 만에 하나 그가 신을 능가하는 힘을 가진다 해도, 결코 너를 베지 못하고 망설이기만 하겠지. 그는 조금도 너를 위협할 수 없어! 설마 하니 네가 그것을 몰랐다고는 생각지 않는다. 넌 그가 위험한 존재가 된 것을 경계하고 있는 것이 아니야. 레가트 경이나 인왕 폐하의 이야기를 할 때면 너는 항상 기분 좋은 표정을 지었지. 너는 그들을 신뢰했고 수많은 호의를 베풀었다. 그런데 이 사실을 아는지 모르는지 그는 너의 경고를 무시하는 것으로 그 호의에 답했다. 넌 그게 너무 마음이 상했던 거야!"

마왕은 별다른 표정의 변화를 보이진 않았지만, 어쩐 일인지 평소답지 않게 바로 비웃거나 하지 않고 거칠게 황제의 손을 뿌리쳤다. 단지 그것뿐이었다. 그런데 그 행동이 은근히 황제의 말이 옳은 것처럼 분위기를 몰아갔다. 그 즈음에서 레가트가 크게 깨달았다는 표정으로 앞으로 뛰어나왔다.

"아, 세벤님! 저는 절대, 절대로 세벤님 따위 아무래도 좋다는 기분으로 그랬던 건 아닙니다! 그저 릭샤의 신변이 걱정되어서 대책을 생각하다 보니 그것밖에 생각할 수가 없게 되어서, 그래서 뒷일 생각도 안 하고 저질러 버렸던 것인데… 들어주십시오! 진심으로 사죄드리겠습니다. 세벤님의 기분도 생각해 보지 않고 그런 짓을 저질러 버린 것에 대해서……."

레가트가 혼자 주절주절 용서를 빌자 마왕은 잔뜩 구겨진 미간을 꾹 꾹 눌러댔다. 분위기가 묘하게 희극적으로 변하는 것이 굉장히 마음에 들지 않는 듯 그가 불쾌하게 입을 열었다.

"마음이 상했다라? 매우 원색적인 표현이군. 좋다, 굳이 말하자면 틀린 말도 아니지. 감히 이 몸을 위협하는 자가 있다면 재고할 가치도 없이 제거한다. 하지만 내 명령을 우습게 알고 방자하게 구는 자가 있다면 그놈 역시 마찬가지야! 레가트 카럴. 네놈을 영원히 마계에 가두고 내 수하로 종속시킬 수도 있었으나 가능한 만큼 자유를 허용하고 수많은 은혜를 내렸다. 그러한데 수차 강조하였던 단 하나의 경고를 무시해? 네놈이 그런 식으로 이 몸의 신경을 건드리고도 잘못했다는 말 한마디로 살아남길 바랐단 말이냐?!"

단지 커다란 호통 소리일 뿐인데도 온몸을 짓누르는 실제의 압력이 생겨났다. 레가트조차도 신음을 큭 하고 냈을 정도였다. 그런데 잘도 이 위압감을 이기고 황제가 또다시 마왕의 팔을 붙들었다.

"그만두어라, 하르네셴! 너는 항상 그랬지. 모든 일을 냉정하게 계산하고 예측해서 원하는 대로 이끌어갔지만, 아주 가끔씩 울컥하는 마음을 참지 못하고 후회할 일을 저지르기도 했어. 지금도 마찬가지다. 한때의 분노로 그를 베어버린다면 너는 이후에 분명 크게 후회하게 될 것이야. 레가트 경을 베면 자연히 인왕 폐하도 적이 된다. 정말 이 정도의 일로 그들 모두를 잃어도 좋으냐? 그들에 대한 호의는 마음에서 우러나오는 진심이 아니었느냐? 그것은 정말 흔치 않은 일이기도 했지. 그들의 대한 이야기를 할 때의 너는 언제나……."

마왕은 드물게도 오늘 하루 동안 두 번이나 당혹한 기색을 보이고 있었다. 그는 한시라도 빨리 황제의 입을 닫아버리게 하고 싶은 듯 상스러운 욕까지 뱉어가며 레가트를 향해 소리쳤다.

"빌어먹을, 이래저래 시끄럽군! 흥이 전부 식어버렸어. 그래, 좋아. 실제로 죽일 마음까진 없었다. 그저 궁지에 몰아넣은 다음 반송장으로 만들어서 버릇을 고쳐 줄 생각이었다만, 한 번만 용서해 주지. 따라와! 마계로 돌아간다. 네놈에게 주었던 자유, 기회, 그 모든 것을 박탈한다!!"

"예에? 아니, 갑자기 그런… 그럼 릭샤는 어떻게 하고……."

마왕이 그 성격에, 그 성깔에 이 정도로 넘어가겠다는 것이 얼마나 대단한 일인가!! 일반 마족들은 사소한 명령을 조금만 어겨도 즉석에서 목이 날아가는 실정이니 이건 기적이란 말도 모자라지 않았다.

그러나 죽이지 않는다는 것만으로도 열 번 천 번 감사해야 할 일에 레가트는 또 머뭇머뭇 토를 달았다. 레가트가 더 마왕의 신경을 건드려서 일을 치기 전에 릭샤가 재빨리 뛰어들었다.

"마왕께서 너그럽게 사정을 이해해 주시니 감사할 따름입니다. 가십시오, 레가트 경. 한동안은 마계에 머무르시는 편이 좋겠습니다."

"아니, 릭샤! 지금은 곤란하다는 거 너도 알잖아. 아직 이종족과의 전투도 끝나지 않았고 네가 17세가 되려면 아직 9년이나 남았다고. 형이 없으면 그 위험을 어떻게 헤쳐 나갈 셈이니?"

"그것은 제가 알아서 극복해 나갈 일입니다. 또한 저를 위험에서 지켜줄 사람이 레가트 경만 있는 것도 아닙니다. 착각하지 마십시오."

릭샤는 자신의 뒤로 보이는 연합군의 사람들을 가리켰다. 하지만 아무리 그것이 진실이더라도 자신을 지키겠다고 맹세하는 자에겐 너무 지독한 말이라 레가트에게 별 감정이 없는 사람들까지도 심하다는 표정을 지었다. 레가트도 아랫입술을 지그시 깨물었다. 하지만 이 정도에서 릭샤를 외면한다면 물러 터진 레가트라는 명성이 울 것이다.

"릭샤, 형은 그래도 너를 지킨⋯⋯!!"

"내 인내심이 다하기 전에 순순히 말을 듣는 게 좋을 게다."

먼 곳에 떨어져 있던 마왕이 갑자기 레가트의 바로 등 뒤에 나타났다. 그는 레가트를 기절시키려는 듯 손을 들어 올렸다. 하지만 그의 날카로운 수도가 목을 후려치려던 순간 레가트는 빠르게 몸을 비틀었고 팔을 들어 그것을 막았다.

마왕은 자신의 공격이 가로막히는 것을 보고 눈을 크게 떴다. 그러길 잠시, 그때까지도 아직은 평온하다고 이야기할 만했던 마왕의 얼굴이 점차 격하게 구겨지기 시작했다. 미간의 주름살까지 신경 쓰며 인상 쓰는 것을 최대한 자제하는 마왕이 아니던가.

마치 그의 분노가 얼마 만한지를 대변해 주고 싶기라도 한 듯 공기 중의 먼지들이 일시에 역류해 솟아올랐다. 지켜보는 이들은 어쩐지 지금 이 현상이 조금 전에 있었던 모래바람과는 확연히 다르다는 것을 알 수 있었다. 조금 전의 그것이 인위적이었다면, 지금은 무의식적이랄까?

마왕과 레가트의 움직임이 워낙 빨라 조금 늦게 그들간의 공방을 알아챈 릭샤는 크게 놀랐다. 레가트는 여전히 고개를 저으며 마계로 되돌아가는 걸 거부하고 있었다.

"저는 돌아가지 않을 겁니다! 릭샤의 곁에서⋯⋯."

"네가 감히 이 몸의 손을 막기까지 하는군. 그래, 좋다. 네놈이 어디까지 가는지 한번 보자!!"

뼈까지 짓누를 만큼 위압적인 경고가 끝나자마자 마왕의 오른 주먹이 곧장 레가트의 복부를 겨냥했다. 레가트는 공격을 피해 물러나려고 다리 한쪽을 뒤로 뺐다. 그 순간 릭샤가 크게 소리쳤다.

"레가트 형!!"

목소리는 누가 들어도 알 만큼 다급함과 초조함에 가득 차 있었다. 그 애가 탄 외침을 듣는 순간 레가트는 멈칫하고 말았고, 그대로 마왕의 주먹은 명치 중간에 꽂혔다. 실로 어마어마한 충격이 뇌까지 뒤흔들었다. 레가트는 비명은커녕 숨도 쉬지 못하고 상체와 머리를 푹 꺾었고 마왕의 팔에 기대는 모양으로 쓰러졌다. 하지만 마왕은 거기서 멈추지 않고 팔을 빼며 다시 오른쪽 주먹으로 등을 한 번 세게 후려쳤다. 얼마나 강한 힘이 가해진 것인지 등이 활처럼 휘고 축 늘어져 있던 머리가 한번 크게 들렸다가 잠시 후 바닥에 처박혔다.

"커… 헉……! 아악……!!"

레가트는 조금 전 레빈에게 만신창이가 되었을 때보다 더욱 상태가 안 좋아 보였다. 의식을 잃진 않았으나 일어설 생각도 못하고 손톱으로 바닥을 긁으며 숨넘어가는 신음만 냈다. 그런 레가트의 머리를 무자비하게 짓밟아 뭉개면서 마왕은 이를 드러냈다.

"이 무례한 놈! 이번 기회에 단단히 그 버릇을 고쳐 주마!!"

"그만두십시오!!"

마왕은 일그러뜨릴 인상을 풀 생각도 않고 사납게 고개를 들었다. 그러자 릭샤가 똑바로 그를 향해 손가락을 들었다.

"경고하겠습니다! 레가트 형에게 무슨 일이라도 생긴다면 내 모든 것을 걸고 절대 당신을 용서하지 않을 것입니다!!"

"뭐라고?"

마왕의 표정은 기괴하리만치 심하게 일그러졌다. 그처럼 표정이 격하게 변하는 것은 마족들도 본 적이 없었다.

스스로도 자신의 얼굴이 심하게 일그러졌음을 인식했는지 마왕은 얼굴을 한번 쓸어내리며 표정 관리를 했다. 한번 숨을 내쉰 그는 다시금 릭샤를 쳐다보았다. 이번에 그의 얼굴에 담긴 것은 진득한 비웃음이었다.

"후후, 매우 흥미로운 이야기구나. 네가 무슨 수를 써서 이 몸을 용서하지 않을지, 그 방법을 한번 들어볼까?"

그의 물음에 일부 마족들이 우스워 죽겠다는 듯 킥킥 소리를 내었다. 하지만 릭샤의 표정은 변하지 않았다. 더 흥분할 것도 가라앉을 것도 없이 릭샤는 담담히 대답했다.

"정령왕과 계약을 할 것입니다."

"정령왕? 하!"

마왕은 어이가 없다는 듯 이마를 짚고 웃었다.

"그래, 정령왕과 계약을 한다면 이 몸의 상대가 될 수 있을는지도 모른다. 하지만 최상급 정령을 부리는 것조차도 벅차서 마석을 덕지덕지 달고 다니는 주제에, 네놈이 정령왕과 무엇을 어째?! 이제 겨우 걸음마를 벗어나고 보니 자신이 겨우 여덟 살 난 애송이라는 걸 완전히 잊어버린 모양이지?"

"마족의 수명은 어느 정도입니까?"

릭샤는 대뜸 질문을 던졌다. 마왕이 미간을 좀 찌푸리고 대답을 않자 릭샤가 알아서 대답을 해갔다.

"순수 마족의 수명은 5천 년, 마왕께서는 혼혈 마족이지만 그 권능을 보건대 5천 년은 충분히 살아남을 것이라고 생각합니다. 마왕께서는 자신의 처지를 제대로 인지하십시오. 5천 년의 일생 중 이제 겨우 32년밖에 살지 않은 당신은 애송이가 아닙니까? 인간의 수명이 길어봐야 100년이라는 것을 감안한다면 오히려 그쪽이 더욱 애송이라고 생각합니다만?! 그럼에도 당신은 마계를 제패했습니다. 마계의 그 어떤 마족보다도 강력한 존재입니다. 그렇다면 저라고 못할 것이 어디에 있단 말입니까? 정령왕과의 계약? 본래부터 현재 저의 힘으로는 최상급 정령과의 계약조차도 불가능했습니다. 그럼에도 그들과 계약을 할 수 있었던 것은 제가 바로 신들의, 정령신의 아이였기 때문입니다! 그러하니 이번에도 망설임없이 시도하고 성공해 낼 것입니다. 정령왕과의 계약을!!"

마왕은 바닥을 내려다보며 머리칼을 쓸어 넘겼다. 최대한 감정을 다스려 보려는 움직임 같았다. 잠시 후 그가 천천히, 유쾌하게 웃으며 고개를 들었다.

"하하, 그것참 멋지군. 그래, 나는 애송이다. 아니지, 그런 식으로 치자면 한 살짜리 아기보다도 못하구나. 아하하!"

웃으며 넘겨줄 것 같던 마왕이 결국 바득 소리나게 이를 깨물었다. 모든 이들을 얼어붙게 만들기에 부족함이 없는 반응이었고, 머리카락을 간질이며 스쳐 가던 산들바람까지도 딱딱하게 굳는 것 같았다.

"하나 마족이 성인이라고 불릴 만한 모든 것을 갖추는 데에는 그 기나긴 5천 년 중에 10년도 채 필요하지 않아! 인생의 반을 허비해야 하는 인간 따위와는 비교할 가치조차도 없다는 뜻이다!! 정령왕의 계약? 그런 것이 가능하다손 치더라도 이 몸이 뜬눈으로 보고만 있을 것 같으냐?!"

"하르네센, 제발……! 인왕 폐하는 너를 모욕하고 싶었던 것이 아니다. 알고 있지 않은가?"

이번에도 마왕을 뜯어말리고 나선 것은 크로제츠 9세였다. 한번 분노하면 그에 상응하는 보복이 있지 않고선 절대 가라앉는 법이 없는 그이건만, 이제는 황제가 끼어들 때마다 그 기세가 잠시나마 멈칫하는 게 일반인의 눈에도 보일 정도였다.

그 잠깐의 시간 동안 릭샤는 자신이 지나치게 마왕을 자극했음을 인정하며 스스로의 위치가 너무 비굴해 보이지 않는 한도 내에서 최대한 자세를 낮추었다.

"마왕이시여, 제가 완전히 이성을 잃어버렸군요. 두 번 다시 이러한 일이 없을 것이니 너그러이 이해를 해주십시오. 제가 레가트 경을 어떻게 생각하는지 알고 계실 것입니다. 그것은 마왕께서 의도하고 계획하신 일이기도 합니다. 부디 그것을 생각하시어 주셨으면 합니다. 게다가 저는 본래 레가트 경을 마계로 보내는 것에 동의하였습니다. 그것은 제가 기본적으로 당신을 깊이 신뢰하고 있다는 뜻이 아니겠습니까? 이 이상 본의가 아닌 말실수로 인해 마계와 미래의 인간계의 사이에 금이 생기지 않았으면 하는 바람입니다."

마왕은 용서하겠다 대답하지도 않았고, 그렇다고 사나운 눈초리를 풀지도 않고 서 있었다. 5분도 채 되지 않는 침묵의 시간이었다. 하지만 목이 바짝 마를 만큼 긴장되는 시간이기도 했다. 그의 기분에 따라 세상은 모가 될 수도 있고 도가 될 수도 있었다.

"네놈은……."

드디어 마왕의 입이 열렸다. 그는 한번 험하게 나왔던 말을 고쳐 다시 말을 이었다.

"너는 오늘 내가 얼마나 많은 인내심을 사용했는지 알아야 할 것이다. 잊지 마라. 발소리 하나조차 숨죽이고 주의하여 내는 게 좋을 것이다. 더 이상은 내게서 털끝만한 자비도 얻어낼 수 없을 테니까!"

살벌하게 경고를 내린 마왕은 레가트를 밟고 있던 발을 치우고 등을 돌렸다. 다엠부르크 공작이 거의 실신한 레가트를 어깨를 둘러메고 뒤를 따랐다. 이를 기점으로 다른 마족들도 하나둘 허공에서 모습을 감추기 시작했다.

마왕이 막 사라지기 직전에 릭샤가 한 걸음 앞으로 나왔다.

"마왕이여, 그를 부탁드립니다."

이야기가 짧았으나 레가트의 신변에 해가 없도록 해달라는 이야기임이 분명했다. 하지만 릭샤의 목소리는 애원조가 아니었고 오히려 좀 지나치다 싶을 만큼 당당했다.

마왕은 조금 고개를 돌려 눈을 가늘게 뜨고 릭샤를 바라보았다. 그의 시선에서 약간 눈길을 내리거나 하지 않고 정면으로 똑바로 마주하는 릭샤는 무례하다는 말을 듣기에 충분해 보였다. 하지만 더 이상 털 끝만한 자비도 이끌어내지 못할 거라고 강조한 것과는 달리, 마왕은 그것을 못 본 척해주며 고개를 돌렸고 곧 모습을 감추었다.

제49화

자이리아 폭포로 ■

자이리아 폭포로

"인왕 폐하……."

겨우 모든 마족들이 사라지고 난 후, 릭샤의 명에 따라 수뇌들이 막사에 모였다. 크로제츠 9세가 한숨을 토하며 릭샤의 곁으로 다가왔다. 다른 장군들도 죽다 살아난 것처럼 불그죽죽한 얼굴색으로 모여들어 릭샤의 안부를 물었다. 릭샤는 가볍게 한번 숨을 들이마셨다 내쉰 다음 황제를 올려다보았다.

"진심으로 감사드리고 싶군요. 이번 일에 가장 공이 크신 분은 황제이십니다. 저 마왕을 이 정도까지 휘두를 수가 있다니, 놀라울 따름이로군요."

릭샤가 나름대로의 감탄을 담아 이야기하자 새삼 모든 이들이 좀 전의 일을 떠올리고 고개를 끄덕였다. 크로제츠 9세는 근엄한 얼굴이 순식간에 시뻘겋게 물들 만큼 굉장히 당황했다.

"아, 아닙니다. 그를 휘두르다니, 저 역시 항상 하르네센에게 휘둘리기만 할 뿐… 가당치 않은 말씀이십니다."

"그를 하르네센이라고 부를 수 있다는 것 자체가 대단한 일이 틀림없을 테지요. 실제로 마계의 모든 마족들은 당신에게 손끝 하나 댈 수 없습니다. 미왕의 명령이 있기 때문이지요."

황제가 놀라 자빠질 만한 이야기를 지나치는 말로 슥 해치운 릭샤는 하늘을 쳐다보았다. 막사의 천으로 가려져 있었지만 실프의 기운으로 구름이 꽤 빠른 속도로 서쪽으로 흐르고 있다는 것을 알 수 있었다. 방향을 바꾸지만 않는다면 구름은 그대로 덴버그쟈드 성을 지나쳐 라바 산에 머물게 될 것이다.

라바 산에는 하늘 끝에서 땅 끝까지 닿는다는 거대한 자이리아 폭포가 있다. 습기를 담은 사나운 바람이 휘몰아치는 곳이지만, 폭포를 이루는 거암들은 그 모양이 아름답고, 풀이 난 곳은 파르름으로 빛이 날 정도라고 했다. 사람의 주거 사정을 생각지 않는 한, 자이리아 폭포는 중간계의 그 어느 곳보다도 자연의 생기가 넘치는 곳이었다.

잠시 분위기가 소강되자 황제는 다시 근엄한 얼굴을 되찾고 릭샤에게 물었다.

"그러한데 인왕 폐하, 정말 정령왕과의 계약이 가능한 것입니까?"

"가능하든, 하지 않든 반드시 계약을 할 것입니다."

릭샤의 단호한 대답에는 지금까지는 볼 수 없었던 감정적인 그 무언가가 담겨 있었다. 사람들은 익숙하지 않은 일에 좀 뻣뻣해졌으나 나쁜 일도 아니고 미묘하게 느낌만이 전해지는 정도라 금방 그러려니 하였다. 오히려 자신들의 무뚝뚝하고 무감정한 왕에게는 감정이 넘치는, 인간적인 반응이 필요했다.

"확실히 레가트 경도 없어진 이상 저희들에게는 뭔가 획기적인 힘이 필요합니다. 인왕 폐하께서 정령왕의 힘을 가지신다면 더할 나위도 없겠지요. 그러나 마음만으로 되는 일이 아니라는 것은 명확합니다. 어떻게 하실 작정이십니까?"

크로제츠 9세가 조목조목 이성적으로 물어왔다. 릭샤는 눈가를 좁혔다.

"이미 마왕께 이야기한 바대로 할 것입니다. 선신과 마신과는 달리, 정령신은 자신의 창조물에 대한 애정이 극진하십니다. 마족과 천족에게 있어 마신과 선신은 가까우면서도 머나먼 존재이지만 정령에게 있어 정령신은 그야말로 어머니, 아버지와 같은 존재. 그 일례로 정령신은 따로 신계에 머물지 않고 정령들과 어울려 정령계에서 생활하시지요. 저는 비록 정령계가 아닌 중간계에 태어나 그분의 직접적인 은혜를 받진 못하였으나 이번 기회를 통하여 그분의 어깨에 기대어볼 생각입니다. 그분께서 저를 당신의 아이로 인정하신다면 정령왕과의 계약을 도와주실 터이지요."

다른 이들은 입을 다물고 서로 얼굴을 쳐다보기만 했다.

'신의 뜻이 있다면 해낼 수 있다.'

저런 이야길 다른 사람이 했더라면 한심한 놈이라고 바로 혀를 찼을 것이다. 하지만 릭샤에 관한 한 그것이 허황되고 한심한 바람이 아니라는 것을 알고 있었다. 그러나 아직 일반 사람들에게 신이란 너무 먼 존재였고, 때문에 뭐라고 이야기할 수가 없었다.

릭샤는 그들에게 조언을 구할 생각은 없었다. '그때 부터 이미 마음은 정해졌고 이젠 실행에 옮길 일만 남았다. 릭샤는 서쪽을 바라보았다.

"아무래도 정령왕과의 계약에 관한 일이므로 최대한 그 가능성을 높이도록 자연의 기운이 강한 곳에서 실행해야겠습니다. 이 일대에서 그에 가장 적합한 장소라면 자이리아 폭포 일대겠지요. 꾸물댈 시간이 없으니 당장 떠나겠습니다. 저를 호위할 강한 마검사 다섯을 붙여주십시오. 알테어 경이 있었더라면 좋았을 것을……."

릭샤가 갑자기 계획안을 쏟아내자 사람들은 당황했다.

"폐하, 외람되나 인왕 폐하를 겨우 다섯의 호위만을 붙여 따로 행동하시도록 둘 수는 없습니다. 아시지 않습니까? 인간계의 반은 인왕 폐하의 존재 그 자체에 달려 있음을……."

"그렇습니다. 필요하다면 가능한 모든 마검사와 마법사, 그리고 군대를 동원하여 자이리아 폭포로 향하겠습니다!"

릭샤는 고개를 저었다.

"군대를 몰고 자이리아 폭포로 향하기 위해서는 덴버그쟈드 성을 먼저 무너뜨려야만 합니다. 하지만 지금의 힘으로는 엘프 군을 이겨낼 수가 없습니다. 방금 마족들이 오고 간 것으로 인하여 엘프들도 심상치 않은 사태를 감지하였을 것입니다. 레가트 경이 사라지고 마족과의 사이가 벌어졌다는 사실을 알게 된 엘프들이 수성전을 포기하고 과감히 공격해 오기 전에 최대한 빠르고 은밀하게 자이리아 폭포로 향하는 것이 더 현명할 것입니다. 그리고 또 한 가지 걸리는 것이 있습니다."

말이 끝날 것이라고 생각해 막 반박할 말을 찾던 이들은 릭샤가 뒷말을 붙이자 일단 물러섰다. 릭샤는 황제의 뒤에 숨죽이고 선 엘프, 레이젤레스를 바라보았다.

"레이젤레스, 당신이 보기에 레빈이라는 엘프의 힘은 어떤 것 같습니까?"

생각지도 못하게 지명받은 레이젤레스는 굉장히 놀란 눈치였다. 하지만 오래 황실을 지킨 자답게 부드럽게 대답을 이었다.

"제가 지금까지 본 그 어떤 정령사보다도 강했습니다. 하지만 인왕 폐하께서 어떤 식의 구체적인 대답을 원하시는지 알고 싶습니다."

"부정확한 질문을 한 점에 대해 사과드리겠습니다. 정확히 그자가 정령왕과의 계약이 가능하겠느냐고 묻는 것입니다."

인왕이 있다는 것도 잊은 채, 막사 안이 저마다의 이야기로 술렁였다. 하지만 릭샤가 손을 한번 들었다 내리자 그들은 알아서 입을 다물었다. 레이젤레스는 무척 당혹스러운 표정이었다. 이것이 얼마나 중요한 질문인지 알고 있기 때문에 그녀는 제법 오랜 시간 생각에 잠겼다가 대답했다.

"최상급 정령을 어떻게 잘 부리게 되었다고 해서 정령왕과의 계약 가능성을 논할 만큼… 그들과의 계약은 간단하지 않습니다. 정령왕은 단순히 최상급 정령의 다음 단계 정령이 아닙니다. 그들은 마왕이나 천왕과 맞먹는 힘을 가진 자들, 그런 존재를 수족처럼 부릴 수 있는 계약이란 한편으로는 10클래스 마법보다도 한 차원 높은 경지의 마법일지 모릅니다."

이 부분에서 고위 마법사들이 뺨을 씰룩했다. 아무리 최상급 정령을 부리며 황제의 곁을 머물고 있다고 해도 레이젤레스의 신분은 노예이니 저런 이야기를 계속하다간 보이지 않는 곳에서 유치한 괴롭힘에 시달릴지도 몰랐다. 하지만 그녀는 거칠 것 없이 진지하게 이야기를 계속해 갔다.

"다만 전해지는 바일 뿐이나, 정령왕과의 계약을 위해서는 최상급 정령을 하급 정령처럼 무제한으로 부릴 정도가 되어야 한다고 들었습니다. 레빈은 아직 젊은 엘프이며, 앞으로 자신을 발전시킬 무궁무진한 기회가 남아 있습니다. 정령왕과의 계약을 시도하는 단계에서 모든 마력을 빼앗겨 목숨을 잃는 수가 있으므로, 만약 제가 레빈이라면 좀더 나이가 들고 연륜이 쌓였을 때 계약을 시도하여 볼 것입니다. 하지만……."

"최상급 정령을 하급 정령처럼 부려야 한다는 그 조건은 어디까지나 '소문으로 전해지는 바'일 뿐이지요. 저는 현실적인 선에서 타협하여 그 정도로 최상급 정령을 부린다면 충분히 정령왕과의 계약 가능성이 있다고 생각합니다. 상황이 여의치 않다고 여길 때 레빈은 망설임없이 자이리아 폭포로 향하여 정령왕과의 계약을 시도해 볼 것입니다. 아무리 좋게 기억을 떠올려도 그 남자는 자신의 능력을 과소평가할 만큼 겸손해 보이지 않았습니다."

레이젤레스의 말을 가로채어 릭샤가 말했다. 만약 레빈이 지금이라도 당장 자이리아 폭포로 가서 정령왕과 계약을 덜컥해 버린다면 그건 정말 엄청난 사태였다. 단순히 정령왕과 계약을 한 보통 엘프라면 그래도 낫다. 그는 정말 엘프인지 의구심이 들 만큼 매우 교활했다. 순수 혈통의 엘프만이 소환할 수 있는 정령을 그가 소환해 보이지 않았다면 사람들은 그가 엘프가 아니라고 단정했을 것이다.

여하튼, 인간들은 서두르지 않으면 엘프 한 마리 때문에 현재까지 이루어놓았던 모든 세력 구도가 뒤엎어질지도 모를 매우 급박한 사태에 직면한 셈이 되었다. 더 이상 반박할 말이 없게 됨으로써 릭샤의 의지대로 거의 결정이 내려질 것처럼 분위기가 흘렀다.

"인왕 폐하, 진정으로 외람된 말씀이오나… 폐하께서는 자신의 실력으로 계약을 할 레빈과는 달리 신의 뜻에 의지하여 정령왕과 계약을 하실 것입니다. 그렇다면 굳이 자이리아 폭포에 가지 않으셔도 괜찮은 것이 아닙니까? 소수의 호위만으로 그곳에 가시는 것은 너무 위험하십니다."

거의 결정이 내려질 즈음 제대로 핵심을 짚어낸 것은 황제였다. 교묘히 말하고 싶지 않은 사실을 숨기려 했던 릭샤는 끝내 진실을 밝혀야만 하자 한숨을 깊게 내쉬었다.

"후우, 솔직히 말해… 정령신은 생각 이상으로 제게 무심하십니다. 저는 지금껏 그분의 말씀을 들어본 적이 없습니다. 마신과 선신은 본래 멀고도 가까운 분이시니 충분히 공백이 있을 수 있으나, 피조물들에 대한 애정이 지극하신 정령신께서도 그리하신 것은 이해할 수 없는 일입니다. 사실 최상급 정령과의 계약도 그분의 뜻이 아닌 최상급 정령들의 작은 배려였습니다. 하지만 정령왕과의 계약은 신의 뜻이 배제된 '작은 배려' 정도로는 어림도 없을 것입니다. 때문에 저는 최대한 정령신께 가까이 닿을 수 있을 만한 장소를 택하고 있는 것입니다."

"아니, 그렇다면 그 노력에도 불구하고 끝내 정령신께서 인왕 폐하의 부름에 응해주시지 않는다면 어떻게 되는 것입니까?! 정령왕에게 마력을 다 빼앗겨 목숨을 잃게 되는 것이 아닙니까?"

"자이리아 폭포에 간다고 해서 정령신께 목소리가 닿을 가능성이 얼마나 더해진다는 말입니까? 폐하답지 않으신 너무 안일한 생각이십니다!"

"차라리 정령왕과의 계약을 제한 다른 수를 찾아보는 것이 훨씬 현명할 것입니다!! 연합군의 모든 병력을 집중시키면 수많은 희생을 필요로 하겠으나 고립된 엘프 일족 하나 쓰러뜨리지 못할 리 없을 것입니다. 물론 정령왕과의 계약을 사전 차단하기 위해서 덴버그쟈드 성을 완전 포위, 자이리아 폭포로 가는 길을 차단하고⋯⋯."

예상대로 정령왕과의 계약 자체를 유보하자는 의견이 중구난방으로 쏟아졌다. 릭샤는 눈을 감고 이야기를 듣다가 주먹을 지그시 쥐었다. 그리고 높게 들어 올렸다.

콰앙—!

어린아이의 밤톨 같은 작은 주먹으로 한번 세게 두들긴 것뿐인데 기다란 탁자가 상당히 긴 시간 동안 진동을 하며 떨렸다. 순간 시간이라도 멈춘 것처럼 막사 내부가 조용해졌다. 사람들은 오늘 릭샤의 격한 반응을 너무 많이 보았다. 하지만 여전히 익숙해지지 않는 생소한 반응이었다. 릭샤를 얼마나 보았다고 벌써부터 무뚝뚝한 애늙은이라는 이미지가 뼈에까지 박힌 것 같았다.

"정령왕과 계약을 할 것입니다. 어떻게 하면 보다 안전하고 빠르게 자이리아 폭포에 당도할 수 있을지에 대해서만 토론하십시오."

릭샤는 나직이 말했다. 도저히 거부할 수 없는 위압감에 사람들은 불만을 품고 있으면서도 감히 입을 열지 못했다. 이 느낌은 마왕에게서 느꼈던 그것과도 비슷했다.

조개처럼 입을 다문 사람들의 사이로 한 사내가 나섰다.

"인왕 폐하, 호위할 자로 저를 데려가 주십시오. 한때 일선에서 물러난 일도 있었고, 명성이 자자한 용병왕 알테어에 미칠 것 같지도 않으나 아직은 제 검도 쓸 만하다고 자부하고 있습니다."

"미크로외 백작⋯⋯."

릭샤는 새삼스러운 눈으로 그를 바라보았다. 멋모르던 때에 마왕과 함께 그의 저택에 머물렀던 기억을 떠올렸다.

미크로외 백작은 하르네센 3황자를 자신의 주군으로 믿고 무려 10년이라는 세월을 우직하게 기다리고 있었다. 하지만 하르네센은 마왕이 되어 있었고, 아무리 충실한 자라 할지라도 한낱 인간 따위를 마계의 신하로 거두어줄 수가 없었다. 하지만 마왕은 달리 좋은 길을 찾아내었다고 했다. 그때는 몰랐으나 지금은 그 뜻을 알고 있다.

마왕은 자신이 추진하고 있는 인간계 성립 계획을 위하여 자신에게 바칠 충성을 릭샤에게 바치라고 했을 것이다.

"당신은 어디까지 내게 충성하고 있습니까?"

미크로외 백작은 조금 놀란 눈으로 릭샤를 바라보았다. 제아무리 어른스러운 티를 내는 인왕이라도 어린애 주제에 충성에 대하여 운운할 줄은 몰랐다는 눈치다. 그러나 이런 저런 계산 없이 미크로외 백작의 대답은 금방 나왔다.

"저는 오늘 일로 인왕 폐하를 따르는 것이 그분의 뜻임을 확실히 깨달았습니다. 그러하므로 목숨을 바칠 것입니다. 의도가 불손한 자라 불쾌히 여기신다면 이 자리에서 목을 치십시오."

릭샤는 끝내 자신의 시선을 못 본 척해 버렸던 마왕을 떠올렸다. 그는 무척 위험한 인물이지만, 아직까지는 자신에 대한 호의를 접을 생각이 없는 것 같았다. 최소한 아직까지는.

마왕은 자신의 프라이드에 중대한 흠집을 내면서까지 상대에 대한 의리를 지킬 자는 아니었다. 여기엔 자신도, 레가트도, 하물며 황제라도 예외가 없으리라. 그것은 추측이 아닌 확신이었다.

따라서 미크로외 백작의 충성 역시 시한부일 뿐이다. 릭샤는 시한부 폭탄을 품 안 깊숙이 껴안을 생각은 없었다. 그렇게 하지 않으면 안 된다는 것을 바로 오늘 뼈저리게 느꼈다.

하지만 아직 시간은 있었다. 릭샤는 코흘리개 꼬맹이일 때도 이용할 수 있는 것은 뭐든지 이용하고 보는 주의였다. 아니, 그게 천성이었다.

"백작의 실력은……."

"비록 과거이긴 하였으나 미크로외 백작은 제국 내의 모든 기사들의 우상이었습니다. 한때 일선에서 물러나 있긴 했으나 여전히 그 힘은 굳건하다고 했습니다."

황제가 바로 대답했다. 릭샤가 떠나는 것을 찬성하는 분위기는 아니었으나 이미 말릴 수 없다는 지경에 왔다는 것을 알아챈 듯했다.

회의는 금방 끝이 났다. 릭샤가 거의 강압적으로 일방적인 결정을 내렸고 준비가 시작되었다.

*   *   *

무릇 전투를 승리로 이끄는 데 커다란 공을 세운 자는 영웅으로 떠받들어져 만인에게 칭송받기 마련이다. 그것이 일족의 운명을 건 전투였다면 말할 것도 없다. 당당히 어깨를 펴고 개선문을 지나면 좌중은 기쁨에 넘쳐 환호성을 지르리라.

마티누스 족은 인간들의 사냥에서 화를 입지 않고 무사히 남겨진, 몇 안 되는 대규모 엘프 일족이었다. 청천벽력 같은 신의 선언이 있은 후부터 시작된 전쟁. 수많은 엘프 일족들이 이 전쟁에서 목숨을 잃고 무너져 갔지만 마티누스 일족은 살아남았다.

그들은 항상 이겼다. 덴버그쟈드 성을 점령한 시점에서 인간들과 세 차례 커다란 접전을 가졌으나 결국 승리는 그들의 것이 되었다. 인왕이 직접 대군을 이끌고 쳐들어왔을 때도 그들은 승리했다 여겨도 무방할 결과를 이끌어냈다.

이 모든 전투의 최고 공로자는 레빈이라 불리는 엘프였다. 그가 없었더라면 마티누스 일족은 벌써 예전에 다른 일족들과 같은 운명을 걸었을 것이 명명백백했다.

하지만 레빈은 영웅이 아니었다. 그를 위한 칭송의 노래와 기쁨의 환호성은 온데간데없었다. 하나의 승리에 되돌아오는 것은 열의 비난이었다.

"레빈, 일족을 인간의 손에서 지키고자 애쓴 그대에게 이런 말을 해서는 안 된다는 것을 알고 있긴 하나, 저는 점점 걱정이 됩니다. 당신의 행동은 점점 도를 넘고 있어요."

"그렇습니다. 일족을 지키고자 하는 마음을 모르는 바는 아니지만 이건 너무하는 게 아닙니까?"

원탁의 한자리를 차지하고 앉은 레빈은 주먹을 쥔 손으로 가볍게 턱을 괴고 엘프들의 이야기를 들었다. 연례 행사 같은 일이었기 때문인지 무슨 이야기를 들어도 큰 표정의 변화는 없었다. 하지만 가끔씩 엄지를 들어 손톱을 지그시 물었다가 놓길 반복했다.

쾅―!!

레빈이 계속 묵비권을 행사하자 머리칼이 붉은 엘프 하나가 탁자를 내려쳤다. 그의 외모는 대부분 하늘색 머리칼을 하고 있는 마티누스 일족과는 확연한 차이가 있었다.

"입이 있다면 말을 해보게! 어쩌면 그렇게도 비겁한 짓을 할 수가 있단 말인가! 그대의 행동은 인간이 하는 짓이나 다를 바가 없어! 나는 그대를 따라 마티누스 족에 몸을 의탁한 것이 후회가 되고 있네!"

"하자누님, 말이 너무 지나치십니다."

"하지만……!! 하아, 알고 있소. 하지만 이건 너무하지 않소이까."

하자누는 불만에 찬 목소리였지만 결국 물러났다. 하지만 이번엔 녹색 머리칼의 엘프가 그의 자리를 대신하여 언성을 높였다.

"아니, 이젠 정말 참을 수가 없소이다! 그대가 하는 짓거리를 보니이제는 정말 확신할 수가 있을 것 같구만! 나 역시 하자누님처럼 본래는 마티누스 일족이 아니었소. 일족이 인간들과의 싸움에서 패배를 하여 목숨을 잃을 뻔하였다가 천신만고 끝에 우연히 레빈의 도움을 받게되어 마티누스 일족에 몸을 담게 된 것이지. 그리고 또한 하자누님과똑같은 최상급 정령사이기도 하오! 이즈음에서 솔직하게 내 생각을 밝혀볼까? 레빈 그대는 우리 일족이 전멸하는 것을 항상 손꼽아 기다려왔어! 그리고 내 가족과 친우가 모조리 도륙당하고 내가 혼자가 되자우연을 가장하여 구원의 손길을 뻗어 마티누스 일족으로 데려왔지! 일족에 보다 많은 최상급 정령사를 영입하기 위해서 말이야!!"

"벨타이논님!!"

원탁에 자리한 엘프 중의 반이 허옇게 질린 얼굴로 그를 말리려 했다. 하지만 원탁의 나머지 반은 곤란한 얼굴을 하면서도 침묵을 지켰다. 그리고 레빈을 바라보았다.

레빈이 똑같은 방식으로 데려온 최상급 정령사에 상급 정령사의 수가 무려 열에 이른다. 벨타이논이 주장한 음모설은 이미 오랜 옛날부터 마티누스 일족 내부에 공공연히 퍼져 있던 소문이었던 것이다.

드디어 레빈이 입을 열었다.

"그러면 한 가지 물어보겠소. 다시 인간들과 전투가 있었던 그때로되돌아간다면 그대의 일족은 나의 도움을 받아들였을까? 내가 그대 일족을 돕겠다고 말한다면 그대들은 흔쾌히 그 호의를 받아들였겠느냐말이오."

"그 호의는 감사할 것이나 당연히 거절을 하겠지. 이는 우리 일족의 문제요. 일족의 운명은 일족의 손으로 결정해야 하는 것. 우리들에게 는 우리들의 강한 전사와 정령사가 있어. 그러한데 어찌하여 불명예스 럽게 타 일족의 도움을 빌려야 한단 말인가."

그럴 것이라 생각했다. 레빈은 화가 치밀어 견딜 수가 없었다.

물론 개인적으로 곤경에 처한 동료를 만나게 된다면 엘프들은 일족 에 관계없이 도움을 주고받는다. 그것은 당연한 인정이었다.

하지만 일족 전체의 운명이 걸린 일이라면 사정이 달라진다. 엘프들 에게 있어 일족의 단위는 스스로의 힘으로 스스로를 책임져야만 하는 절대적인 독립체를 의미한다. 일족의 사활과 미래는 그들 일족만이 결 정할 수 있다. 다른 일족이 여기에 참견한다는 것은 커다란 실례이며 그들 일족의 힘을 무시하는 처사이기도 했다.

레빈은 결국 화를 참지 못해 소리를 질렀다.

"도대체 날더러 어쩌라는 건가? 그대의 일족은 전멸을 눈앞에 둔다 해도 끝끝내 나의 도움을 거절했겠지! 그런데 이제 와서 제 가족과 친 구를 돕지 않았다고 큰소리라니!!"

"언제부터 엘프들이 다른 일족의 일에 이래라저래라 큰소리치게 되 었지?! 다시 한 번 강조하지만 우리 일족의 운명은 우리 일족의 손으로 결정해! 내가 문제 삼는 것은 그대가 가진 불손한 의도다! 그대는 우리 일족의 패배를 확신하였다. 다른 평범한 자들이었다면, 그럼에도 천운 이 닿아 우리 일족에 승리의 영광이 함께하기를 기원해 주었겠지. 하 지만 그대는 달랐다. 어차피 일족이 전멸을 한다면 최상급 정령사만을 살려내어 마티누스 일족으로 끌어들이자고 생각한 거야! 그래서 그대 는 최상급 정령사를 얻고자 하는 목표를 위해, 정반대로 내 일족이 전멸하기만을 손꼽아 기대해 왔던 것이다! 내 말이 틀렸는가?!"

그 말이 맞았다 해도 뭐가 잘못되었단 말이지?! 천운 따위를 기대하며 힘도 없는 놈들의 가당치도 않은 승리를 기원하는 게 현명했단 말인가!! 무능하고 아둔한 놈들 따위 살아남아 방해만 할 바에는 하루라도 빨리 뒈져 버려라! 이 몸이 뛰어난 전사만을 추려서 모든 엘프 일족에 영광을 가져다줄 테니!!

레빈은 목구멍까지 치솟은 말을 간신히 참아내었다. 알고 있었다. 바로 이러한 생각이야말로 엘프들이 경멸하는 생각이라는 것을 말이다.

적의 눈에 흙을 뿌린다면, 인질을 잡고 협박을 하였다면 어쩌면 그들은 승리를 하였을지도 모른다. 하지만 그들은 아무리 궁지에 몰려도 결코 비열함에 몸을 맡기지 않았다. 이 긍지 높은 자들을 어찌 아둔하다 비난한단 말인가!

타고난 능력이 부족하다 하여 그를 하찮게 여겨도 되는가? 상대가 최상급 정령사라 해서 살리고 하급 정령사는 버리는가? 하잘것없는 잣대로 소중한 동포의 가치를 저울질하지 마라! 백치의 힘없는 노인이라도 마땅히 구원해야만 할 것이다.

정말 올바른 생활 신조다. 너무 착하다고 상장이라도 주어야 할 법한 이야기랄까. 자신의 그릇됨은 이토록이나 명백한 것이다.

레빈은 눈을 꾸욱 감고 최대한 스스로를 다스리기 위해 노력했다. 하지만 어느새 그는 엄지손가락을 세워 입가로 가져가고 있었다. 아주 오래전부터 괴롭힘을 당했던 손톱은 이미 너덜너덜했다.

그가 침묵을 지키자 반발심을 강하게 보이던 엘프들이 너나 할 것 없이 일어나 비난의 목소리를 높였다. 드물게도 엘프 일족의 회의가 거친 폭언으로 점철되었다.

"다들 그만 하거라."

수염을 하얗게 기른 나이 지긋한 엘프가 손을 들며 말했다. 그는 마티누스 일족의 최고 연장자이며 족장이기도 한 트노스였다. 족장의 제지에 엘프들은 금방 살벌하게 가시를 세우던 기세를 죽이고 흥분을 가라앉혔다.

"레빈."

그의 부름을 들은 레빈은 약간 어깨를 굳혔다. 지금까지 수많은 질책을 들어왔으나 트노스만은 언제나 더없이 고요한 물빛 눈동자로 묵묵히 그를 지켜보아 주었다. 하지만 지금 레빈을 바라보는 트노스는 매우 슬픈 눈동자를 했다.

"이백여 년 전, 너의 영혼을 믿고 마티누스 일족의 일원으로 받아들이겠다고 말한 것은 나였다. 두 달 전, 너의 능력을 믿고 일족의 길잡이로 삼은 것도 바로 나였다. 내 이백여 년이나 지난 그 오랜 결정을 번복할 생각은 없으나 아직 시일이 얼마 지나지 않은 과오는 바로잡아야 하는 것이 아닌가 하는 생각이 든다."

인간으로 치자면 이건 레빈을 최고사령관의 직위에서 박탈시키겠다는 소리였다. 레빈은 크게 놀라 자리를 박차고 일어났다.

"말도 안 돼!! 누구를 길잡이로 앉히겠단 말씀입니까? 트노스님이 전장에 직접 나서기엔 너무 늙으셨습니다!"

"내가 아니라도 현명한 장로는 얼마든지 있다."

"농담이 아니라고! 내가 아닌 또 누가 길잡이가 될 수 있다는 말이……!"

크게 흥분하여 고함을 지르던 레빈은 순간 회의장 내부가 차갑게 가라앉고 있음을 깨달았다. 그는 다시 의자를 끌고 자리에 앉았다. 그리고 깊은 숨을 두어 번, 아주 깊게 내쉬었다.

레빈은 바르게 앉은 후 정중히 트노스에게 말했다.

"트노스님, 제가 무엇 때문에 선의 끄트머리를 밟고 아슬아슬한 짓을 계속하는지 한 번만 더 생각해 주십시오. 이런 식으로 행동하면 질책을 받고 비난받을 것이라는 걸 당연히 알고 있습니다. 누가 비난받는 것을 좋아하겠습니까? 제가 좋아서 이런 짓을 하고 있다고 생각하십니까? 마티누스 일족의 생존과 미래를 위해서, 아니, 우리 일족만이 아니라 중간계의 모든 엘프들이 신께 그 권위를 인정받을 날만을 위해서, 단지 그 목적만이 저의 전부입니다!"

"레빈, 내 결코 너의 진심을 의심하는 건 아니다. 하나 방법이 틀리지 않았느냐."

트노스는 고개를 저었다. 모든 엘프들이 말없이 레빈을 주목했다. 레빈은 신경질적으로 손톱을 잘근잘근 물다가 잠시 후 한숨을 깊이 토해내며 입을 열었다.

"후우, 알겠습니다. 완전히 굴복하는 것은 아니나 한동안은 일족의 길잡이를 다른 분께 맡기지요. 저는 그동안 자이리아 폭포에 다녀오겠습니다."

"자이리아 폭포?"

레빈은 아무것도 없는 허공에 갑자기 손가락을 한번 저었다. 그러자 실프 하나가 모습을 드러내었다. 실프가 직접 모습을 드러낼 때까지는 전혀 그 기척을 느끼지 못했기 때문에 엘프들은 크게 놀랐다. 기척을 느끼지 못한 건 다른 최상급 정령사들도 마찬가지였고, 그들은 다시금 레빈의 정령을 다루는 능력에 감탄할 수밖에 없었다.

"아무래도 인간들의 움직임이 수상하여 이 실프로 정찰을 시도해 보았습니다. 하지만 정체를 알 수 없는 강력한 힘이 진영을 완벽하게 차단하고 있어 진영의 안쪽까지 다가갈 수가 없더군요. 그러나 정찰을 포기하려는 그때에 불길한 광경을 목격했습니다. 수십의 마족이 인간들의 진영 위에 집결하고 있었습니다. 아시다시피 마족은 현재 인간들과 우호적인 관계를 맺고 있지요."

"서, 설마 마족들이 직접 우리들을 공격하기 위해?!"

엘프들은 크게 웅성였다. 마족이 개입되면 더 이상 전투랄 것도 없다. 그들은 무참히 도륙될 따름이다.

"알 수 없습니다. 정찰이 무산되었기에 그들 사이에서 무슨 일이 일어나고 있는지 알 수 있는 것은 아무것도 없습니다. 조금 전 인왕의 태도를 볼 때, 마족들의 집결은 우리들에게 유리한 일일 수도 있습니다. 그러하다면 더 바랄 것도 없겠죠. 하지만 방금 우려하였던 것처럼 마족이 이쪽을 공격할 가능성도 결코 배제할 수 없습니다. 일족의 운명을 건 전투를 단지 운 하나만 믿고 밀어붙일 수는 없는 일 아닙니까?"

"그래서 어찌하겠다는 건가? 자이리아 폭포로 가겠다는 것은……."

"자연의 기운이 가장 충만한 그곳에서 정령왕과 계약을 시도해 보겠습니다. 작금은 보다 절대적인 힘으로 무장하지 않으면 안 될 시기입니다."

레빈은 단호히 대답했다. 또 한 번의 큰 웅성임이 있었고, 처음 앞장서서 레빈을 공격했던 벨타이논이라는 최상급 정령사가 곤란한 듯 입을 열었다.

"잡아 죽일 듯이 폭언을 퍼부었던 내가 할 말은 아니나, 아까운 젊은 엘프가 목숨을 잃는 것은 원치 않네. 그대는 분명 뛰어난 정령사야. 그래, 언젠가는 정령왕을 소환할 수 있을는지도 모르지. 하지만 지금은 시기상조네. 그 정도의 힘으로 정령왕과 계약을 한다는 것은 어림도 없는 일이야. 이것은 결코 그대를 무시하고자 하는 말이 아닐세."

벨타이논에 이어 하자누라는 엘프도 나섰다.

"그대가 비록 지나친 방법만을 사용하고 있긴 하나, 지금 마티누스 일족의 중요한 일원이라는 것은 의심할 여지가 없네. 무리하게 정령왕과 계약을 하다 자칫 목숨이라도 잃는다면 마티누스 일족의 모든 이들은 어떻게 되는가?'

묘한 분위기이긴 했다. 조금 전까지만 해도 비난을 아끼지 않던 엘프들이 그를 걱정하여 계약을 말리고 있으니 말이다.

하지만 그들의 의도에 색안경을 낄 필요는 없었다. 그동안 엘프들이 비난을 하고 질책한 것도 소중한 동료가 자신의 잘못을 인정하고 바른 길을 걷길 원해서였다. 그리고 지금은 레빈이 목숨을 잃을 것을 순수하게 걱정하고 있는 것이다. 태어나기를 이렇게 태어난 족속이라는 걸 레빈은 매우 잘 알았다.

"정령왕과의 계약이 저에게 무리라는 것은 아주 잘 알고 있습니다. 하지만 무리수를 두더라도 이를 실행에 옮겨야 할 만큼 현 상황은 매우 급박합니다. 일족을 지키기 위하여 저는 목숨을 걸겠습니다."

레빈은 자리에서 일어나 뒤도 돌아보지 않고 회의장에서 나왔다. 뒤에서 그를 부르는 소리가 들렸지만 더 이상 그들과 이야기를 나누어봤자 결과는 애꿎은 손톱만 뜯겨 나갈 뿐이라는 걸 잘 알았다.

"레빈!"

수뇌부 건물로 쓰이던 영주관을 벗어나 길을 재촉하는데 귀에 익은 여자의 목소리가 끝내 그의 발길을 붙잡았다.

"아니시아."

낯선 이방인이었던 레빈에게 망설임없이 반려가 되겠다고 말하였던 여인. 티없이 투명한 하늘빛 눈동자가 증명하듯 그녀의 마음에는 일체의 미움과 증오가 존재하지 않았다. 엘프들 중에서도 그녀의 마음 씀씀이는 특별히 더 아름다웠다.

그래서 레빈도 사랑할 수밖에 없었다. 그녀의 모든 것을 받아들이고 가슴에 깊이 품자 오래 응어리로 남겨놓았던 시커먼 마음의 어둠은 부질없고 어리석은 일처럼 느껴졌다. 녹음이 우거진 숲과 가식없이 미소짓는 엘프들. 마치 성모와도 같은 그녀. 이보다 더 완벽에 가까운 곳은 존재할 수 없다고 그는 진정으로 믿었다.

"레빈, 회의는 어떻게 되었나요?"

"……."

레빈은 정령왕과 계약을 하러 간다는 말을 어떻게 꺼낼지 생각하며 잠시 입을 다물었다. 하지만 아니시아는 그것을 좀 다르게 해석했다. 손톱을 물어뜯는 버릇 때문에 엉망이 된 손끝을 연민 어린 눈빛으로 바라보던 아니시아는 가만히 그의 손을 보듬어 쓰다듬었다.

"또 심한 이야기를 들었군요. 다른 이들의 이야기를 마음에 담아두고 있나요?"

"…그들이 나를 걱정해서 그런다는 것쯤은 나도 알아."

레빈은 시선을 조금 아래로 내렸다. 또다시 손톱을 물어뜯고 싶은 충동이 일었다. 아니시아는 일부러 그 행동을 저지하듯 그의 손을 꼭 붙들었다.

"거짓말은 않겠어요. 엘프들의 사이에서 당신의 지나친 행동에 우려

하는 마음은 이미 한계를 넘고 있답니다. 어쩌면 정말 징계가 내려질지도 몰라요. 당신이 얼마나 일족을 지키고 싶어하는지 모두가 그 마음만은 깊이 절감하고 있답니다. 그러니 제발 그만 하세요. 모두를 위해 스스로 비난받을 행동을 자청하며 무리하지 않아도 괜찮아요."

그녀마저도 언제나 하는 말은 같았다. 레빈은 아니시아가 잡고 있는 팔을 거칠게 뿌리쳤다.

"내가 '무리'를 하고 있다고? 그래, 분명 무리하고 있긴 해. 그러면 내가 무리하지 않으면 대체 일족은 어떻게 지킬 거야?'

"당신에게는 동료가 있다는 것을 잊지 마세요."

"역부족이야! 절대적인 역부족! 정말 모르는 거야? 벌써 얼마만한 동족이 전멸당했지? 그 두 눈으로 직접 보지 않았나? 무리하지 않으면 안 돼! 좀 더 비열하지 않으면, 좀 더 치졸한 편법을 강구해 내지 않으면 절대 일족은 살아남을 수 없다고! 당신도, 트노스님도! 모두가 살해당한단 말이다!'

참고 참아왔던 모든 것을 레빈은 결국 터뜨리고 말았다. 슬픈 얼굴을 한 아니시아가 그의 어깨에 손을 얹었다.

"당장 죽음이 목전에 닥친다 해도 비열한 수로 구원받길 원하는 엘프는 없을 거예요. 이것을 알고 있나요? 당신의 방식은 인간의 것이에요. 이런 식으로는 엘프들이 승리한다 해도 아무런 의미가 없지요. 인간의 방식으로 완성된 세계는 이미 인간계나 다름없으니까요."

"……"

레빈이 침통한 얼굴로 가만히 입을 다물고 있자 아니시아는 안타깝게 말을 이었다.

"레빈, 당신은 엘프의 미래에 무척 비관적이시군요. 싸우기도 전부터 좌절을 한다면 승리의 가능성은 완전히 없어져 버린답니다. 하지만 만에 하나, 당신의 말대로 정말 긍지를 버리지 않는 한 살아남을 수 없는 것이라면 우리들은 차라리 멸망을 택하겠어요."

"알고 있어!!"

레빈은 사납게 소리치고 와락 그녀를 껴안았다. 강한 악력에 어깨가 아파왔지만 아니시아는 오히려 레빈을 더 걱정했다. 그의 팔이 가늘게 떨리고 있었기 때문이다.

"가엾은 사람……."

아니시아는 부드럽게 레빈의 머리칼을 쓰다듬었다. 보드라운 손길과 따스한 숨결은 이를 데 없이 성스러웠다. 아름다운 그녀는 언제나 레빈에게 마음의 평화로움을 나누어주곤 했다. 그녀가 함께 있는 한 그는 더 방황할 필요가 없었다.

하지만…….

"다녀오지."

"네? 어디를 간다는 말이죠?"

"정령왕과 계약을 하기 위해서다. 나는 무슨 짓을 해서라도 반드시 일족을 지켜 보이겠어. 불만이니 뭐니 하는 건 그 다음에 생각하겠다. 일단은… 일단은 일족의 존속이 먼저다."

"레빈!! 당신은……!!"

레빈은 거칠게 아니시아를 밀어내고 돌아섰다. 그녀의 애타는 목소리를 들었지만 뒤를 돌아보고 싶은 마음은 들지 않았다. 다만 손끝이 따끔거리며 아파올 뿐.

제50화

정령왕 소환 ■

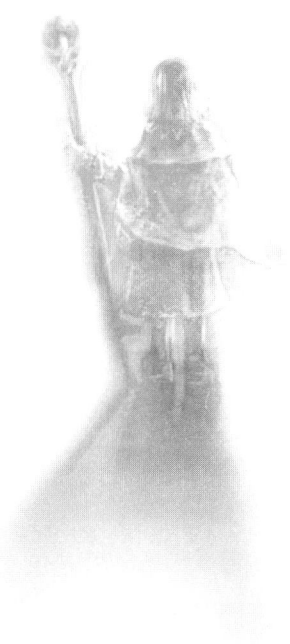

정령왕 소환

길이 나지 않은 험한 산을 타는 것은 쉬운 일이 아니다. 레인저에게 길 안내를 부탁하고 있는데도 몇 걸음 가지 못해 큰 바위와 작은 구릉이 끊임없이 앞길을 가로막았다. 체력 하나만을 따지자면 누구에게도 지지 않을 것이라고 자신했던 미크로외 백작도 어느 정도 걷다 보니 숨이 좀 차 올랐다.

"제 손을 잡으십시오."

먼저 바위 위로 올라간 백작은 뒤따라오고 있는 릭샤에게 손을 내밀었다. 지금까지 싫은 소리 한마디 않고 묵묵히 따라오고 있었지만 이마에 송골송골 맺힌 땀과 거친 숨소리는 숨길 수가 없었다. 릭샤의 연령에 대한 이런 저런 말이 많지만 그 육체만은 여덟 살짜리 어린애의 것이 분명했다. 그 약한 몸으로 여기까지 강행군을 한 것은 대단한 일이었다.

릭샤를 끌어올린 후, 백작은 심각하게 말했다.

"인왕 폐하, 제가 업어드릴까요?"

"아닙니다. 저를 업고 이런 길을 오르는 것은 아무리 백작이라도 무리입니다."

릭샤는 고개를 젓고 다시 걸음을 재촉했다. 미크로외 백작은 그의 팔을 붙들었다.

"그렇다면 여기서 좀 쉬고 가시지요. 다들 심하게 지쳐 있어 휴식이 필요합니다."

미크로외 백작은 다른 네 명의 기사를 가리켰다. 하지만 그들은 숨을 약간 흩뜨리고 있을 뿐, 크게 지쳐 있다고 보기엔 아무래도 어폐가 있었다. 지친 것은 릭샤뿐이었다.

하지만 자이리아 폭포로 향하는 요 이틀 동안 릭샤는 절대 제 입으로 쉬자는 말을 하지 않았다. 언제나 이성적인 결론을 내렸던 릭샤가 이상하게도 자꾸 무리를 하려 하고 있었다.

"폐하!"

미크로외 백작이 다시 한 번 요청을 했다. 그를 가만히 쳐다보던 릭샤는 한숨을 쉬며 고개를 끄덕였다.

"알겠습니다. 휴식을 취하죠."

대강 여섯 명 정도가 앉을 만한 평지를 찾은 후 그들은 나무에 기대에 앉거나 저마다 편한 자세를 취했다. 릭샤의 바로 곁에 자리한 미크로외 백작은 아직까지도 한참 더 높게 뻗어 있는 산을 올려다보며 고개를 저었다.

"후우, 마법을 사용할 수 있다면 시간도 단축되고, 훨씬 쉽게 산을 오를 수 있을 텐데 아쉽군요. 특히 폐하의 정령 마법은 이런 숲 속에서 매우 유용할 텐데 말입니다."

"어쩔 수 없죠. 이곳은 엘프들의 세력권 안인 데다가 그들에겐 뛰어난 정령술사가 많이 있습니다. 마법을 사용하였다가 들키기라도 하는 날에는 이 정도 피곤함으로 끝나지 않을 테지요. 최대한 은밀하게 자이리아 폭포에 당도하기 위해 마법, 특히 정령 마법은 자제하는 것이 좋을 것입니다."

짧은 대화는 거기에서 끝이 났다. 폭포까지는 아직 하루를 더 가야 한다. 그들은 언제 닥쳐올지 모를 위험을 대비해 최대한 몸을 쉬게 하였다.

*   *   *

긴 가죽 소파 위에 정신을 잃은 청년이 아무렇게나 누여져 있었다. 언뜻 겉보기에는 별문제가 없는 듯 보이지만 끊임없이 고통스러운 숨을 토하는 것으로 미루어 큰 내상을 입은 듯했다. 이를 악물고 끙끙대던 그는 어느 순간 벌떡 몸을 일으키며 소리쳤다.

"릭샤!! 컥……!!"

갑자기 격하게 몸을 움직인 대가는 온몸이 으그러지는 듯한 고통이었다. 그는 비명도 지르지 못하고 다시 소파 위로 꼬꾸라졌다. 그 모습을 처음부터 모두 지켜보던 한 사내가 고개를 절레절레 저었다.

"멍청하긴. 갈비뼈, 척추가 나가고 내장은 진탕이 되었지. 쥐 죽은 듯이 누워 회복에 전념하지 않으면 아무리 네놈이라도 병신이 되어버릴 거다. 알겠느냐? 새삼 강조하는 것이나, 이 몸이 한 말은 뼈에 새겨서라도 기억하는 것이 좋아, 레가트 카럴."

"아… 윽……."

겨우 소리를 낼 만큼 정신을 차린 레가트는 흐릿한 시선으로 말을 건 상대를 찾았다. 맞은편 의자에 다리를 꼬고 앉은 남자의 모습이 보였다.

"마왕… 폐하……."

상대가 누구인지 깨닫는 순간 그는 또다시 소파를 짚고 몸을 일으키려 했다. 그 모습을 보면서도 마왕은 그냥 어깨만 으쓱하고 자신의 앞에 놓인 구슬에 시선을 주었다. 과연 그가 제지할 것도 없이 레가트는 또 비명을 지르며 소파에 쓰러져 버렸다.

"네놈은 항상 이 몸의 말을 귓등으로 흘리는군. 잘도 말이다."

마왕은 매우 불쾌하게 중얼거렸지만 눈길은 계속 구슬에 둔 채였고 느긋이 턱까지 괴었다. 구슬에는 두 가지 영상이 번갈아 비추어지고 있었다. 그중 하나는 레빈이라 불렸던 엘프의 모습이, 또 하나엔 릭샤의 모습이 자주 나타났다. 레가트는 숨을 헐떡이며 겨우겨우 입을 열었다.

"릭샤는… 헉헉… 어떻게……."

"아아, 넌 그때 정신을 잃고 있었지. 이 당돌한 꼬마가 정령왕과 계약을 하겠다고 나섰다. 지금 자연의 기운이 가장 충만한 자이리아 폭포로 향하는 중이지. 이것 참 기대되지 않느냐? 정령왕에게 마력을 다 빼앗기고 미라처럼 말라 죽을 것인가, 폭포에 도착하기도 전에 예의 그 엘프에게 걸려 찢겨 죽을 것인가. 아니면 무사히 정령왕과 계약을 할 것인가. 두 번째가 가장 가능성이 크긴 하지만 어찌 되었든 제법 흥미진진한 이야기야."

"저, 정령왕?"

레가트는 소스라치게 놀라 억지로 고개를 비틀어 구슬 속의 영상을 바라보았다. 숲을 열심히 헤치고 나아가는 릭샤의 얼굴이 비추어지고 있었다.

"아, 안 돼… 악……!!"

그는 무리하게 손을 뻗다가 결국 소파 아래로 굴러 떨어지고 말았다. 그의 몸에 부딪쳐 탁자가 크게 흔들렸고, 그 위에 턱을 괸 팔과 영상 구슬을 얹어놓고 있던 마왕은 신경질적으로 인상을 찌푸렸다.

"악… 으… 크흑……!!"

"…정말 멍청한 짓만 골라 하는군."

탁자와 소파의 사이에서 계속 신음과 비명 소리가 들려오자 마왕은 짜증스럽게 중얼대며 자리에서 일어나 아래로 손을 넣었다. 그리고 레가트의 목덜미를 잡아 소파에 집어 던져 버렸다. 그렇지 않아도 바닥에 떨어진 충격으로 괴로워하던 그가 재차 반복되는 충격에 소리를 질렀음은 말할 것도 없다.

하지만 이번엔 계속 정신을 놓지 않고 제자리로 되돌아가려는 마왕의 소매를 붙들었다.

"릭샤를… 큭… 어떻게 하실 생각이십니까!!"

"글쎄, 어떻게 해주면 좋을까?"

마왕은 무성의하게 대답하고 팔을 뿌리쳤다. 부상이 심한 레가트는 힘없이 손을 떨굴 수밖에 없었다. 하지만 목소리에만은 강하게 힘을 실어 소리쳤다.

"정령왕과 계약을 한다 해도……!! 헉헉… 오히려 계약을 한다면 무슨 수를 써서라도 릭샤를 죽여 버릴 생각이 아니십니까?! 정령왕의 힘은 지나치게 강하고 위협적인 것이니까! 쿨럭쿨럭!! 크윽!!"

"그런 쪽으로는 머리가 돌아가는 모양이지?"

마왕은 가소롭다는 듯 코웃음을 치고 다시 원래 앉았던 자리로 되돌아갔다.

이대로는 릭샤가 위험하다!! 다급해진 레가트는 이빨을 질끈 물고 어지간해서는 생각하지 않던 본체로의 현신을 시도했다. 하지만 안 하니만 못한 시도였다.

본체로 돌아가기 위해서는 마력을 증폭시켜야 하는데 어떠한 마법적인 힘이 그의 마력을 강하게 억누르는 중이었다. 아무리 애를 써도 꿈쩍도 않는 것이 아무래도 이건 마왕이 직접 해놓은 솜씨였다. 중상을 입은 레가트로서는 도저히 마왕의 속박을 깨부술 수가 없었다.

게다가 이 마법은 레가트를 속박하는 효과뿐만이 아니라 고문 비슷한 작용도 하였다. 지금 레가트의 뱃속은 드릴로 한번 휘저어놓은 것처럼 끔찍한 상태다. 그런데도 마력이 억제됨으로 인해 치유 마법을 전혀 사용할 수가 없었다. 기본적으로 가지고 있던 회복력 덕에 보통 사람이라면 예전에 죽고 남았을 상처를 입고도 살아남아 있었지만 그것은 한편으로는 또 불행이기도 했다. 보통 사람이라면 느끼는 것이 불가능한 고통을 살아남아 체험할 수 있게 되었으니까.

"쿠헉!!"

안 하니만 못한 시도를 한 결과는 금방 나타났다. 마력을 짜낸답시고 애꿎게 다친 몸에다가 잔뜩 힘을 주었던 레가트는 끝내 시커먼 피를 토해냈다. 눈물이 나올 만큼 고통스럽게 핏덩어리를 게워낸 그는 피로 범벅이 된 소파에 쓰러지고 말았다.

아무리 애를 써도 지금의 그는 일어나는 것조차 불가능해 보였다. 릭샤를 돕는 길은 하늘의 달에 이르는 거리만큼이나 멀었다. 어째서 자신은 항상 필요할 때만 이렇게 무력한 것일까.

레가트는 소파 가죽을 힘껏 쥐고 쥐어짜듯이 말했다.

"릭샤를… 그 아이를 제게 보내주신 것은 당신이지 않습니까! 이럴 바엔 차라리 그 아이를 모르는 채 살아가도록 내버려 두었더라면 좋았을 것을! 이제 와서, 이제 와서 이렇게……!!"

"이게 다 누구 탓이었는지 모른다곤 않겠지."

"하지만… 릭샤에겐 아무런 죄도 없는데… 어째서 그 아이가… 큭! 절대, 절대 이대로 릭샤를 내버려 둘 수는 없어……!!"

레가트가 무리하게 일어나기 위해서 버둥거리기 시작하자 마왕은 짜증스럽게 한숨을 토했다.

"하아! 정령왕과 계약을 한다 해도 일부러 죽일 생각은 없으니 그만 거기에 꼬꾸라져 있어라!"

"큭!!"

마왕이 손가락을 하나 들어 까딱하자 보이지 않는 무언가가 레가트의 등을 묵직하게 눌렀다. 그가 비명을 지르며 다시 쓰러지는 것을 확인한 마왕은 릭샤의 영상을 내려다보며 말을 이었다.

"저 꼬마는 태어난 지 10년도 채 되지 않아 정령왕마저 넘볼 만큼 상당한 힘을 가지게 되었다. 그래, 인왕이란 분명 제법 그럴듯한 존재임이 틀림없다. 하지만 왕의 운명에서 한 발자국이라도 벗어나는 순간 놈은 목숨조차 부지할 수가 없다. 인왕은 강하지만, 실은 나약하기 짝이 없는 존재다. 특히 이 꼬마, 릭샤 카릴이 왕위를 포기하도록 만들 방법은 차고도 남을 만큼 많지. 겨우 그 정도의 놈이 힘을 조금 길렀다고 하여 위협 따위를 느끼지는 않아."

레가트는 그제야 조금 진정이 된 듯 쓰러진 채로 숨을 골랐다. 하지만 구슬 안의 영상이 빠르게 움직이기 시작하자 또다시 초조한 마음을 이기지 못하고 다친 몸에 힘을 주었다.

"아, 안 돼! 그래도, 그래도 릭샤를 도우러 가야 합니다! 내가 릭샤를 보호해 주지 않으면, 그 어린아이가 심한 꼴이라도 당하게 되면!"

"릭샤 카릴을 어린애라고 생각하는 건 네놈밖에 없다."

마왕은 한쪽 눈살을 찌푸리며 핀잔을 주었다. 하지만 레가트는 억지로 몸을 일으키려 애쓰며 사력을 다해 외쳤다.

"틀려!! 당신은 아무것도 몰라! 그 아이는, 릭샤는 틀림없는 어린아이입니다! 아직 작아서, 어른의 보호와 손길이 필요한, 그런 작은 어린아이란 말입니다!!"

아무리 해도 몸이 말을 듣지 않자 그의 눈에서 안타까운 눈물이 떨어졌다. 곧 죽어도 끝까지 악다구니를 쓸 기세라 마왕은 한숨을 토하고 직접 일어섰다. 그리고 레가트의 머리에 손을 가져다 대었다.

부드러운 흰 빛이 퍼져 나갔다. 몸을 있는 대로 경직시키고 있던 레가트는 천천히 기운을 잃고 몸을 축 늘어뜨렸다.

정말 손이 많이 가는 놈이다. 마왕은 혀를 차고 구슬을 내려다보았다.

"어린애라……."

작게 중얼대던 그는 손을 뻗어 릭샤의 영상이 어른거리는 구슬을 강하게 쥐었다.

"애든 어른이든 그런 것 따위 내 알 바가 아니지. 좋다. 한번 분발해 보거라. 네가 만약 그 모든 장애를 극복하고 정령왕과 계약을 해낸다면 노력을 가상히 여겨 또 한 번의 기회를 주지. 감히 이 몸의 앞에 고개를 쳐들 생각이라면 그에 상응하는 능력을 보여라. 시건방진 데 더하여 능력도 없는 꼬마 따위는 내가 용납할 수 있는 대상이 아니니까!"

그의 경고가 끝나고 있을 즈음에 구슬에 번갈아 비쳐지던 두 영상이 점차 하나로 합쳐지고 있었다.

*　　　*　　　*

"여기가 자이리아 폭포……."

끝없이 골짜기와 숲만이 이어져 있을 것만 같았건만 갑자기 눈앞이 탁 트였다. 먼 곳에서부터 사나운 물소리를 듣고 있었지만 직접 그 장관을 눈으로 보자 참으로 감개무량하였다. 삼 일 동안의 강행군 끝에 드디어 목적하는 곳에 도착한 것이다.

"인왕 폐하, 어디서 시작하실 생각이십니까?"

한 기사가 진지하게 물어왔다. 자이리아 폭포를 이르는 지역은 매우 광범위하다. 릭샤는 끝없는 낭떠러지를 내려다보다가 아래를 가리켰다.

"일단은 내려가도록 하죠. 물이 떨어지는 부근이 가장 적절할 것 같습니다."

"이제 다 온 것이나 마찬가지이니 마법을 사용해서 내려가시는 것이 어떠신지요?"

미크로와 백작의 질문에 릭샤는 동의했다. 반나절 동안 걸어가는 것보다는 마법으로 단번에 빠르게 내려가는 편이 확률상 들킬 가능성이 더 낮을 것이다.

"제 곁에 붙으십시오. 정령을 부르겠습니다."

레인저와 기사들은 송구스러워하면서 릭샤의 곁으로 다가왔다. 대강 착지할 부분을 재어보던 릭샤는 실프를 다섯 정도 불러냈다.

그때 갑자기 주변의 바람이 심하게 요동쳤다. 원래 폭포의 영향으로 바람이 심한 곳이었지만, 이 바람은 어딘가 매우 부자연스러웠다. 다른 이들은 막연한 느낌일 뿐이었지만 정령술사이기도 한 릭샤는 확실히 그 사실을 인지할 수 있었다. 얼마 안 있어 그들의 의혹을 확신시켜 주는 자가 모습을 드러냈다.

"맙소사! 이런 곳에 인왕이 있다니! 이게 무슨 인연이지?"

"레빈……!!"

한 기사가 가장 먼저 그를 발견하고 침음성을 냈다. 엘프들 중에서도 위험 인물 중의 위험 인물이었던 그 남자가 바로 그들의 앞에 서 있지 않겠는가.

모든 이들은 파리한 안색으로 긴장한 채 검에 손을 뻗었다. 하지만 레빈은 기사들 따윈 안중에도 두지 않고 다른 무언가를 찾는 듯 주변을 두리번거렸다. 잠시 후 어이없다는 듯 짧게 웃으며 릭샤를 가리켰다.

"허, 역시 없잖아. 그 괴물처럼 강한 반마는 어떻게 한 거지? 마족들이 대량으로 몰려왔던 그 일과 뭔가 관계가 있는 거냐? 뭐, 대답하지 않아도 좋다. 이유야 어찌 되었든 내겐 엄청난 희소식이니 그건 아무래도 좋겠지. 하지만 그 반마도 없는 이때에 저런 떨거지들만 끌고 여기까지 온 이유가 뭐지? 그냥 나들이나 하려고 온 것은 아니겠고… 설마, 설마 하니 네놈이 말도 안 되는 생각을 품고 자이리아 폭포에 온 건 아니겠지?"

"당신에게 대답해 주어야 할 의무는 없습니다."

"너, 정말이로군!!"

릭샤는 대답하지 않았지만 레빈은 혼자 답을 이끌어내고 탁 무릎을 쳤다.

"그 주제에 정령왕과의 계약 따위를 생각하면서 온 거냐? 이 내가 시도를 한다는 데도 온 엘프들이 무리라고 뜯어말리던 일을 시도하려고?"

"……."

릭샤는 대답하지 않았다. 처음 했던 말처럼 일부러 상세히 사정 설명을 해야 할 이유를 느끼지 못했던 탓이다. 대신 손목에 달린 마석을 가볍게 부딪쳐 마력을 끌어냈다.

"실레스틴!!"

"내 앞에서 바람의 정령을 뽑아내다니!"

레빈은 차갑게 비웃으며 두 걸음 물러났다. 그가 서 있었던 자리엔 어느새 실레스틴이 둘이나 소환되었다. 레빈이 소환한 실레스틴은 따로 마법을 쓰지도 않고 곧장 릭샤가 소환한 실레스틴에게 달려들어 각자 팔을 한 개씩 붙들었다.

아마 일반적이었다면 으드득 하는 소리가 나지 않았을까 싶다. 릭샤의 실레스틴은 두 팔과 가슴, 어깨 부근까지 뜯겨져 나갔고 그 부분은 허공에 입자로 사라졌다.

중간계에 소환되는 정령들의 모습은 실체가 없는 허상이다. 그러하니 몸이 좀 상한다고 해서 정령 자체의 힘이 줄어드는 것은 아니다. 다만 마법을 사용할 때의 동작을 위해 허상을 새로 만드는 데 약간의 마력이 들겠지만, 그 정도야 대단한 것도 아니다. 하지만 이상하게도 레빈이 가한 공격에 릭샤의 실레스틴은 실질적인 힘이 반 이상 줄어들었다.

"대체 이게……."

"정령술은 똑같은 정령을 불러내어도 그 활용법이 천 갈래 만 갈래로 나뉜다. 오직 정령 마법을 시전하는 데 주력할 수도 있지만, 정령

자체를 술자 고유의 방식으로 이용할 수도 있지. 하, 정말이지 햇병아리가 따로 없군!! 그런 기초적인 것도 모르는 주제에 나조차도 몸을 사렸던 정령왕과 계약을 하겠다고? 아아~ 그래, 일부러 정령왕과 계약을 하는 것으로 위험을 자청할 필요도 없지! 오늘 네놈의 목을 받아가는 것으로 이 모든 것을 마무리 짓겠다! 실레스틴……!'

그가 실레스틴을 더 소환하려던 그 순간이었다. 갑자기 그의 뒤로 비호같이 한 그림자가 들이닥쳤다. 마검을 든 기사였다. 레빈은 크게 놀라 옆으로 몸을 피했고 옆구리의 옷자락과 피부가 얇게 베이는 것으로 위기를 모면할 수 있었다.

"제길!!"

떨거지라고 생각해서 무시했던 것이 실수였다. 하지만 놈들은 더욱 큰 실수를 범했다. 그 불시의 일검으로 자신에게 최소한 치명상 정도는 입혔어야 했다. 이제 그는 더 이상 방심을 하지 않을 테니 말이다!

"멍청한 놈들."

그는 코웃음을 치며 실레스틴을 셋 정도 더 소환했다. 이로써 바람의 최상급 정령의 수는 다섯이 되었다. 릭샤도 실레스틴 외에 물, 불, 대지의 최상급 정령 셋을 더 소환해 네 명까지 채웠다. 수는 하나 차이이다. 하지만 다섯을 소환하고도 여유가 넘치는 레빈과는 달리, 릭샤에겐 지금 이것이 최대한의 힘이었다. 사실 더 소환하라면 못할 것도 없었지만 그러면 정작 공격을 하기 위해 필요한 마력이 부족하게 된다.

"가라."

레빈은 다섯의 실레스틴 중 넷에게 릭샤를 공격하라고 명령했다. 네 명의 정령이 각자 하나씩 상대를 정하고 격돌했다.

릭샤를 보호하듯 앞에 도열해 있던 미크로와 백작과 네 명의 기사는 일제히 레빈을 향해 달려들었다. 어느 정도 거리를 둔 채 레빈은 팔을 들어 올리며 반 바퀴를 돌았다. 그러자 옆에 남아 있던 마지막 실레스틴이 그와 기사의 사이를 가로막고 나섰다. 그리고 꼭두각시처럼 레빈의 행동을 따라 팔을 올려 반 바퀴 돌면서 마검을 막아냈다. 어느새 바람의 결정체로 재구성된 실레스틴의 팔과 마력이 담긴 검이 부딪치며 차앙— 하고 하얀 빛이 흩뿌려졌다.

"호오!"

레빈은 그 광경을 쳐다보고 감탄사를 토할 만큼 여유를 부리다가 다시 유연하게 팔을 저었다. 춤을 추는 것 같지만 실은 어느 마검사보다도 빠르고 날카로운 동작이었다. 실레스틴도 레빈의 동작을 따라 팔을 움직였다. 그녀의 가느다란 팔이 기사의 갑옷 입은 허리를 가격했고, 그 순간 갈비뼈 세 대가 소름 끼치는 소리를 내며 으스러졌다.

"커헉!!"

숨넘어가는 소리를 뱉으며 기사는 바닥에 무릎을 꿇었다. 하지만 동료가 너무 간단히 당해 버리는 것을 보면서도 다른 기사들은 조금도 멈칫대지 않고 바로 공격을 가했다. 실레스틴은 두 번째 기사의 마검을 손으로 받아 넘겨 버리고 뒤이어 달려든 기사는 긴 옷자락을 휘저어 날려 버렸다.

정령을 이용해 몇 번의 육탄전을 계속하다가 레빈은 크게 웃음을 터뜨렸다.

"하하하! 느려! 아주 느려 터졌군! 그 반마에 비한다면 마치 어린애를 상대하는 것 같지 않은가!!"

"한편으로는 레가트 경이 온다면 자신은 쪽도 못 쓴다는 말이로군."

유일하게 실레스틴을 제치고 단숨에 레빈의 코앞까지 돌진하며 미크로외 백작이 말했다. 그러나 레빈은 더 생각할 것도 없이 백작의 손이 닿지 않는 허공 높은 곳으로 떠올랐다. 그는 킬킬 웃으며 백작을 향해 손을 내저었다.

"이런이런. 쪽도 못 쓰다니, 귀족인 주제에 그런 천한 말을 써도 되는 거냐?"

"적에게 품위를 걱정받고 싶진 않군."

미크로외 백작이 가볍게 대답을 하고 빠르게 뒤로 물러났다. 그 순간 레빈은 머리 위에서 뜨거운 열기를 느꼈다. 릭샤가 소환한 불의 최상급 정령 셀레아나는 여전히 실레스틴을 상대하느라 바쁜 상태였다. 이것은 정령 마법이 아닌 정통 마법이었다.

"정령술이 편하긴 하지만, 역시 제 전공은 이쪽인 것 같군요."

최상급 정령 넷을 정신없이 부리면서도 어느 사이 마법을 따로 시전해 낸 릭샤가 숨을 헐떡이며 말했다.

기습은 성공했다. 최상급 정령을 하나 더 소환해서 공격했더라면 레빈이 금방 그 낌새를 알아챘을 것이다. 정통 마법보다는 정령 마법이 훨씬 쉽고 빠르기 때문에 릭샤도 정령술을 알게 된 후에는 그것만을 애용했다(물론 정통 마법에도 이점은 있다. 준비 시간과 마력만 충분하다면 일반 마법 쪽이 더 강한 파괴력을 발휘한다). 그랬기에 레빈도 이 당연한 고정관념에 사로잡혀 일반 마법이 시전되는 낌새를 매우 늦게 알아챈 것이다.

"됐다!!"

기사 하나가 기뻐하며 소리쳤다. 하지만 참담한 결과가 이어졌다. 모두가 아주 절묘한 기습이라고 생각했건만 레빈은 여유만만하게 실드를 쳐서 마법을 막아버린 것이다. 그의 주변에는 그 누구도 알아채지 못했던 여섯 번째 실레스틴이 있었다.

"방심은 옆구리를 베인 이 상처로 끝이다. 하지만 제법 날카로운 공격이기도 했어. 칭찬해 주랴?"

찰과상이라고 불리기에도 과한 아주 쪼그마한 상처를 놀리듯이 보여주던 레빈은 다시 릭샤를 내려다보았다. 작은 아이는 이 상황에서도 절망이나 포기를 모른 채 이를 악물고 있었다. 하지만 무리하게 마력을 남발하였던 덕에 이마에서는 비라도 맞은 것처럼 땀이 줄줄 흘렀다. 지금 이 상황에도 최상급 정령 넷을 부리는 중인 것이다. 릭샤는 정말 한계를 넘기 직전이었다. 레빈은 이 모든 정황을 쉽게 유추할 수 있었다.

"후후. 그래, 내 진심으로 칭찬해 주지. 그렇게 어린 데도 정말 장하구나. 참 잘했어. 그러니 이젠 그만 죽어!"

"인왕 폐하!!"

레빈이 실레스틴을 대동하여 직접 릭샤를 향해 달려들자 기사들이 그의 앞을 막아섰다. 실레스틴이 팔을 재구성하여 마검을 막아내고 그대로 마검을 쥔 팔을 비틀어 잡고 허리를 쥔 다음, 그의 몸뚱이를 그대로 다른 기사들에게 집어 던졌다. 동료를 베어버리고 전진할 수도 없는 일이라 뒤이어 공격을 하려던 기사 둘이 마구 얽히면서 뒤로 나뒹굴었다.

"하핫! 걸작이군!"

이에 재미를 들인 것인지 레빈은 바닥에 내려선 후 팔을 움직였다. 실레스틴이 그의 명령에 따라 뒤이어 오는 네 번째 기사의 팔을 비틀어 쥐었다. 그리고 홀로 남은 릭샤를 향해 집어 던졌다. 조금 전 기사들이 그랬던 것처럼 이 기사랑 얽히면서 뒹구는 순간 마법을 쏘아 죽여 버릴 심산이었다.

그러나 릭샤는 미리 준비해 둔 3클래스의 풍계 마법을 망설임도 없이 바로 내뻗었다. 앞을 가로막던 기사의 몸뚱이는 간단히 두 조각이 났다. 바람의 칼날은 그대로 실레스틴을 지나 레빈의 어깨를 깊숙이 베었다.

"……!!"

상처는 매우 컸다. 가슴까지 가르는 긴 절상이었다. 하지만 지금은 아픔에 비명을 지르거나 회복을 해야겠다는 마음보다는 릭샤에 대한 경악이 더 컸다.

"네, 네놈……!! 동료를… 너를 지키기 위해 사력을 다한 자들을… 그렇게 물건처럼 베어버리다니……!"

"사람을 마구 집어 던지며 즐거워했던 자에게서 들을 말은 아니라고 생각합니다만. 미안한 일이긴 하나 자신의 죽음이 내게 도움이 되었으니 그도 원망은 없을 것입니다."

릭샤는 아무렇지도 않게 대꾸했다. 레빈은 화가 난다기보다는 어이가 없어 상처에서 피가 터져 나오는 데도 불구하고 버럭 고함을 질렀다.

"빌어먹을, 닥쳐라! 희생? 그래, 멋진 일이지! 하나! 타인이 희생을 강요할 수는 없다고 생각지 않냐?! 설사 그가 목숨을 내놓겠다고 해도 네놈은 거부해야 하는 것이 아니냐고! 충성을 바쳤던 부하를 무참히 죽여놓고 잘난 척 그딴 소리를 하다니, 네놈들의 명예와 양심은 다 어디로 간……!!"

레빈은 말을 미처 다 잇지 못했다. 하나 남아 있던 마검사, 미크로외 백작이 이번에야말로 제대로 그의 옆구리를 벤 것이다. 마검에 당하면 두 동강이 나고도 남을 일이었지만, 레빈은 중간 즈음에서 실레스틴의 힘을 빌어 마검의 진로를 막았다. 미크로외 백작은 백작대로 레빈을 베어버리기 위해 모든 힘을 검을 쥔 손에 쏟아 부었다. 하지만 실레스틴의 힘이 훨씬 강했다. 그의 마검은 점차 레빈의 몸에서 빠져나오기 시작했다.

검이 완전히 빠져나오려고 할 즈음에 미크로외 백작은 레빈을 바라보며 말했다.

"인왕 폐하를 위하여, 사소한 희생 따윈 누구도 개의치 않을 것이다. 얼마나 많은 인간의 목숨과 얼마나 오래된 인간의 소망이 달려 있던가. 다소의 명예나 양심 따윈 보다 큰 대의를 위해 무참히 짓밟힘이 나으리!"

레빈의 눈이 크게 떠졌다.

검은 완전히 떨어져 나갔다. 하지만 왜인지 그는 바로 다음 행동에 들어가지 않고 멈추어 서 있었다. 그 짧은 순간을 놓치지 않고 그의 등 뒤로 수십여 개의 작은 바람의 칼날들이 덮쳐 왔다. 릭샤가 마지막 힘을 짜내어 3클래스의 마법을 시전해 낸 것이다.

쿠릉—!!

온몸을 심하게 베이며 허공에 떠오른 레빈은 그대로 낭떠러지 밑으로 곤두박질쳤다. 동시에 그가 소환했던 실레스틴들은 모두 소멸했다. 릭샤는 비틀대면서도 다급히 낭떠러지 쪽으로 뛰어갔다.

"안 돼! 아직 완전히 숨통을 끊지 못했는데……!!"

"인왕 폐하, 추적은 나중에 하고 먼저 몸을 쉬게 하십시오. 어차피 레빈은 커다란 중상을 입었습니다. 그가 소환한 정령들이 사라진 것이 그 증거이지 않습니까. 저희들 쪽이 먼저 움직이면 괜찮을 것입니다."

"아아……."

사실 추적을 하고 싶어도 불가능했다. 마법을 쓸 수 없는 다른 이들의 힘으로는 레빈을 추적하는 것이 불가능한데 유일한 마법사인 릭샤는 이미 힘을 다 소진한 상태였다. 릭샤는 낭떠러지 앞에서 그대로 엎드려 버렸다. 차가운 바닥의 기운이 지친 몸을 시원하게 해주었다. 폭포 아래쪽에서부터 불어오는 물기 젖은 바람도 기분 좋았다. 숨이 좀 돌아오는 것 같자 릭샤는 입을 열었다.

"사실 레빈이 마지막에 잠시 동안 멈칫하지 않았다면 백작이 허리를 벤 이후에도 최종 승패를 점치긴 어려웠을 것입니다. 그는 정령 마법으로 상처를 어느 정도 커버할 수 있지만 저는 완전히 탈진 상태였으니까요. 미크로와 백작, 그가 무슨 까닭으로 움직임을 멈추었을 것 같습니까?"

"자신의 가치관과 전혀 다른 이야기를 듣고 충격을 먹었던 것이 아니겠습니까."

"가치관이라……."

릭샤는 레빈의 모습이 사라진 쪽을 가만히 내려다보았다. 하얗게 물안개가 피어오르고 있었다.

반나절 정도 그곳에서 시간을 보냈다. 릭샤가 죽은 듯이 휴식을 취하는 동안 부상자는 응급 처치를 하고 사망자의 시신을 한쪽에 수습하여 대충이지만 무덤을 만들었다. 동료의 죽음은 괴로운 것이었지만 신이 내리신 인왕께서 가볍게 유감을 표해주자 충성과 대의에 죽고 못 사는 이 기사들은 금방 기운을 차렸다.

해가 정중앙에서 서쪽으로 제법 기울자 모든 이들도 이만 출발할 때가 되었음을 예감하고 스스로 몸을 추슬렀다. 바로 그 순간 릭샤가 무언가에 크게 놀란 사람처럼 고개를 번쩍 쳐들었다.

"인왕 폐하?"

"맙소사!!"

릭샤는 다급히 일어나 자세한 설명은 하지도 않고 실프를 소환, 주변의 기사들을 모조리 낭떠러지 쪽으로 밀어버렸다. 여기저기서 짧게나마 비명 소리가 들려왔지만 릭샤는 지금은 그런 것 따위에 신경을 쓸 겨를이 없었다. 1분, 1초가 다급하여 어지간해서는 동요가 없는 심장이 심하게 날뛰었다.

폭포 아래에서 마력이 모여들고 있었다. 이것이 무슨 의미인지를 이해하는 데는 긴 시간이 필요치 않았다. 레빈이 지금 정령왕과의 계약을 시도하고 있는 것이다.

틀림없이 중상이라고 생각해서 어느 정도 마음을 놓았건만… 아니, 지금 자신이 아주 조그마한 방심이라도 할 만한 상황이란 말인가! 왜 그렇게 안일했던 것일까!!

실프의 도움으로 겨우 바닥에 내려섰다. 갑자기 릭샤의 손에 이끌려 낭떠러지 아래로 뛰어내린지라 혼란 상태일 만도 한데 대부분의 일행은 벌써 제정신을 차리고 있었다. 그리고 기사들 중 하나가 폭포가에서 어떤 한 인영을 발견했다.

"레빈!!"

과연 그곳에서는 릭샤가 예상하던 상황이 벌어지고 있었다. 정령과의 계약을 위해 복잡하게 그려진 마법진이 수면 위에 떠올라 있었고, 레빈은 물가에서 눈을 감고 그곳에 모든 신경을 집중하고 있었다.

다만 불행 중 다행이라고 할까, 생각보다 레빈의 상태가 유리해 보이진 않았다. 그의 몸 사이사이로 겨우 지혈만 해놓은 심한 중상의 흔적이 보였고, 일어서긴커녕 앉지도 못해 옆으로 쓰러진 볼썽사나운 모습으로 계약을 진행 중이었다.

"다들 기다리십시오!"

릭샤는 지체없이 자신도 정령왕의 계약에 들어갔다. 레빈을 먼저 없애 버린 후 시도하는 것이 좋겠지만, 레빈은 적이 들이닥칠 사태를 예상한 것인지 자신의 몸을 보호하기 위한 중급 정령 실라페를 소환, 간단한 보호막을 쳐둔 상태였다. 릭샤는 짧은 생각 끝에 차라리 그를 내버려 두기로 결정했다.

중급 정령이 만든 실드쯤 되면 마검사의 검으로는 부술 수가 없는데 릭샤가 실드를 부순다고 어물대다 보면 레빈이 먼저 계약에 성공해 버릴 수도 있었다. 차라리 그럴 바에는 늦지 않게 릭샤도 계약을 시도하는 편이 나으리라.

게다가 그러잖아도 대량의 마력이 필요한 계약인데, 저렇게 다른 정령을 소환하고 있으면 당연히 불리하다. 이럴 바엔 차라리 제풀에 마력을 소모하게끔 실라페를 소환하게 한 채 내버려 두는 게 상책일지도 모른다.

릭샤는 바닥을 짚고 모든 힘을 손끝에 쏟아 부었다. 스스로 마법진을 만들지 않고 교묘히 레빈의 마법진을 이용했다. 레빈은 약간 인상을 일그러뜨렸으나 그대로 계약에 신경을 집중했다. 좀 편법을 쓴다고 해서 유리한 고지를 차지하는 것은 아니다. 이렇게 된 이상 순전히 술자의 실력으로 정령왕과의 계약에 성공하는 자만이 승리자가 되는 것이다.

"정령왕이시여! 미천한 자가 당신의 모든 것을 원하오니 부디 노여워 마시고 계약에 응해주십시오!!"

레빈이 먼저 의식을 끝내고 소리쳤다. 뒤이어 릭샤도 하늘을 향해 소리쳤다.

"정령왕이여, 제가 어떤 존재인지 알고 계신다면 바라옵건대 단 한 번, 당신의 은혜를 내려주십시오."

마법진 위의 공간이 일순 크게 일렁이는가 싶더니 하늘 빛과 흰 빛이 온통 무리를 지으며 이윽고 한 남자의 형상을 만들어내기 시작했다. 얼마 지나지 않아 릭샤와 레빈은 자신이 중간계에 불러들인 그 초월적인 존재를 두 눈으로 직접 확인할 수 있었다. 초조하게 상황을 지켜보던 기사들도 전설로만 전해 내려져 오던 장엄한 존재의 앞에서는 잠시 동안이나마 넋을 잃을 수밖에 없었다. 진심으로 경이로움을 담아, 미크로외 백작은 그 존재의 이름을 불렀다.

"바람의 정령왕… 실피드……."

그 순간이었다. 갑자기 계약을 하던 릭샤와 레빈 두 사람이 눈을 크게 부릅떴다.

"아… 아아아아아악!!"

먼저 비명을 낸 것은 릭샤였다. 엄청난 고통이 일순 물밀듯이 덮쳐왔다. 이것을 어떻게든 견뎌보겠다고 릭샤는 오른손으로 머리를, 다른 손으로는 가슴을 뜯어낼 듯 부여쥐고 억지로 몸을 웅크렸다. 그러나 의지완 관계없이 머리와 등이 저절로 반대로 젖혔다. 온몸이 바라보기가 공포스러울 만큼 무섭게 경련했다. 하늘을 향하는 동공이 금방이라도 열려 버릴 듯 커졌다.

"인왕 폐하!! 인왕 폐하!!"

"안 돼!! 이럴 수는!!"

"폐하! 제발 힘을 내십시오!!"

미크로와 백작과 기사들이 소스라치게 놀라 릭샤에게 달려왔다. 전혀 도움이 되진 않았지만 어떻게든 릭샤를 돕겠다고 애를 썼다. 하지만 릭샤는 이 열렬한 마음에 대답해 줄 처지가 못되었다.

머리, 몸, 팔다리가 억지로 쥐어짜지는 것 같은 느낌.

능력이 부족한 자가 정령과 계약을 청하면 온몸의 마력을 전부 빼앗겨 미라처럼 말라 죽는다고 했다. 릭샤가 바로 그 현상을 겪는 중이었다.

레빈도 다를 바는 없었다. 릭샤보다 월등히 많은 마력을 가지고 있어 상당 시간을 더 버텼지만, 이미 몸 자체가 정상이 아닌 상태인지라 얼마 못 가 똑같이 비명을 지르게 되었다.

마법에 당했던 상처들이 쩍쩍 벌어져서 피가 바닥을 흠뻑 적셨다. 아픔이 너무나 커서 현재 얼마나 치명적인 상태인지, 상황이 유리한지 불리한지도 더 생각할 수 없게 되었다. 하지만 생각이 마비되어 가는 중에도 단 한 가지 일념만은 여전히 강렬했다.

정령왕과 계약을 해야 한다는 것!

"계약을… 계약을……!!"

[아아, 그만두어라!!]

슬픈 음성이 계곡을 가득 메웠다. 정령왕 실피드는 자신이 더 괴로운 듯 크게 고개를 저었다.

[무모하구나! 무모해! 아직 이 아이들의 능력으로는 나의 힘을 받아들일 수가 없다!]

"계……!!"

그때 릭샤가 짧게 한 음을 터뜨렸다. 뒤로 젖혀졌던 머리를 필사적으로 내려 실피드를 정면으로 바라보며 다시 소리쳤다.

"계약을… 부탁……!!"

겨우 몇 마디를 내뱉은 릭샤는 더 버티지 못한 채 바닥을 짚고 아예 꼬꾸라졌다.

[그만 해다오, 아직 미력한 존재들이여. 제발 거두어다오! 너희들에게는 자격이 없도다! 또한 내겐 권능을 나누어 줄 능력이 없노라! 거두어다오! 거두어다오!]

실피드의 목소리는 울부짖음에 가까워져 있었다. 하지만 릭샤와 레빈은 고집스럽게 그가 원하는 대답을 해주지 않았다. 끝끝내 계약을 포기할 의사가 없었기 때문이며, 실은 이미 스스로 계약을 거둘 만한 힘조차 남아 있지 않은 상태였다.

금방이라도 숨이 끊어질 것만 같은 릭샤를 보다 못한 미크로외 백작은 무례함도 잊고 실피드를 향해 고함을 질렀다.

"정령왕이여!! 이분 역시 정령신의 아이입니다! 어찌 이러실 수가 있단 말입니까!! 진정 그분의 목숨을 빼앗을 생각이란 말입니까!"

[아아, 내 어찌 그 아이의 목숨을 빼앗고자 한단 말인가! 어찌 어버이 신께서 만드신 아이를 내 손으로 해친단 말인가!]

실피드는 하늘을 향해 소리를 높였다.

[어버이 신이시여! 이 목소리를 듣고 계십니까! 어찌 대답이 없으신 것입니까! 제발 가여이 살피십시오! 기어이 제게 형제의 목숨을 빼앗게 하실 생각이십니까! 어찌하여 저에게 이런 고통을 주시는 것입니까! 제가 무엇을 잘못하였단 말입니까!]

바람의 정령왕이 한탄하는 목소리에 대기가 함께 울부짖었다. 그렇지 않아도 폭포 덕에 거세던 바람이 더욱 난폭해졌다. 엄청난 폭풍에 나무가 통째로 뽑혀져 나가고 폭포를 버티던 거석들이 금방이라도 부서질 듯 불길한 소리를 냈다. 만 년 넘게 아름다움을 유지해 왔던 자이리아 폭포가 이대로 무너질 위기에 처한 것이다.

덕분에 미크로의 백작이나 기사들은 더 죽을 맛이 됐다. 이래서야 마력이 소모되어 죽기 전에 실피드의 폭주에 휩쓸려 죽어버릴 것 같지 않은가!

"시, 실피드님!! 제발!"

"멈추어주십시오! 우악!!"

"그래, 그만 하려무나, 실피드. 커다란 아이가 그렇게 우는 것이 아니란다."

그때 생각지도 못한 말소리가 어디선가 흘러나왔다. 실피드는 이 정체 불명의 목소리에 즉시 반응하여 힘의 발현을 멈추었다. 그러나 실피드가 아주 짧은 시간 보여주었던 권능으로 인하여 폭포는 무너지기 직전이었다.

쿠웅―!

아니나 다를까, 무겁게 부서지는 소리가 나더니 한쪽부터 붕괴가 시작되었다. 기사들 중에는 방정맞게 비명을 지르는 자도 있었다. 인왕이 죽게 생겼는데 어련할까.

하지만 붕괴는 더 이상 지속되지 않았다. 무너져 내려오던 거석들이 공중에서 멈추더니 천천히 제자리로 되돌아가기 시작했다. 뒤로 되감기라도 하듯 신비로운 광경이 펼쳐졌다. 잠시 후 자이리아 폭포는 언제 무슨 일이 있었냐는 듯 예전의 모습 그대로 완벽하게 복원되었다.

따스한 빛이 실피드의 몸을 맴돌았다. 그것은 얼마 되지 않아 하나의 형체를 갖추었다. 여성스러운 분위기였으나 한편으로는 남자인 듯도 한 아름다운 사람이었다. 그녀(또는 그)가 부드럽게 실피드의 목을 감싸 안았다. 실피드는 눈을 감으며 그 어느 때보다 평온한 목소리를 내었다.

[자애로운 정령들의 신이시여······.]

"미안하구나. 애꿎은 너에게 괴로운 일을 겪게 하였으니. 나를 용서해 주겠느냐?"

그녀가 누구인가. 세상의 모든 생물들에게 경배받는 자, 첫째로 우주를 창세한 자, 정령들의 신이 아닌가. 그것뿐만이 아니더라도 정령들에게 있어 정령신은 어진 친어머니이고 아버지이다. 실피드는 어찌 더 불평을 할 수 있겠느냐는 표정으로 부드럽게 고개를 끄덕였다. 정령신은 실피드를 향해 인자하게 웃었다. 하지만 그것도 잠시, 정령신은 안타까움이 가득한 얼굴로 아래를 내려다보았다.

망연히 두 존재를 쳐다보고만 있던 기사들은 그제야 정신을 차리고 릭샤의 상태를 살폈다. 릭샤는 특별한 외상은 없었지만 안색만 보아도 알 수 있듯 완전히 만신창이였다. 하지만 정령신의 등장과 함께 몸에 강요되던 마력의 부담이 사라진 덕에 겨우겨우 떨리는 손을 앞으로 뻗을 수 있었다.

"제··· 발··· 정령왕과··· 계약을··· 하도록······."

몸의 부담이 사라진 것은 레빈도 마찬가지였다. 하지만 그는 정령신을 향해 좀 다른 분위기를 보였다. 그는 이를 악물고 한스럽게 중얼거렸다.

"신··· 정령신이라니··· 어째서······!! 어째서!!"

어디서 그런 초인적인 힘이 생긴 것인지 레빈은 온몸에서 피가 주루룩 흐르는 것도 아랑곳 않고 몸을 반쯤 일으켰다. 그는 원망이 가득한 눈빛으로 정령신을 노려보며 피가 끓는 목소리로 외쳤다.

"중간계의… 많고 많은 엘프가… 정령왕과 계약을 청했고 죽어갔건 만……!! 어째서… 크윽… 어째서 지금에만… 인왕이 위기에 처하였을 때만… 쿨럭… 모습을 드러내시나! 당신마저… 인간의 편을 들 생각인 가! 대체… 엘프는… 뭐가 되지? 우리들은 뭐지?! 대체 뭐냐고!!"

"가엾은 아이들……."

그녀의 슬픈 음성이 아련히 울렸다. 그 순간 릭샤와 레빈은 갑자기 눈앞이 새하얗게 변했음을 느꼈다.

"무슨……?"

의아하게 주변을 살피던 릭샤는 점점 몸을 움직이기가 쉬워지는 것을 감지했다. 조금 전까지만 해도 팔 뻗는 것조차 힘들었지만 이제는 성큼 일어날 수도 있는 수준이 되었다. 조금 힘을 내어 제대로 일어섰을 때 몸은 완전히 평소의 정상적인 상태로 돌아와 있었다. 레빈 역시 마찬가지의 상태를 경험하고 상처가 심했던 어깨와 옆구리를 만져 보았다.

"더 아픈 곳은 없느냐?"

머리 속에 울리는 기이한 음성이 귀에 바로 닿는 평범한 목소리로 바뀌었다. 릭샤와 레빈은 반사적으로 목소리를 쫓아 돌아섰다. 정령신이 안쓰럽게 미소하고 서 있었다.

레빈은 말없이 매서운 눈빛으로 그녀를 쏘아보았으나, 릭샤는 조금의 지체도 없이 나섰다.

"신이시여, 무례함을 무릅쓰고 부탁드립니다. 제 능력으로는 정령왕과의 계약이 불가능한 줄 아오나, 부디 단 한 번만 자비를 베풀어주십시오."

"성급해하지 말거라. 꼭 지금이 아니더라도 시간이 흐르고 좀 더 어른이 되면 너도 정령왕과 계약을 할 수 있을 게야."

"레가트 형을 제하게 됨으로 인해 현재 인간 측의 힘은 크게 약화되었습니다. 저의 염원은 힘이 필요한 바로 지금 이 순간, 정령왕과 계약을 하는 것입니다."

정령신은 레빈이 있는 쪽을 살짝 눈짓했다.

"정령왕과 계약을 원하는 자들은 이토록이나 많다. 그들에게도 나름대로의 이유와 의지가 있지. 그런데 내가 어째서 너의 염원만을 들어주지 않으면 안 되는 것이냐?"

릭샤는 잠시 숨을 고른 후 차분히 이야기를 이었다.

"신이시여, 저의 판단이 맞는지 대답하여 주십시오. 엘프는 선신과 마신의 영향을 깊이 받아 만들어진 존재이며, 모든 것이 완성된 연후 정령신께 정령술이라는 능력을 선물받았을 뿐입니다. 엄밀히 말해 정령신의 창조물은 아닌 셈입니다. 하지만 저는 처음부터 끝까지 당신의 손에 직접 다듬어져 태어났습니다. 단순히 위치만 따지자면 정령들과 매우 흡사한 존재일 것입니다. 그렇지 않습니까?"

"그래, 네 말이 맞다. 나는 정령을 만들듯 그렇게 세심히 정성을 쏟아 너를 창조해 냈지. 조금씩 생명체로서 모습을 갖추기 시작하는 너를 얼마나 사랑스럽게 여겼는지 모른단다."

정령신의 말소리는 파문 없는 호수처럼 투명하고 고요했다. 물론 이 대답엔 일체의 거짓도 없을 것이다. 그렇기에 릭샤는 더욱 이해할 수가 없었다.

정령신은 몸소 정령들의 아픔을 듣고 고민하여 주는가 하면, 기쁨은 함께 웃고 축복한다. 선신과 마신 같은 멀고 먼 아득한 존재가 아니라, 진정 어머니처럼 아버지처럼 직접 곁에 머물러 주시는 그것이 정령신이었다.

그러나 릭샤는 단 한 번도 정령신에게서 그런 따뜻함을 느껴본 적이 없었다. 목소리를 듣는 것조차 지금 이 순간이 처음인 것이다.

사실 이는 정말 오래전부터 품어왔던 의문이었다. 몇 번이고 생각했던 것이다. 릭샤는 이 기회를 이용해 일부러 힘껏 감정을 실어 소리쳤다.

"저 역시 틀림없는 당신의 자식인데도, 왜 정령들에게 그러하듯 다 독여 주시지 않는 것입니까? 제가 어려 낳아주신 분들께 죽을 만큼 핍박받았을 때도, 거리에서 굶어 죽을 뻔했을 때도 당신의 도움은 받아보지 못했습니다. 지금껏 단 한 번이라도 제게 걱정 어린 한마디 해주신 적이 있습니까? 저를 사랑스럽게 여겼다 하셨습니까? 그렇다면 그 증거를 보여주십시오! 당신이 정말 내 어머니이며 아버지인 존재라면 지금 이 자리에서 최소한 그 성의 정도는 보여달란 말입니다!"

그것은 참 뻔뻔하고 무례한 요구였다. 왜일까. 릭샤는 정령신에게 무한한 아량이 존재한다고 확신하고 있었다. 그래서 이러한 요구를 들이밀기에 이른 것이다.

예상한 대로 정령신의 표정은 변하지 않았다. 슬픔이 담긴 안쓰러운 미소가 잔잔히 번져 나올 뿐.

문득 그녀가 릭샤를 향해 질문을 던졌다.

"내가… 너의 부모가 되어도 좋으냐?"

강하게 밀어붙였던 릭샤는 우뚝 움직임을 멈추었다. 고요한 목소리. 하지만 그것은 사람의 가슴 깊은 곳을 건드리는 불가사의한 힘이 있었다. 몸을 헤집는 파동이 너무 불쾌하여 릭샤는 이 기분을 털어내기 위해 고개를 저었다. 그때 정령신이 다시금 물었다.

"나를 가족이라고 인정해 주는 것이냐?"

인정이고 뭐고, 당연히 나의 어미이고 아비 된 자가 아니냐고 릭샤는 대답하고 싶었다. 그리고 지금이라도 당장 부모로서의 의무를 지키라고 요구하고 싶었다. 그러나 입술을 비집고 나온 것은 전혀 다른 대답이었다.

"천만에."

릭샤의 목소리는 지나칠 만큼 매우 냉담했다. 그녀를 바라보는 시선도 어느새 쌀쌀맞게 변했다.

"당신 따윈, 죽었다 깨어나도 나의 부모님이 될 수 없을 것이다."

왜 이런 말이 입 밖에 나오는 것일까. 스스로 혼란스러워하면서도 릭샤는 멈출 수가 없었다.

그래도 마음에도 없는 말을 한 것은 아니다. 지금 이 상태가 무엇보다도 깨끗한 진심 그 자체였으니까.

사실 정령신 같은 건 아무래도 관계없었다. 이유가 조금 궁금하긴 했지만, 그녀가 말을 걸어주든 말든, 걱정을 하든 말든 릭샤는 이에 전혀 개의치 않았다. 다만 일반적인 시점에서 불우하다고 여길 만한 자신의 과거를 강조해서 신의 책임감에 호소한 다음, 정령왕과 계약을 이끌어낼 속셈이었을 뿐이다.

그래서 거짓말을 하려 했다.

거짓말 따윈 식은 죽 먹기보다 쉽다. 그저 속이기 위해 내뱉는 허상일 뿐이다. 진짜 진실은 언제나 안전한 곳에 소중히 보호되고 있었다. 그런데 어찌 된 일인지 지금 이 순간만은 다르게 느껴지는 것이다. 저런 것(!)을 부모이며 가족으로 인정해 버리면 실제의 그것이 가지는 가치가 저 밑바닥까지 추락해 버릴 것만 같았다.

하나밖에 없었다. 무척 소중하고 너무나 좋아해서 모든 것을 주어도 하나도 아깝지 않을 그런 가족이란 건.

"레가트 형뿐입니다, 가족이라는 말을 쓸 수 있는 것은. 당신 따위가 감히 흙발로 짓밟을 영역이 아니란 말이다!"

몇 번이고 '따위'라는 말로 모욕받았건만 정령신은 아무런 조치도 취하지 않았다. 그녀는 슬프게 웃으며 그곳에 서 있을 뿐이었다. 그에 비해 매사에 지나칠 만큼 침착했던 릭샤는 이상하게도 자꾸만 혼자서 흥분하여 이성을 잃고 있었다. 말투마저 깍듯한 존대어에서 하대를 왔다 갔다 하며 제멋대로 혼용했다.

"정령신이여, 정령왕과의 계약을. 제게 힘을 주십시오!"

"네가 그의 힘을 필요로 하는 이유는 무엇이냐? 조금만 더 참으면 자연히 네게 그 힘이 주어질 것인데."

릭샤는 더 참지 못하겠다는 듯 소리를 질렀다.

"지금, 지금 당장이 아니면 안 돼!! 절대자로 군림할 수 있는 힘을! 1분 1초라도 빨리! 이대로는 초조해서, 가슴이 달아 죽어버릴 것만 같아……!"

릭샤는 실제로 선명한 가슴의 통증을 느끼고 옷을 세게 쥐었다. 릭샤는 난생처음 겪어보는 괴로움에 신음했다. 지금껏 단 한 번도 아픔 때문에 눈물을 흘려본 적이 없건만, 놀랍게도 이 정도 일에 릭샤의 두 눈에서 굵은 눈물이 뚝뚝 떨어졌다.

"레가트 형은 강합니다. 세상에서 제일 강해. 그런데도 너무 바보 같고 멍청이 같아서 충분히 상대할 수 있는 녀석들에게까지 자꾸만 당하고 마는 겁니다. 이대로는 언제 나쁜 놈들에게 목숨을 잃을지 알 수가 없어……."

"그는 무척 좋은 사람인가 보구나."

어느새 릭샤의 곁으로 다가온 정령신이 다정히 머리칼을 쓰다듬었다. 릭샤는 눈물을 줄줄 흘리면서 고개를 끄덕였다.

"저를 세상에서 제일 좋아한다고 말해 주었습니다."

"그리고?"

"너무 사람이 무른데 저는 그런 면이 너무 좋습니다."

"그리고 또 뭐가 있을까?"

"만약, 만약에 레가트 형이 정말 죽어버린다면 나는 또다시……."

릭샤는 물기가 흥건한 눈을 감았다.

"혼자……."

그 순간 정령신이 갑자기 장난기 어린 얼굴을 하고는 고개를 절레절레 저었다.

"그렇지 않단다. 이제는 너를 사랑하는 사람이 굉장히 많아. 너를 첫째로 여기는 자들이 얼마든지 있지. 저기를 보렴. 저 기사들이 바보처럼 다만 너만을 걱정하면서 노심초사하고 있지 않니? 이제 알겠지? 그가 없어도 너는 혼자가 아니야."

"싫습니다!! 그가 아니면 안 돼! 형이 좋아! 레가트 형이 제일 좋아! 레가트 형이 아니면 전부 다 싫어!!"

릭샤는 자신도 모르게 와락 정령신의 옷자락을 붙들고 발을 동동 굴렀다. 정령신은 그런 릭샤를 보며 소리 내어 웃었다.

"후후, 릭샤는 아직 이렇게 어린애로구나."

"어린애가 좋으십니까? 그럼… 내가 레가트 형을 지킬 테야!! 형을 지키기 위해 무지막지하게 강한 정령왕의 힘이 필요해!! 자, 이제 되었으니 빨리 정령왕과 계약시켜 주십시오."

정령신이 다소간의 호의를 보이자마자 릭샤는 냉큼 기어올라 이익을 챙기려 들었다. 정령신은 좀 전보다 더 큰 소리로 웃었다.

"하하하, 네 본연의 마음을 모두 드러낼 수 있도록 조치하고 있던 차인데 이런 반응이라면 역시 순수한 어린아이라고 보기는 곤란하겠구나. 역시 크샤넨의 영향은 무시할 수가 없는 모양이야."

정령왕은 부드럽게 릭샤를 밀어내고 물러섰다. 상냥히 다독여 주던 그녀가 멀어져 갔지만 릭샤는 별로 불안하진 않았다. 애초부터 그녀의 목소리, 손짓, 움직임, 그 모든 것은 소란이 없고 평온하였다. 결코 불안이나 위협 같은 것은 어울리지 않았다.

"잠시만 옛날이야기를 들어보겠느냐?"

릭샤는 순수한 호기심에 고개를 끄덕였다. 그 순간 오직 하얀색의 무(無)로만 가득 차 있던 주변의 광경이 바뀌었다. 이번엔 색도 없고 그 무엇도 없는 진정한 무(無)의 공간이었다.

"바로 이곳이 나와 세이나, 크샤넨이 살아가던 공간이었단다. 아무것도 없는 곳에 형체도 무엇도 없는 다만 '세 가지 의지'만이 존재하고 있었지."

때를 맞추어 어디선가 소곤소곤 세 사람(?)이 이야기하는 소리가 들려왔다. 하지만 그들이 소리를 전달한다거나 하는 것은 아니다. 말하지 않아도 뜻을 전하고 듣지 않아도 저절로 생각이 읽혀졌다. 그들은 서로를 느끼는 데 아무런 거리낌도 없었다.

"크샤넨은 참 사납고 내키는 대로 행동하는 제멋대로인 아이였지. 반면 세이나는 스스로 원칙을 정하고 절대 그에 배반하는 바가 없는 성실하고 융통성이 없는 아이였단다. 자연히 그들은 매우 사이가 나빴고 참 열심히도 싸워댔어. 가장 중도를 걷던 내가 항상 그 둘을 중재하는 역할을 했지. 그렇게 사는 것은 참 재미있었어. 우리들 셋은 셋으로 매우 행복했단다. 진심으로 말이야……."

정령신의 미소는 항상 쓸쓸했다. 릭샤는 새삼 그것을 강하게 느꼈다. 그녀는 이야기를 이어갔다.

"셋이란 건 말이다, 참 미묘한 것이더구나. 나는 어느 날인가 문득 알게 되었단다. 셋의 위치가 미묘하게 전과 달라져 있다는 것을 말이야. 가장 사이가 안 좋아 가장 싸움이 많았던 세이나와 크샤넨은 실은 무척이나 서로를 사랑했지. 그들은 서로에게 있어 가장 첫 번째인 존재였어. 그것은 자연히 내가 두 번째가 된다는 것을 의미하지."

어디선가 들어본 적이 있는 이야기 같았다. 릭샤는 고개를 갸웃 기울였다.

"그 사실을 안 순간 내가 가장 먼저 한 것은 함부로 나의 마음을 읽지 못하게 '제한'하는 것이었어. 자아, 바로 이 행동이 창세(創世)의 기초였다는 것을 기억하고 있는지 모르겠구나. 첫 번째 제한을 만듦으로 인해 의지를 표현하는 말을 만들고, 표현한 행동을 받아들이도록 듣는다는 행동이 만들어졌지. 크샤넨과 세이나는 이 '제한'이라는 것을 무척 재미있어했단다. 하지만 내가 왜 제한을 만들었는지는 쉽게 유추할 수 있겠지? 솔직히 난 소외감이라는 걸 느끼고 매우 마음이 상했거든. 너무나 마음이 쓸쓸했지. 나는 그저 이 마음을 그들에게 들키고 싶지 않았던 거야."

다시 공간이 바뀌었다. 아니, 절대무인 공간은 똑같았으나 한 개의 의지만이 동떨어져 무언가를 하고 있었다.

"세상에 존재하는 것은 오직 셋뿐이니 나는 어디에도 마음 둘 곳이 없었단다. 시간이 지날수록 쓸쓸함은 커지기만 하더구나. 그래서 나는 내 쓸쓸함을 달래기 위해서 장난감을 만들었단다. 아직은 손이 익지 않아 대단한 것은 만들 수 없었지만 위를 파랗게 채우는 하늘이라던가, 아래를 단단히 경계하는 바닥이라던가… 그리고 좀 더 시간이 지나자 나름대로 생각 같은 걸 하는 재미난 장난감 같은 것도 만들 수 있었지. 나는 마음 둘 곳이 없어서 장난감을 지극히 사랑했단다. 장난감이라도 사랑하지 않고서는 쓸쓸함을 달랠 수가 없었으니까."

"그 장난감들의 세계가 바로 정령계인 것입니까? 그것이 창세의 시작?"

릭샤의 놀랍다는 목소리를 듣고 정령신은 웃었다.

"내가 만든 장난감들을 보고 크샤넨과 세이나는 또 굉장히 재미있어 했지. 그래서 내가 한 것을 따라서 자신들만의 장난감을 만들기 시작했단다. 그래, 그렇게 해서 천계와 마계가 만들어졌지. 하지만 그들은 나와는 달리 그다지 장난감에 큰 애착이 없었어. 왜냐하면 그들은 장난감 따위에 매달리지 않아도 마음 둘 만한 진짜 상대를 가지고 있었거든. 그래서 그들은 피조물들과 함께하지 않고 따로 신계를 만들었단다. 그곳에서 종종 장난감들의 세계를 내려다보고 구경만 할 뿐. 다만 둘의 성격에 따라 얼마나 조심스럽게, 또는 험하게 다루느냐의 차이가 있는 정도일까."

정령신은 릭샤를 바라보며 장난스럽게 물었다.

"위대한 창세가 한낱 장난감 놀이에 지나지 않았다니, 충격이었느냐?"

"별로 충격을 받지 않았습니다. 그저 신기하군요."

릭샤는 시큰둥하게 대답했다. 정령신도 이미 알고 있었기 때문에 그냥 웃을 뿐이었다. 이 아이를 충격과 혼란에 몰아넣을 수 있는 것은 오직 레가트에 관련된 것밖에 없었다.

"그래, 이미 말하였다시피 크샤넨과 세이나는 장난감들의 사정을 그다지 고려해 주지 않는단다. 세이나가 신중한 편이긴 하지만 결국 장난감은 장난감일 뿐이지. 하지만 나는 최대한 피조물들의 사정을 존중해 주고 싶었다. 그래서 인간계의 성립은 반대하는 입장이었단다. 물론 대세는 인간에게 기울었고 언젠가 그들이 중간계를 지배하게 될 것이야. 하지만 그것은 자연스럽게 이루어지는 것이 좋아. 갑자기 신이 끼어들어 이를 억지로 밀어붙이면 피조물들은 무척 혼란스러울 게다. 게다가 중간계는 신에게 버려져 있었기에 그 나름대로 더욱 아름다웠다고 생각해. 그러나 크샤넨과 세이나의 주장에 못 이겨 나는 결국 인간계 성립 계획에 동참하고 말았다. 사실 내게도 만들어진 장난감보다는 실제로 존재하는 친구들이 더 중요하기 때문이지."

"서론은 그쯤 하시고, 그래서 진짜 하고 싶은 말이 무엇입니까? 전 시간이 그리 많지 않습니다."

정령신이 해주고 있는 이야기는 보통 사람들이 들으면 무척 충격을 받을 이야기인데 릭샤는 그딴 것엔 관심도 없다는 듯 굉장히 단도직입적으로 화제를 돌리려 들었다. 머리가 굵어져서 평소라면 좀 더 예의를 챙겼을 테지만 아직 정령신의 영향권 아래서 가장 본연에 가까운 행동을 하고 있었기 때문에 이렇게 직설적인, 다시 말하자면 시건방진 모습이 된 것이다.

그러나 정령신은 이런 것에는 전혀 화가 나지 않는 모양이었다. 릭샤를 달래듯 손을 내저으며 그녀는 이야기를 이어갔다.

"이제 얼마 안 있어 본론이 시작된단다. 조금만 더 들어보렴. 난 피조물들을 매우 아끼지만 그래도 친구들의 마음을 상하게 하고 싶진 않단다. 크샤넨과 세이나는 자신들이 만든 무대 위에 피조물들이 만들어

가는 연극을 구경하고 싶어하지. 그런데 내가 정령들에게 그리하듯 너에게 전폭적인 조언과 지원을 아끼지 않는다면 모든 것은 너무 시시하게 끝나고 말 게다. 바로 그 때문에, 나는 친구들을 위해 아끼는 장난감 하나를 포기하기로 했던 것이다. 이것이 내가 너에게 정령들과 똑같이 도움을 줄 수 없는 이유이다."

이 순간만은 릭샤의 표정이 변했다. 정령신의 축복을 받는 고귀한 인왕에서 버려진 장난감으로 전락하여서가 아니라, 그렇게 된다면 레가트를 살려낼 방도가 없어지기 때문이다. 이 모든 것을 인지하는 순간 난데없이 릭샤의 커다란 눈에서 굵은 눈물방울이 뚜닥뚜닥 떨어졌다.

"레가트 형이 없으면… 인왕이나 신의 사랑 같은 건 아무런 의미도 없습니다……."

"릭샤… 정령왕과 계약하지 못한다고 해서 당장 그가 죽는 것도 아니잖니. 지금 당장도 그가 큰 위험에 처해 있진 않단다."

정령신이 다독거리는 말투로 위로를 했다. 그러나 이후에 이어질 초유의 사태에 대해서는 정령신조차 예측하지 못했다. 슬퍼하는 표정조차 쉽게 보기 힘든 그 릭샤가 바닥에 털썩 주저앉더니 눈물, 콧물을 줄줄 흘리며 아예 목 놓아 울기 시작한 것이다.

"흐엉~ 하지만 레가트 형은 바보라서 분명 또 생각없는 짓을 저질러 제 명을 단축시킬 게 확실해! 마왕 이 나쁜 놈은 지 기분 나쁘다고 레가트 형의 목을 날려 버릴 테고!! 흐엉!! 그런 건 싫어! 우아앙! 앙~ 앙앙!"

정령신는 상당히 곤혹스러운 듯 머뭇거리다 곧 손가락을 조금 저었다. 주변의 기가 좀 바뀌는 것 같았다. 그러자 목 놓아 울던 릭샤가 조금씩 울음을 그쳤다. 잠시 후 릭샤는 눈가와 코를 문지르며 평소에 그랬던 것처럼 반듯하게 섰다.

"…본연의 모습을 모두 드러내게 해준다는 그 권능은 이제 사용하지 말아주셨으면 좋겠습니다."

"창피해서?"

정령신은 조금 웃으며 물었다. 그러나 릭샤를 동요하게 만드는 것엔 실패했다.

"아닙니다. 그렇게 동물적 본능만 남은 상태로는 현명한 판단을 내리기가 어려워지기 때문입니다. 방금 제가 떠든 말만 해도 그렇습니다. 마왕의 귀에 들어가는 날엔 중간계를 두 번 뒤엎고도 남을 일이 아닙니까."

릭샤는 그러면서 만에 하나라도 이 아공간에서 중간계로 말이 새어나가는 것은 아닌지 두리번거리며 주변을 살폈다. 정령신은 입가에 손을 대고 유쾌하게 웃었다.

"후후, 사랑스러운 아이… 비록 친구들에 우선시 할 수는 없으나 진심으로 너를 아낀단다. 그래서 너무 안타깝구나. 다른 정령들에게 그러하듯 네게도 온기를 나눠줄 수 없다는 것이."

그녀는 천천히 다가왔고, 릭샤의 머리를 가만히 안았다.

"한번… 딱 한 번 친구들의 노여움을 감수하며 네게 원하는 것을 주겠다. 바람의 아이 실피드는 너의 생명의 불이 꺼지는 순간까지 곁에서 함께하게 되리라. 잊지 말아라. 단 한 번이다. 더 이상은 그 어떤 사소한 도움을 받을 일도, 나를 직접 볼 일조차도 없을 것이다."

릭샤는 눈을 휘둥그레 떴다. 길고 긴 이야기를 나열하며 도움을 줄 수 없는 까닭을 설명하기에 그야말로 모든 희망이 없어진 줄로만 알았건만 이건 너무 갑작스러운 변화가 아닌가.

정령신은 아주 조금 짓궂게 웃었다.

"미안하구나. 너무나 미안하고 미안해서 한 번 정도는 소원을 들어주고자 작정하고 모습을 드러낸 것이다. 그런데 본론이 너무 늦었던 모양이다. 울려 버리기까지 했으니."

릭샤는 그녀의 사과는 귓등으로 흘리고 정말 바람의 정령왕 실피드와 계약이 된 것인지 그것부터 확인하려고 몸을 더듬었다. 막말로 정령왕과 계약이 끝났으니 정령신에게 볼일이 없어진 것이다. 참으로 문제 많은 성격이 아닐 수 없었다.

"역시나 이런 결론이로군!!"

그때 아공간이 쩌렁쩌렁하도록 누군가가 고함을 쳤다. 난데없이 끼어든 것은 레빈이었다. 릭샤는 중간쯤부터 그의 존재조차 잊고 있었기에 조금이지만 놀랐다.

인내심을 극한까지 발휘하여 입을 꾹 다문 채 처음부터 끝까지 모든 것을 바라보기만 하던 그는 더 이상 참지 못하고 소리를 질렀다. 정령신은 릭샤를 내버려 두고 이젠 레빈에게 다가갔다.

"험한 길을 달려온 아이로구나. 이렇게 만나게 된 것도 인연이니 이제는 너의 이야기를 들어주랴?"

"닥쳐!! 누가 이야기 상대 돼달랬어?! 내가 필요한 것은 정령왕과의 계약이다! 아니, 보다 커다란 힘이란 말이야!! …어째서냐. 나는 놈보다 훨씬 더 강대한 정령술과 마력을 가지고 있었어. 당연히 승리는 내 것이었어야 했다! 그런데도 정령왕과 계약을 하는 건 저놈이란 말인가? 정녕 신이란 것이 이런 건가? 어쩌면 이리도 불공평하고 잔혹하단 말인가! 소중한 것을 가진 자가 어디 저놈뿐일까! 내게도 지키고 싶은 것이 있다! 저 꼬마가 지키고자 하는 것이 있는 것처럼 내게도 지키고 싶은 것이 있어! 가슴이 아플 만큼, 눈물이 흐를 만큼, 지독히도 소중한 것이 나에게도 있단 말이다!!"

레빈은 목이 잔뜩 메인 목소리로 힘겹게 소리쳤다. 정말 그의 두 눈에서 피눈물이라도 흐를 것 같았다.

정령신은 예의 그 슬픈 듯한 미소로 대답했다.

"신은 전지전능하다고들 하지. 하지만 그것은 거짓말이다. 세상에 모두를 만족시킬 수 있는 방법 따윈 존재하지 않는다. 내가 외로움을 어찌할 수 없었던 것처럼."

그녀는 잠시 레빈을 바라보다 갑자기 모호한 질문을 던졌다.

"한 가지 물어보고 싶다만, 너의 소중한 것이란 대체 무엇이냐?"

"선문답 따윈 필요없어!!"

"난폭한 아이로구나. 그럼 미안하게도 내 직접 너를 헤집어보마. 너무 노여워하진 말거라."

릭샤 같은 별종이 아닌 이상 누가 자신의 속마음을 헤집는다는 데 좋아하겠는가. 더욱이 레빈은 단순히 눈치가 빨라 속을 잘 읽어내는 놈들조차도 질색을 했다. 그녀의 말을 듣는 순간 레빈은 반사적으로 몸서리를 치며 물러섰다. 그러나 순식간에 머리 속을 강제로 파고드는 느낌을 뿌리칠 수가 없었다.

주변 광경이 바뀌었다. 레빈은 마치 유령처럼 공중을 부양한 상태로 어떤 장소를 바라보았다. 어딘지 익숙한 느낌을 주는 곳. 그곳은 인간이 이종족을 잡아들여 사고파는 노예 상회였다. 레빈은 이를 보고 바락 소리쳤다.

"빌어먹을 그만두지 못해?! 이럴 바엔 차라리 죽여라!! 그래! 선택되

신 인왕께서도 간신히 받아낸 신의 은총인데 이 미천한 일개 엘프 따위가 어디 감히 같은 기적을 바랄 수 있겠나!! 죽여! 죽이라니까!!"

그의 외침은 그저 허공에 맴돌 뿐이었다. 레빈이 어떤 행동을 하든 아랑곳없이 노예상에서는 분주히 일이 시작되고 있었다.

외모가 아름답고 뛰어난 정령술을 사용하는 남녀 엘프 한 쌍이 있었다. 노예 상인들은 비싸게 팔 혈통 좋은 엘프를 만들기 위해 갖은 협박을 가하여 그들을 강제로 '교배' 시켰다. 길지 않은 시간이 지나 그토록 원하던 어린 엘프가 태어났다. 사내아이였다. 노예 상인들은 잠시 고민했다가 그 아이에게 레빈이라는 이름을 지어주었다.

레빈은 부모의 얼굴도 못 보고 곧 어느 부유한 하급 귀족 부부에게 팔려가게 되었다. 하지만 어딜 가나 일생을 비참한 노예로 살게 될 운명이라는 것을 감안하면 오히려 그 일은 일생일대의 큰 행운이었다.

부유한 귀족 부부에겐 아이가 없었다. 처음엔 버릇을 잘 들여 키워 두면 나중에 엄청난 정령술사로 부릴 수 있다는 노예상의 꼬드김에 레빈을 산 것이었지만, 점차 시간이 지나자 이 아이가 친자식처럼 여겨졌고 애정이 생겨났다.

레빈은 머리가 좋아 일찍부터 자신이 노예 출신인 엘프라는 것을 알고 있었다. 하지만 아는 것과 인지하는 것은 다르다. 레빈은 한 번도 스스로를 엘프라고 여긴 적이 없었다. 부모님의 보호 아래 이 저택에서 레빈은 인간이나 다름없었다. 진짜 귀족의 자식처럼 옷을 입고는 하인들에게 시중을 받고 인간들의 역사나 예법 같은 것을 공부했다. 조금 특이한 것이라면 정령술을 따로 익혔다는 정도다.

실로 행복한 유년.

그러나 불행은 금방 닥쳐왔다. 부모님의 재산을 호시탐탐 노리던 이웃 영지의 자작이 교묘한 함정을 파서 누명을 씌운 것이다. 부모님은 그믐이던 날 밤 레빈의 눈앞에서 처참하게 난도질을 당해 죽었다.

동시에 레빈은 나락으로 굴러 떨어졌다. 이 귀족 부부만큼 특이한 사람이 더 있을 리 만무한 것이다. 자작에게는 다른 엘프 노예들도 열 정도 있었다. 그들은 노예로서 심한 치욕과 고문을 받았고 레빈도 더 심하면 심했지 나은 처지는 못되었다. 자신이 엘프라는 것을 자각한 것은 그때부터였다.

어찌나 끔찍한 생활이었는지 이 당시의 기억은 상당 부분이 끊어져 있었다. 하지만 모든 것이 기억나지 않는 것은 아니다. 그 당시의 감정만은 확연히 기억하고 있었으니까.

고통, 그리고 두려움. 또다시 고통, 이 반복되는 굴레 하나만으로 레빈의 모든 것을 설명할 수 있었다.

다행히 레빈은 머리가 좋았고, 어린 나이에도 상당한 정령술을 구사했기에 마지막 기회를 살필 가능성은 있었다. 그래도 탈출은 정말 쉽지 않았다. 품평 나온 노예상의 말마따나 레빈은 혈통이 좋고 비싼 몸이었으므로 경비가 정말 철통같았다. 하지만 어느 날 운 좋게 다가온 기회를 살려 정령술을 이용해 자작의 손에서 벗어날 수 있었다.

어두운 밤을 혼자서 피를 토할 만큼 내달렸다. 자작의 저택에는 자신과 똑같이 고통스러운 삶을 살고 있는 다른 엘프들이 있었다. 하지만 그들을 구해낼 순 없었다. 키워준 부모님의 복수도 할 수 없었고 오직 도주에만 열중했다.

그때 레빈은 분명히 자각하고 있었다. 자신의 힘으로는 수백의 기사와 마법사를 거느린 자작을 이길 수 없다는 것을. 이 미약한 힘으로 그놈에게 대항하는 것은 '어리석은 일'이라는 것을 말이다.

자신의 비참한 과거를 보며 그래도 어느 정도 평상심을 유지하던 레빈이 이 부분에서는 고개를 돌리며 손톱을 깨물었다. 그의 곁에는 어느새 정령신이 서 있었다.

"괴로우냐?"

"저런 재수없는 걸 보고 누가 기분이 좋겠어!! 그만두라고 했잖아!"

레빈은 바로 짜증을 한껏 섞어 소리치며 정령신을 붙들려 했다. 그녀는 가볍게 뒤로 물러났다. 하지만 무척 미안한 표정이었다.

주변 광경이 다시 변했다.

200년.

레빈은 정말 오랫동안 도망치며 홀로 숨어살았다. 처음엔 자작의 추적자가 제법 있었으나 더욱 멀리 대륙까지 건너 도망치자 겨우 추격이 멈췄다. 하지만 갈 곳이 없었다. 엘프들은 인간의 손에 붙잡히지 않기 위해 산맥 깊숙한 곳에 꼭꼭 숨어살았고 아무런 연고도 없는 레빈이 그들을 찾기란 하늘의 별 따기 같았다. 하는 수 없이 인간들이 사는 마을에 숨어들 수밖에 없었는데 다른 대륙의 인간도 엘프를 노예로 취급했다. 그래서 겉모습을 더럽혀 추레하게 감추고 이런 저런 도시에서 잡역꾼 정도로 생활했다.

엘프인 것이 탄로날까 봐 같은 지역에선 오래 머물지 않았다. 이종족 정복 정책이랍시고 날뛰는 인간들의 기세가 너무나 흉흉해 레빈은 숨도 조심히 쉬면서 살았다. 단 한 번도 붙잡히지는 않았지만 그것은 정말 괴롭고 피폐한 생활이었다. 마음은 증오와 짜증만이 덕지덕지 달라붙어 시커멓게 변했다.

그러다 깊은 산속에서 정말 우연히 발견하게 된 것이 엘프들의, 마티누스 일족의 마을이었다. 어느 정도의 의심은 있었지만 족장인 트노스의 힘으로 그는 마을의 일원으로 받아들여지게 되었다.

그 시점을 기하여 레빈의 인생은 완전히 변했다. 낯선 이방인이었던 그에게 망설임없이 반려가 되겠다고 말하였던 여인도 있었다. 티없이 투명한 하늘빛 눈동자가 증명을 하듯 그녀의 마음에는 일체의 미움과 증오도 존재하지 않았다. 엘프들 중에서도 그녀의 마음 씀씀이는 특별히 더 아름다웠다. 그녀의 모든 것을 받아들이고 가슴에 깊이 품자 오래 응어리로 남겨놓았던 시커먼 마음의 어둠은 부질없고 어리석은 것처럼 느껴졌다.

녹음이 우거진 숲과 가식없이 미소 짓는 엘프들. 마치 성모와도 같은 그녀. 아아, 이보다 더 천상에 가까운 곳은 존재할 수 없으리라!

"천만에!"

자신이 스스로 찬양해 마지않았던 것이거늘, 레빈은 이를 차갑게 비웃었다. 그는 입을 이죽거리며 정령신을 노려보았다.

"그래, 그토록 알고 싶다면 알려주지! 내 입으로 직접 다 말해 주마! 그것을 바라는 것이겠지?"

정령신은 대답하지 않았지만 그는 혼자서 마음대로 이야기를 이어갔다.

"엘프들은 정말 선했다. 물론 타 종족에 대한 어느 정도의 배타심이 있었고, 복수나 전투를 통해 목숨을 빼앗는 일도 있었으나, 엘프의 이해심이나 도의란 참으로 대단한 것이었다. 처음엔 한정없는 그들의 선

함이 한량없이 좋기만 했다. 그러나 시간이 지나자 뭔가가 삐그덕대는 것이 느껴졌지."

　자작의 저택에서 도주할 때 동족을 버렸던 그것이 전초전이었던 것이다. 만약 평범한 엘프였다면 절대 동족을 버리지 않았을 것이다. 실낱같이 위태로운 희망을 품고서, 구출을 위해 뛰어드는 데 망설임은 일체에 없으리라. 그것은 결코 어리석은 일이 아니라 용기있고 스스로의 긍지를 높이는 일이다.

　엘프는 그런 종족이다. 배워서 학습하는 것이 아니라, 그들은 태어날 때부터 그러한 속성을 타고난다. 바위가 단단하고, 물이 위에서 아래로 흐르는 그 속성처럼 이것은 변하지 않는 진리였다.

　그런데 막 태어난 갓난아기 엘프도 가진 것을 그 혼자만 가지고 있지 않았다. 그는 도리를 지키는 긍지에서 어리석음을 느꼈다. 아무런 대가 없이 무한히 상대를 걱정하는 상냥한 마음씨에서 우둔함을 발견했다.

　그는 자문해 보았다. 그렇다고 인간이 올바르단 말인가? 아니, 오히려 그들이야말로 추악함의 극치다. 간혹 엘프만큼이나 선한 자도 있었으나 레빈이 250년에 이르는 세월 동안 보고 들은 인간의 대체적인 전형이란 으레 그렇게도 추악했다.

　자신밖에 모르는 지독한 이기심. 배가 주리다고 낳아준 부모, 친자식을 내다 파는 패륜. 똑같이 생각하고 판단하는 고등 생물을 가축처럼, 오히려 더욱 비참하게 다루고도 이를 당연히 여길 수 있는 잔인함. 비열함. 비겁함.

　실은 누구보다도 레빈이 제일 치를 떨었다. 자작의 성에서 노예로 부려지며 끔찍한 경험을 하였던 그가 아닌가. 꿈속에서도 따스한 온기를, 상냥함을, 무조건적인 사랑을 생각해 오지 않았던가. 그런데 마티누스 일족에 받아들여져 사랑스러운 그녀를 안게 된 후에도, 원하는 것을 모두 손에 넣었건만 그는 전혀 만족스럽지 않았다.

생각해 보면 기가 찬 일이다.

레빈은 점차 엘프들의 상냥함을 감당할 수 없게 되었다. 자꾸만 그들의 자애는 너무 지나치다고 여겨졌다. 어째서 엘프들이 보여주는 정직함이 성스럽게 비춰지지 않는 것일까. 끝없는 자기희생이 위대하게 보여지지 않는가. 왜 이 모든 것들이 어리석고, 우둔하고, 멍청한 짓거리로밖에 보이지 않는단 말이냐!!

반면 인간은 추악했으나 그만큼 현명한 것 같았다. 엘프들에게는 없는 단어, '필요악'이라던가, 인간들이 자주 언급하곤 하는 어쩔 수 없었다는 등의 소리가 어쩌면 그리도 타당하게 들리는지……!

바로 오늘 폭포에 당도하기 직전, 제 부하를 함부로 죽이는 인왕 꼬마에게 잘난 척 희생에 대해 설교를 한 적이 있었다. 그러자 다 늙어가는 그놈의 신하가 곧장 반박하며 대답을 던졌다. 그들은 아마 모르리라. 그건 레빈이 언제나 목말라 했던 대답이기도 했다. 엘프들에겐 아무리 설득해도 씨알조차 먹히지 않았던 소리를 놈들은 너무 당연하게 내뱉는 것이다. 그래서 레빈은 자신도 모르게 놀랄 수밖에 없었다.

아니, 그때에 깨달음을 얻었던 것은 아니다. 진실을 깨닫는 덴 그다지 오랜 시간이 걸리지 않았다. 레빈은 엘프보다는 차라리 인간을 이해하고 있었다.

"인간의 손에서 키워졌기 때문이냐? 그래?"

레빈이 짜증, 신경질, 모든 불쾌감을 모조리 뒤섞어 퉁명스레 물었다. 크게 대답을 원하진 않았는데 정령신은 고개를 저었다.

"그렇지는 않다. 인간의 손에 자란다고 해서 엘프의 뾰족한 귀가 동그랗게 변하진 않는 것처럼 그것은 이유가 될 수 없다. 다만 일률적인 세상은 무감동하기에 신들은 세상의 법칙에 언제나 변수를 하나씩 두곤 하는데 너는 그 흔치 않은 변수를 짙게 타고난 아이인 모양이구나."

"뭐? 하… 하, 하하하! 아하하하!!"

레빈은 이마까지 치며 크게 웃음을 터뜨렸다. 그러다 순식간에 팔을 뻗어 정령신의 멱살을 붙들었다. 그는 이를 바득 갈며 바짝 얼굴을 가져다 댔다.

"변수? 너무 일률적이면 시시하니까 변수를 만들었다고? 이봐, 나는 겉 껍질이 엘프인지라 인간들의 사이에서 살아갈 수 없었다. 하지만 속 내용물은 성질 더러운 인간이라 엘프들의 사이에서도 견딜 수가 없었어! 이 세계의 어디에도 내가 머물 수 있는 곳은 존재치 않겠지! 가슴이 사무칠 만큼 고통스러워 어째서 그런 것이냐고 하루도 빠짐없이 묻고 또 물어왔다! 그런데 그 고뇌가, 이 아픔이 전부 네놈들의 그 재미를 만족시켜 주기 위해서였다고?!"

"잊었느냐? 세계는 신의 유희를 위하며 만들어진 허상. 너는 그에 작은 부속품에 지나지 않는다는 것을."

그녀는 너무나 쉽게 대답했다. 레빈은 울컥 화가 치밀어 순간적으로 노려보았지만 곧 그녀를 멀찍이 밀어버렸다. 어차피 다 장난감에 불과하다는 것, 어떻게 잊었겠는가. 꼬마를 설득한답시고 이야기를 늘어놓을 때 숨죽이고 보고 들은 것이 있는데.

그저 그것이 이렇게 억울하고 허탈한 것이라는 것을 방금 깨달았을 뿐.

레빈은 얼굴을 감싸고 몸을 숙였다. 더는 날뛰고 고함을 치지 않았다. 어느새 소리없이 떨어진 눈물이 한 방울 두 방울 손바닥을 적시고 있다는 것을 알게 되자 그 꼬마와 같은 레벨인가 싶어 웃음이 났다.

"네가 지키고자 하는 것이 무엇인가?"

정령신이 조용히 물었다.

"마티누스 일족을 지키고 싶다. 나에 대한 불만이 하늘을 찌르고 있으니 그곳에서 쫓겨나는 것도 시간문제지만… 그래도 지금 내가 머물 수 있는 장소는 그곳밖에 없다. 그래서 지키고자 한다. 그 외에는 더이상 아무런 생각도 할 수가 없어."

레빈이 대답했다.

그녀는 다시금 같은 질문을 조금 다르게 했다.

"너의 진짜 소중한 것은 무엇이냐?"

레빈은 침묵했다. 잠시 후 얼굴을 감싸던 손을 내리며 허공을 올려다보았다. 빛 아래 드러난 얼굴은 자조에 엉망이 되어 있었다.

"내가 머물 수 있는 곳… 내가 지금 머무는 장소이기에 지키고자 하는 것이지, 실은 일족 따위 아무래도 상관없어……."

정령신은 안쓰러운 듯 레빈을 바라보았다. 그러다 잠시 뒤를 돌아보았다. 말없이 귀를 기울이고 있던 릭샤가 그곳에 있었다.

갑자기 그들이 서 있던 아공간이 현실로 되돌아왔다.

"헛?! 나타났다!!"

"인왕 폐하!!"

릭샤가 사라진 동안 노심초사하던 기사들은 기쁨에 벅차 와르륵 달려들었다. 하지만 릭샤는 냉정히 그들을 차내고 허공을 올려다보았다. 실피드를 소환하기 위해 만들어냈던 마법진 위에 정령신이 아직 사라지지 않고 있었다.

"아이야, 이로써 너는 원하는 바를 이룰 수 있겠구나. 하지만 아직 마음을 완전히 놓는 것은 이르단다. 아직 마지막 조각이 남아 있으니… 아아, 그런 눈으로 보는 건 그만두렴. 더는 너를 도울 수가 없으니 스스로 미래를 도모해야지. 이제 작별이다. 앞으로도, 너의 아득한 후손들도 더는 나를 만나는 일은 없을 것이다."

머리를 울리는 모호한 목소리가 사라졌을 때, 마치 환상이었던 것처럼 그녀의 모습도 순식간에 사라졌다. 기사들은 놀라 반사적으로 주변을 두리번댔으나 릭샤는 미련없이 한숨을 내쉬고 일어났다.

"폐하, 정령왕과의 계약은 어찌 되었습니까."

그나마 빨리 정신을 차린 미크로외 백작이 물어왔다. 릭샤는 가볍게 고개를 끄덕인 다음 그를 뒤로한 채 앞으로 걸어갔다. 그곳에는 무릎을 꿇은 채 고개를 깊이 숙이고 있는 레빈이 있었다.

"헛! 가까이 가시면 안 됩니다!"

"이런, 상처도 다 나은 듯한데… 같은 수가 두 번은 안 통할 테고……!"

레빈에게 호되게 당했던 기사들이 난리를 피웠다. 릭샤가 앵앵대는 파리 떼(?)를 데리고 다가오자 레빈이 꿈틀하며 반응을 했다. 하지만 고개 숙인 자세는 그대로였다.

그때 불쑥 릭샤가 그를 향해 손을 내밀었다.

"가시죠."

그제야 레빈은 고개를 들었다. 이해할 수 없다는 표정을 한 채로 말이다. 그러나 릭샤는 눈썹 하나 꿈틀 않고 무표정하게 대답했다.

"저를 따라오라 이 말입니다."

"무슨 뜻이냐? 나를 노예로 삼겠다는 말이냐?"

정령왕과 계약을 한 이상 레빈은 더 이상 릭샤의 상대가 될 순 없었다. 그대로 레빈을 사로잡아 노예로 부려먹는 것도 물론 충분히 가능한 일이었다.

"그것이 아니라 저를 도와 인간계를 만드는 일에 도움을 주셨으면 합니다. 제 신하가 되어주었으면 좋겠다고 말하는 것이지요. 머무를 수 있는 곳이 필요하다고 말씀하셨지요? 함께 가시죠. 제가 그것을 제공하겠습니다."

기사들이 뭔 소리냐며 화들짝 놀랐지만 레빈은 더욱 놀랐다. 최대한 그것을 속으로 삼키며 그는 눈살을 찌푸렸다.

"어처구니가 없군. 어린애의 공상만으로 무작정 말을 뱉지 마라. 나는 엘프다. 다른 인간들이 나를 신하로 인정할 것 같으냐? 게다가 인간계를 만드는 데 이종족의 손을 빌리려 드는 건 또 무슨 방식이지?"

"새삼스러운 말씀이시군요. 저희들은 인간계 성립을 위해 그 사악하다는 마족의 손까지 빌리고 있습니다. 인간이란 지독하게 배타적이면서도 한편으로는 자신에게 이롭게 도움이 되는 것이라면 무엇이든지 받아들이는 종족입니다. 그 증거로 왈가왈부하면서도 결국은 대부분의 이들이 마족의 도움을 인정하고 있습니다. 만약 엘프라면 곧 죽인다 해도 이런 일이 가능할 것 같습니까?"

"……."

레빈은 약간 굳어서 입을 열지 못했다. 하지만 만약 대답을 할 수 있었다면 '절대 불가능하다'였다.

"이것을 아십니까? '하프'가 가능한 것은 인간밖에 없다는 것을. 인간이란 원래 이런 종족입니다."

릭샤의 마지막 설득을 들은 레빈은 결국 피식 웃어버렸다.

"자기 종족에 대한 평가인데 칭찬인지 욕인지 모를 말이로군. 하긴 뭐가 옳고 그른지는 신께서도 정해주지 못하는 것 같더라고. 그건 그렇더라도 정말 나를 감당할 수 있느냐? 비록 정령왕과의 계약에 실패하긴 했지만 너도 알다시피 이 몸은 상당한 실력파시다. 그 망할 놈의 반만 아니면 대적할 상대가 없으시다 이거지. 그런데 이제 와서 노예 취급은 질색이야."

"아무래도 이종족이니만큼 공식 신분은 노예가 되겠지만 제가 인왕이라는 뒷배경으로 찍어 누를 터이니 실제 입지는 달라질 것이며, 노예라는 명칭이 마음에 들지 않는다면 이후에 호의적인 고급 인력 이종족에 대한 법의 개정을 추진해 보지요. 뒤는 당신이 실력을 이용해 스스로를 필수 불가결한 존재로 만듦으로 하여 인간들 사이에서 입지를 굳히는 것입니다."

"주저앉아 눈물, 콧물을 다 짜던 놈이 잘난 척하는 말하곤."

"저도 인왕의 직책으로 인해 체면이라는 것을 지켜야 하니 그것에 대해서는 함구 부탁드립니다."

"오호, 그렇다는 건 내가 지금 인왕의 약점을 하나 잡았다는 건가?"

조금 전까지만 해도 서로 죽이지 못해 안달을 하던 두 사람이 이제는 꼭 친구처럼 이야기를 나누니 이를 지켜보던 기사들은 멍해져 버렸다.

"그건 그렇고 계속 이렇게 손을 내밀고 있으려니 팔이 아픕니다. 손을 잡으실 겁니까, 말 겁니까?"

릭샤는 매우 단도직입적으로 말하며 잠시 눈을 번쩍 빛냈다.

레빈은 꼬마가 내민 손을 가만히 내려다보았다. 정령신과 나누었던 대화가 떠올랐다. 그녀는 릭샤에게는 해답을 주었으나 레빈에게는 아무런 답도 주지 않고 그대로 사라져 버렸기에 그는 크게 절망했다. 하지만 신은 정말 레빈에게만 대답을 주지 않았던 것일까. 그녀가 재차 소중한 것에 대해 물었던 이유는 무엇이었을까.

잠시 후, 레빈은 망설이던 손을 뻗어 릭샤의 손을 붙잡았다.

"인왕 폐하! 드디어 돌아오셨군요!"

"무사히 귀환하시어 한숨을 돌렸습니다."

릭샤와 일행이 자이리아 폭포에서 무사히 되돌아오자 주둔지의 사람들은 기쁨과 놀라움에 크게 소란을 피웠다. 하지만 자세한 이야기를 나누기도 전에 주둔지에 새로운 자들이 모습을 드러냈다. 이번에 사람들은 찍소리도 못하고 숨을 멈췄다.

"잘도 정령왕과 계약을 성공시킨 모양이더군."

비스듬히 고개를 들고 선 자는 마왕이었다. 기분 탓인지 그의 거만함이나 위압감이 전보다 훨씬 더 강해진 것 같았다. 난데없이 모습을 드러낸 그는 뒤쪽으로 가볍게 손짓을 했다.

다엠부르크 공작이 어깨에 메고 있던 레가트를 바닥에 내려놓았다. 공작이 물러서자 마왕은 축 늘어진 그의 몸 위로 손을 올리고 그답지 않게 상당히 긴 주문을 외웠다.

후욱─!!

검은 기운이 레가트의 몸에서 흘러나온다 싶더니 공중에서 단숨에 분해되었다. 마왕이 마법을 끝내고 물러서자 그제야 레가트는 반쯤 놓고 있던 정신을 챙기고 흐릿한 눈을 들었다.

"레가트 형."

릭샤가 먼저 그의 이름을 불렀다. 그 순간 레가트는 번쩍 몸을 일으켰다. 마법을 봉인하는 제어가 풀렸어도 몸은 여전히 만신창이건만 그는 다만 본능에 의지해 거짓말처럼 단걸음에 릭샤에게 달려갔다. 그리고 쓰러지듯 무릎을 꿇으며 릭샤의 작은 머리를 꽉 감싸 안았다.

"릭샤!! 무사했구나! 다행이다! 정말 다행이야……!!"

"네, 무사히 돌아왔습니다."

릭샤는 어린애 달래듯 자신보다 몇 배는 더 나이 먹은 레가트를 토닥토닥 두들겼다. 하지만 그 말이 끝나자마자 레가트는 릭샤의 어깨에서 스르륵 미끄러져 바닥에 쓰러졌다. 그리고 가슴을 움켜쥐고 뭉친 핏덩어리를 울컥울컥 바닥에 토해냈다. 릭샤는 크게 놀라 레가트의 어깨를 붙들었다.

"레가트 형!! 레가트 형?!"

"쿨럭! 헉… 으, 응. 잠깐… 쿨럭쿨럭!!"

레가트는 스스로 배에다 손을 가져다 대고 주문을 읊조렸다. 피가 자꾸 토해져 나와 주문이 중간에서 자꾸 끊겼지만 그럼에도 마법은 용케 완성되었고 하얀 빛이 그의 손에서 배어 나왔다.

잠시 후 레가트는 벌떡 자리에서 일어나 활짝 웃었다.

"보렴! 이젠 괜찮단다! 걱정하지 마렴! 형은 아주 튼튼하거든!"

"……"

릭샤는 말없이 바닥을 내려다보았다. 쌩쌩한 표정으로 그리 말해도 그가 무척 괴로워하면서 토한 피가 아직까지 바닥에 한 사발이었다. 릭샤는 그 어느 때보다 싸늘해진 얼굴로 마왕을 돌아보았다. 아니, 거의 노려보았다고 말하는 편이 맞을 것이다.

"그를 부탁한다고 말씀드렸습니다만……?"

"그래서?"

오만불손한 마왕은 단 한 마디 변명조차 할 필요성을 느끼지 못하고 있었다. 질문에 가타부타 대답조차도 해주지 않은 채 다만 자신이 마음 내키는 대로 되묻기만 했다. 하늘을 찌르는 자신감과 그보다 더욱 절대적인 무력에서 나오는 것이다.

아무리 정령왕과 계약하였다지만 마왕과의 전투가 달가울 리 없다. 이 자리에 선 모든 이들은 살얼음판 위에 선 듯 불안을 느꼈다. 레가트가 어떻게든 이 사태를 타개하겠다고 땀을 뻘뻘 흘리며 그 사이에 끼어들었다.

"릭샤! 아냐, 별일없었단다. 그냥 마력이 봉인되어서 회복 마법을 쓰지 못하고 있었던 것뿐이야. 보렴, 이젠 괜찮은걸. 이렇게 멀쩡… 쿨럭!!"

아직 몸도 안 좋으면서 소리를 지르고 몸을 격하게 움직이다 보니 입술에서 다시 피가 배어 나왔다. 그 모습을 보고 릭샤의 뒤에 서 있던 남자가 짜증 섞인 목소리로 한마디 했다.

"차라리 아무 말도 않고 있는 게 사태 해결에 긍정적인 효과를 가져오지 않겠냐? 제발 한구석에 처박혀 몸 관리나 해라."

"웅? 넌……."

레빈의 얼굴을 본 레가트는 의아함을 표했다. 그의 의문을 뒤로하고 레빈은 릭샤의 어깨를 붙들었다.

"네가 그를 살리고자 울고불고하는 걸 봤으니 이 정도로 이성을 잃는 것도 어쩔 수 없는 일이겠다만, 정신 똑바로 차리고 봐라! 마왕께서 정말 그를 어찌할 생각이었다면 저 정도로 내버려 두셨겠냐? 게다가 저놈이 어디 보통 놈이냐? 지나치게 강한 놈을 붙들어두기 위해 어느 정도의 손속은 당연한 것이지. 나라면 팔다리 정도는 분질러 놓았겠다."

그가 살벌하게 말하자 몇몇 사람이 눈을 비비고 귀를 후볐다. 방금 이야기를 한 자가 엘프가 맞는지, 또는 자신이 말을 잘못 들은 것은 아닌지 확인하기 위해서였다.

레빈이 다시금 눈에 힘을 빼라고 눈치를 주자 릭샤는 그제야 겨우 숨을 골랐다. 그리고 다시 마왕을 바라보며 머리를 숙였다.

"무례를 용서하십시오. 제가 착각을 하였습니다."

"내가 언제까지 네 착각을 용납해 주어야 하는 거지?"

"부디 아량이 닿으시는 대로 부탁드리겠습니다."

"하!"

그래도 무례를 저지르지 않겠다는 말은 하지 않으니 마왕은 가소롭기 그지없어 코웃음을 쳤다. 하지만 그는 아무 말 없이 돌아섰다. 릭샤로서도 놀랄 일이었다. 확신하건대 마왕이 평생 이만큼 많은 아량을 베푼 적은 없었을 것이다.

그가 완전히 사라지기 전에 릭샤는 한 걸음 뛰어나가 소리쳤다.

"그를 되돌려주셔서 정말 감사합니다!"

"…이번에야말로 마지막 기회를 주는 거다."

그 말을 마지막으로 마왕과 마족들은 모습을 감추었다. 레가트가 겨우 한숨을 돌리며 다가왔다.

"아무도 다치지 않고 끝나서 다행이다, 그렇지?"

"……."

조금 전까지만 해도 피를 한 사발 토하고, 지금도 입술에 상당량의 피를 묻히고서 레가트는 무척 기쁜 듯 그리 말했다. 릭샤는 오늘 두 번이나 그의 질문에 침묵했다.

이야기를 듣고서 레빈이 인상을 쓰며 끼어들었다.

"이봐, 마왕이 병 뚜껑보다 넓은 이해심을 발휘했으니 넌 바보보단 나은 판단력을 보이란 말이다! 엉?!"

"응? 아니, 그러고 보니 네가 어째서 여기에 있는 거지?"

"인왕 폐하의 부하가 되어드리기로 했기 때문이다. 됐냐?"

레가트는 물론 주변인들도 자세한 이야기를 듣지 못했기에 주변에 한차례 웅성임이 일었다. 레가트는 제대로 이해가 안 되어 다시 물었다.

"그럼 덴버그쟈드 성을 점령하고 있는 엘프들은 어떻게 되는 거지? 항복하는 건가?"

"아아, 그렇진 않다. 그저 나 혼자 일족을 배신하고 나온 것이니까."

"뭐? 그럼 성의 엘프들이 어떻게 돼도 상관없다는 건가?"

"물론 더는 내 알 바 아니다. 원한다면 내가 직접 덴버그쟈드 성을 쳐주랴? 그것으로 나에 대한 의심은 털어내기로 하지."

사람들은 또 귀를 후볐다. 배신하는 엘프라니 듣도 보도 못한 것이다. 레이젤레스 같은 경우도 배신이라고 할 수 있지만 그녀는 홀로 사로잡힌 후 인간들의 역사를 들으며 오랜 세월에 걸쳐 설득이 된 것이지 이렇게 어제의 동료를 버리고 칼을 들이대는 것과는 사정이 많이 달랐다.

"보다시피 그는 좀 특이한 엘프입니다. 차라리 엘프라는 사실은 잊고 인간이라고 생각해 주십시오. 그는 오늘부로 저의 신하 중 하나가 될 것입니다."

릭샤의 선언을 듣고 사람들은 한바탕 웅성였다. 대부분은 어떤 반응을 보여야 좋을지 모르겠다는 표정이었다.

하지만 분위기는 금방 긍정적인 방향으로 흘렀다. 레가트가 돌아왔고, 엘프들을 수호하던 최강의 정령술사가 인간의 측으로 돌아섰다. 게다가 마왕의 말에 따르면 릭샤가 정령왕과의 계약을 성공했다지 않은가. 이제 더 누가 인간의 기세를 막을 수 있을까.

새삼스럽게 사람들은 전율했다. 그리고 기쁨을 어찌 표현해야 할지 몰라 하고 있을 때 누군가가 양손을 번쩍 들었다.

"만세… 인왕 폐하 만세!!"

"인왕 폐하 만세!!"

"인왕 폐하 만세!!"

갑작스럽게 터진 환호성은 마른장작에 불붙듯 쉴 새 없이 옆으로 옆으로 번져 갔다. 의도한 상황이 아님에도 릭샤는 자연스럽게 손을 들어주어 환호에 답했다. 어느덧 인왕이라는 자신의 입장에 완전히 익숙해진 듯하였다. 레가트는 그 의연한 모습을 보고 뿌듯함과 서운함을 동시에 느꼈다.

"릭샤는 혼자서도 이렇게 잘해 나가는구나… 이젠 정말 형이 없어도 상관없겠는걸……."

"그렇지 않습니다."

혼잣말이었는데 릭샤가 목소리를 낮춰 대답해 왔다. 레가트는 릭샤의 마음 씀씀이에 엄청나게 감동했다. 자기 때문에 마왕과 사이가 틀어지는 등 각종 위험에 빠지고 수많은 곤란을 겪었음에도 한마디 질책도 않고 어쩜 이렇게 따스하게 배려해 줄 수가 있는지!

"릭샤… 고맙구나!!"

"네, 저는 아직 레가트 형에게 많은 부분을 의지하고 있습니다. 그런 의미에서 앞으로는 서류 업무에도 적극 동참하십시오. 업무에 관련된 책자를 보낼 테니 하루 만에 모두 읽고 외우고 익히셔야 합니다. 10클 래스 마법도 곁눈질로 익혔는데 그 정도야 장난이시겠죠?"

"……."

레가트는 감동하다 말고 울었다.

얼마 후 덴버그쟈드 성을 향한 진격이 시작되었다. 하지만 별다른 충돌은 없었다. 레빈이 성안으로 잠입, 어린 엘프 몇십 명을 생포하여 인질극을 벌인 끝에 릭샤와 레가트가 나설 것도 없이 성은 금방 함락 되었다.

이종족과의 전쟁사 중 최고의 난관으로 평가되는 덴버그쟈드 전투 는 마지막이 상당히 허망하였다고 전해진다.

그로부터 3년 동안 전 세계의 어느 곳 하나 예외없이 치열한 전투가 벌어졌다. 하지만 양상은 계속 인간에게 유리하게 돌아갔다. 이종족에 겐 딱히 방도가 없는데, 인간들은 오히려 큰 힘을 얻어버렸다. 릭샤가 정령왕을 앞세우면서부터 인간 연합군은 실질적인 승기를 거머쥔 것이 나 다름없었다. 마왕의 은밀한 지원, 레가트와 레빈의 막강한 무력은 승리를 더욱 굳건히 하였다.

하지만 이들만으로 투갈 대륙 전체에서 벌어지고 있는 전쟁을 수행 할 수는 없는 일이다. 특히 바다 건너 동대륙에서 일어나는 전쟁은 더 욱 그랬다.

용병왕 알테어, 제국의 미크로위 백작… 이 외에도 뛰어난 용장과 책략가가 활약하여 이름을 드높였다.

개전(開戰) 4년이 되던 해엔 모든 이종족의 세력이 극히 미약해져 작은 규모의 전투만이 있을 뿐이었다. 그렇게 다소 숨통이 트여지게 되었을 즈음, 인간의 권세를 드높이기 위해 인왕의 성과 궁전을 세워야 한다는 의견이 나왔다. 오랜 전쟁으로 물자가 부족함에도 불구하고 계획안은 빠르게 가결되었다.

성터는 쉽게 글론토로 정해졌다. 대글론토전, 드래곤 로드의 후계자를 패퇴시키고 인간의 패권을 공고히 하며 성전의 첫발을 내디딘 장소이며 릭샤의 존재가 처음 세간에 알려지기 시작한 곳이기도 했다. 위치적으로도 삼국의 중심에 있어 논란의 여지가 적었으니 이보다 더욱 만족스러운 장소도 없었다. 물론 동대륙의 군주들이 반발했으나 위치적으로 멀었기에 목소리가 작아질 수밖에 없었다.

정령신의 예언대로, 릭샤는 원하는 바를 차근차근 이루어가고 있었다. 정식 인왕으로서 신의 인가(認可)를 받고 이윽고 인간계로 발돋움할 날이 빠르게 다가오고 있었다.

제51화

마지막 한 조각 ■

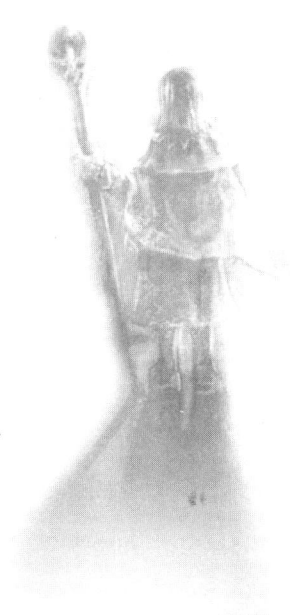

마지막 한 조각

지고지순한 인왕의 성.

첫 계획부터 세계의 그 어떤 왕궁보다도 거대하고 화려하게 만들기로 작정하고 시작되었던 탓에 엄청난 수의 일꾼이 무한정 투입되고 있으면서도 공사는 5년이 지난 아직까지 끝나지 않았다.

하지만 별궁과·대정원, 산림 조성 등이 미완성일 뿐, 왕궁과 태자궁 등 주요 궁전은 완성 단계였으므로 현재 그곳에서 사람이 살아가고 있다.

저마다 할 일을 가진 자들이 부단히 복도를 가로지르고 있었다. 시국이 아직 불안하고 그에 파생되어 나오는 일이 산더미인지라 한가해 보이는 자는 하나도 없었다.

사람이 시장통처럼 북적대는 것도 아닌데 부산스러워 보이는 복도.

그런데 잠시도 쉼없이 흘러가던 공기가 일순 멈추었다.

세 사람이 복도를 걷고 있었다. 그저 존재하는 것만으로도 공기를 바꾸어놓은 것은 그들 중 앞서 걷고 있는 자의 영향이다.

나이는 많아 보이지 않았다. 실제 나이는 어찌 되었든 겉보기로는 13, 4세 정도로 아직은 아이라고 불려도 크게 어색하진 않을 때였다.

그 때문일까. 덜 성숙한 아이는 무척 중성적인 분위기였다. 옷자락 밖으로 드러난 살결이 밀가루처럼 희고, 허리에 이르기까지 물처럼 흘러내리는 검푸른색의 긴 머리칼이 그토록 아름다운데도 여자라는 확신이 들지 않는 것은 참 기묘한 일이다.

사람들은 매번 아이의 모습을 보고 있음에도 또 한 번 그 아름다움에 탄식을 했다. 하지만 겉보기로 그를 평가하는 것은 큰 실례가 아닐 수 없다. 예지가 엿보이는 황금색 눈동자가 그 무엇보다 명백히 이 아이의 진정한 신성을 증명하고 있기 때문이다.

그는 바로 이 성의 주인인 인왕. 정확히 말하자면 곧 인왕이 될 아이였다.

사람들은 서둘러 무례한 시선을 거두고, 손짓 하나에도 조심을 기하며 양 옆으로 물러서 머리를 깊이 낮추었다. 간략하지만 최고로 진심 어린 경외를 담아 예를 갖춘 것이다.

그 고귀한 신분의 아이는 시종인 엘프와 기사 한 사람만 달랑 대동한 채, 다른 곳엔 눈길 한번 주지 않고 곧바로 복도를 가로질렀다. 그리고 어느 방 앞에서 걸음을 멈추고 직접 문을 열어젖혔다. 방 안에서 엄청난 분량의 종이 뭉치와 씨름하던 금발의 남자가 무척 반가운 얼굴을 하고 일어났다.

"릭샤!"

"레가트 형."

보는 눈도 없겠다, 레가트는 마음껏 릭샤를 안아서 높이 들어 올렸다. 근 8년 동안 릭샤의 키가 쑥쑥 자라기 시작해 열여섯 살이 된 지금에선 160센티미터를 넘어서고 있으니 레가트가 장신이 아니었다면 이렇게 껴안는 모양새가 흉해질 뻔했다.

"에구, 우리 릭샤가 이젠 다 커버렸구나. 어쩐지 감개무량인걸."

레가트는 그리 말하며 릭샤의 이마에 가볍게 뽀뽀를 했다. 다 커버렸다고 중얼거리면서도 태도는 영락없는 꼬맹이 대하는 식이었다. 사람들 앞에서 은근히 위엄을 뿜어내는 릭샤도 지금만큼은 아무런 거부감 없이 진짜 어린애처럼 그의 팔에 달랑 들린 채로 있었다.

"위대하오신 인왕 폐하, 그리고 레가트 경. 미천한 엘프 보기가 민망하오니 가족 간의 애틋한 사랑은 거기까지 나누시지요!!"

아니, 보는 눈이 없다는 말은 약간 오류다. 이 자리엔 명분은 시종이요, 실질적 지위는 인왕의 직속 정령사이자 보좌관인 엘프 레빈, 그리고 용병왕으로서 동대륙에까지 명성을 날리고 현재는 인왕의 호위기사단 캡틴이라는 직분을 가진 알테어가 함께 있었다. 두 사람은 허물없이 지내는 매우 친한 사람들이므로 격식에 신경 써야 할 눈이 없다는 표현이 옳겠다.

레빈이 책상 위에 널브러져 있는 서류들을 발견하고선 책상을 쾅쾅 내려쳤다.

"지금 무엇 때문에 여길 온 것인지 잊어버리신 거 아닙니까? 레가트 경은 일 다 하셨습니까? 왜 처리한 서류를 안 보내고 정오까지 질질 시간을 끄는 거냔 말입니까! 아니, 이거 딜 했잖아?!"

레빈의 호통에 순간적으로 레가트의 얼굴이 해쓱해졌다. 언급하지 않았던 것뿐이지 좀 전부터 그의 눈 밑엔 다크 서클이 시커멓게 끼어 있었다. 곧 죽어도 싫다고 했던 서류 업무에 치이며 살았기 때문이다. 레가트는 어색한 웃음을 머금으며 레빈에게 변명을 했다.

"그래도 조금만 더 하면 끝나니까 봐주지 않겠어?"

"헛소리 마! 지금 농땡이 부릴 처지냐!! 내가 아침까지 다 해놓으라고 말했지! 나도 이 서류들 중에서 참고해야 할 것이 있단 말이다!!"

신경 써야 할 눈이 없어 막 나가는 건 레빈도 마찬가지였다. 그는 존대고 뭐고 다 집어치우고 소리치면서 책상 좌우 아래쪽에도 수북이 쌓여 있는 서류들을 찢어버릴 듯 하나 집어 들었다.

"응?"

하지만 무심코 서류를 훑은 그는 갑자기 눈을 동그랗게 떴다. 그리고 좌우의 서류를 마구 뒤지며 이것저것을 읽기 시작했다.

잠시 후 그는 서류 뭉치를 쥐고 부들부들 떨기 시작했다. 왠지 분위기가 은근히 흉흉하여 레가트는 멋도 모르고 짐짓 쫄았다.

"뭐냐, 이거… 어떻게 한 겁니까……."

"응? 뭐가 잘못됐나?"

"이걸 전부 분류하고 오류 지적, 계산 처리까지 해놨잖습니까. 대체 언제? 무슨 수로? 이 서류들은 분명 내가 어제저녁에 보내준 것인데?"

"그래, 네가 하라고 보내준 거잖아. 대체 무슨 소리야?"

"헛소리 마시죠! 혹여나 필요한 곳이 있을까 싶어 정리가 안 된 기초 자료까지 뭉텅이로 보내준 것이지, 당신이 처리할 건 붉은 표시가 된 분철 서류뿐입니다!"

"헉! 그런 말, 하지도 않았으면서!! 내, 내가 저걸 다 보고 정리하느라… 얼마나… 얼마나……!!"

레가트는 머리를 쥐어뜯으며 자신이 얼마만한 업무 스트레스를 받

있는지를 알리려 애썼다. 릭사가 막대한 종잇더미들을 가리키며 대꾸했다.

"말해 주지 않아도 보통은 상식적으로 압니다. 저걸 저녁나절 만에 어떻게 다 처리합니까. 대충 훑어보기에도 벅찰 것 같습니다만."

참 무던히도 많은 종이 뭉치들을 새삼 다시 보며 레빈은 경악했다.

"아아악! 이건 말도 안 돼⋯ 어떻게 이걸 하루, 아니, 반나절 만에 한 거지? 매번 생각하는 거지만 역시 무슨 비리가 있는 거 아냐!! 야, 인왕! 네가 아닌 척하면서 뒤로 돕는 거지?"

"제가 무엇 때문에 그런 번거롭고 쓸데없는 일을 한단 말입니까?"

"차라리 네가 번거롭고 쓸데없는 일을 한다고 믿는 게 낫겠다. 저런 놈이 어떻게 이리도 유능할 수가 있지? 이것 보라니까. 아무런 의문도 없이 저 많은 서류를 미련하게 처리하는 것부터가 머리가 나쁘다는 증거 아냐?! 이건 모순이야!"

"이봐! 사람을 면전에 두고 그건 좀 심하지 않아? 무례가 심하다고!!"

순하기만 한 레가트가 오랜만에 버럭 소리를 질렀다. 그가 무척 빠르게 작업물을 내어놓기에 남들은 쉽게쉽게 하는 줄 알지만 실은 그렇지 않다. 그는 천재적인 두뇌를 가지고 있으나 이를 굴리는 것을 무척 싫어한다. 책을 한 장 넘기며 지식을 머리에 입력하고 꺼낼 때마다 얻는 스트레스 수치가 얼마던가? 그런데 피를 토하면서 힘겹게 일을 해냈더니 저런 폭언이라니, 레가트로서도 분개하지 않을 수 없었다.

각자의 이유로 펄펄 날뛰는 두 사람의 사이로 릭사가 차분히 나섰다.

"흐음, 한 사람을 머리가 좋고 나쁘다고 뭉뚱그려 규정짓는 것은 매우 어려운 일입니다. 똑같이 두뇌를 쓰는 일에도 많은 분야가 있고 천재적인 능력을 발휘하는 부분과 아닌 부분이 있기 마련이기 때문이지요. 하지만 똑같이 두뇌를 쓰는 분야이니만큼 수긍할 만한 편차 범위가 있을 터인데, 10클래스의 방대한 세계를 곁눈질로 이해하면서 한편으로는 뻔히 보이는 미래를 예상치 못하고 마왕의 심기를 거스르거나 하는 것은 도대체 어찌 된 일인지……."

"……."

레가트는 릭샤가 의외로 집요한 성격이라는 것을 깨닫는 중이었다. 그때 있었던 일을 빌미로 서류 업무에 동참하게 된 이래 8년이 지난 아직까지도 벗어나지 못하고 있는 것이 그 증거다.

"흠흠. 인왕 폐하, 시간을 지체하신 것 같습니다만."

알테어가 이 방 안에 들어와 처음으로 입을 열었다. 그것은 나가자는 말이었다. 확실히 잠시 서류 확인만 하러 와서 쓸데없는 소리를 늘어놓으며 시간을 지체한 것이 사실이었다.

"그리하지요. 그리고 레가트 형, 대연회가 얼마 남지 않았으니 형도 일이 끝나는 대로 시종장의 지시에 따라 준비해 주십시오."

"응. 안 그래도 옷가지를 골라야 한다고 쪼아대더라고. 네 말대로 하마, 우리 귀여운 릭샤님."

레가트는 왔을 때 그랬던 것처럼 릭샤의 이마에 또 한 번 쪽 해주고 손을 흔들었다. 방을 빠져나온 그들은 알현실로 향했다. 인왕을 뵙겠다고 올라온 귀족들이 십 리는 넘게 줄을 서고 있기 때문이다.

말없이 복도를 걷다가 갑자기 알테어가 입을 열었다.

"대연회까지 한 달도 채 남지 않았군요. 드디어 폐하께서 정식 인왕으로 등극하시게 되겠지요."

"그렇습니다만 무슨 이야기를 하고 싶으신 건지?"

"실은 의식의 날이 되면 정식으로 성별을 결정할 수 있다는 말을 들은 적이 있어서 말입니다. 실례가 되지 않는다면 남성이 되실지 여성이 되실지 여쭈어도 되겠습니까?"

알테어는 어쩐지 무언가를 기다리듯 매우 신중한 태도였다. 하지만 릭샤는 고개를 끄덕이며 너무나 쉽게 대답했다.

"여자가 될 것입니다."

"뭐?!"

릭샤의 대답이 떨어지자마자 버럭 소리를 지른 것은 레빈이었다. 때마침 주변에 아무도 없었기에 그는 주변의 시선에 신경 쓰지 않고 의심스러운 눈초리를 릭샤에게 보냈다.

"여자가 될 거라고? 그런 말은 한마디도 없었잖습니까."

"남자가 될 거라는 말도 없었습니다만."

"흠? 그… 러고 보니……!!"

레빈은 심각하게 중얼거렸다. 그는 매우 당연하게 릭샤가 남자가 될 것이라고 단정해 왔다. 그것은 다른 사람들도 마찬가지였다. 그래서 한번 물어보지도 않았다. 왕은 남자여야 한다는 케케묵은 고정관념도 있었고, 무엇보다도 릭샤의 말투나 행동거지가 거의 남자였기 때문이다. 레가트를 향해서도 '형'이라고 부르고 있지 않던가.

"왜 갑자기 여자가 되시려는 겁니까? 왕이 되기 위해서는 남자가 좋지 않습니까? 게다가 그 성격에 그 말투로 여자가 되면 매우 위화감이 생길 것이라고 봅니다만?"

"위화감 정도야 하찮은 것, 극복하면 되는 것입니다. 레가트 형과 결혼하기 위해서 저는 여자가 되어야만 합니다."

"…예?"

레빈은 눈을 댕그랗게 뜨고 무의식적으로 자신의 놀라움에 동조해 줄 사람을 찾아 알테어를 돌아보았다. 그는 무표정했지만 내심 놀란 것인지 살짝 눈살을 찌푸렸다.

레빈은 일단 진정을 되찾고 생각에 잠겼다. 그러다 문득 과거의 일이 생각나 이번엔 키득키득 웃기 시작했다.

"큭큭, 하기야 전부터 몇 번 그러셨죠. 레가트와 결혼할 거라고. 그때마다 레가트가 당황하는 꼴이 얼마나 웃기던지… 킥킥킥."

"전부터 발표하고 싶었던 이야기였으나 아무래도 그가 반마족이다 보니 반대가 격심할 듯싶어 지금까지 미뤄두고 있었던 것입니다. 정식으로 인왕이 되고 자리를 잡게 되면 그때 확실히 공표할 예정입니다."

"아하~ 그렇군요. 하하핫! 하하하……."

장난처럼 맞장구를 치며 웃던 레빈은 어쩐지 이게 아니다 싶은 기분이 들었다. 그는 당장 눈살을 찌푸렸다.

"진심이십니까?"

"진심입니다만?"

"허… 아무리 봐도 레가트는 당신을 이성으로서 보지 않는… 아니, 그보다 당신은 레가트를 어떻게 생각하고 계시죠? 상냥한 형이나 아버지처럼 느끼고 있는 것 아닙니까? 정령신의 앞에서도 그러셨잖습니까? 그는 가족이라고. 부모와 같은 사람이라고. 그런 상대와 결혼하겠단 말입니까?"

"그렇습니다만?"

"……."

대화가, 아니, 상식이 통하지 않는 상대였다. 이 꼬마에겐 오히려 정공법이 잘 먹힌다는 것을 레빈은 경험으로 알고 있었다. 그는 다시 말을 고쳤다.

"그와의 결혼에 집착하는 이유가 뭡니까?"

"그가 다른 여자와 결혼을 해서 떠나 버리면 저는 혼자가 되기 때문입니다. 그래서 제가 여자가 된 다음에 결혼을 해서 붙들어두려는 것입니다."

레빈은 피식 웃음을 터뜨렸다. 과연 어린애는 어린애란 말인가.

"푸후후, 어쩌다 그리도 귀여운 발상을 하셨는지 모르겠군요. 제가 다시 가르쳐 드리죠. 레가트가 결혼을 한다고 해서 그를 여자에게 뺏겨 버린다고 생각했던 것 같은데, 그건 큰 착각입니다. 릭샤님은 혼자가 되는 것이 아닙니다. 오히려 레가트에게 아내가 생김으로 해서 릭샤님에게 새로운 가족이 하나 더 생기는 것이죠. 어떻습니까? 이젠 레가트랑 결혼 안 하셔도 되겠죠?"

레빈은 매우 만족스러웠다. 요 애늙은이 꼬마에게 드디어 어른으로서 제대로 된 설교를 해주었지 않았겠는가. 꼬맹이가 크게 깨닫고 감탄하는 모습을 기대하며 레빈은 의기양양하게 릭샤를 바라보았다.

하지만 릭샤는 눈썹 하나 꿈틀 않고 평소의 무표정 그대로 앞만 쳐다보고 있었다. 또 저렇게 얼굴 근육 하나 움직이지 않고 감탄사 하나 내뱉고 끝나려나 싶던 차였다. 갑자기 릭샤가 통통한 양 볼을 불룩하게 만들더니 이렇게 말했다.

"싫어."

"예? 싫다니……."

"결혼할 거야."

반복해서 짧게 한마디씩 남긴 릭샤는 타박타박 잰걸음으로 혼자 저만치 먼저 가버렸다. 레빈은 그만 얼어붙었다. 저 무뚝뚝한 데다가 애 늙은이 그 자체인 아이에게서 이런 반응이 나올 것이라곤 상상도 못했 기에.

"어… 음… 이거 웃어야 하나 말아야 하나. 알테어 경, 어떻게 생각 하시는지요?"

"……."

알테어는 대답없이 지그시 릭샤의 뒷모습만 바라보고 있을 뿐이었 다. 레빈은 한숨을 푹 내쉬고 그의 등을 가볍게 밀었다.

"걱정이 되시는 모양인데 일단 가시죠. 어린애가 하는 말이니 시간 이 해결해 줄 겁니다. 풋… 뒤늦게 웃음이 나오네. 킥킥킥… 역시 애는 애라니까. '형이랑 결혼할 거야' 라니. 푸훗! 나중에 꼬마 놈이 크면 이 일로 두고두고 놀려먹어야겠군."

그들은 다시 릭샤의 뒤를 따라가기 시작했다.

대연회.

릭샤가 열일곱 살이 되는 날을 전후하여 펼쳐질 연회를 말하는 것이 다. 일주일 동안의 휘황찬란한 연회가 있은 후, 역사에 길이 기록될 의 식의 날을 보내고, 또다시 일주일 동안 종전보다 더욱 화려한 축하 연 회를 이어간다. 여기엔 투갈 대륙과 바다 건너 동대륙 모든 국가의 원 수, 중요 대신들이 모조리 참여하게 된다. 인왕의 성에서 연회가 있을 동안 민간에서 먹고 놀기만 해도 아무도 나무라지 않을 축제가 벌어진 다.

대연회도 축제도 전무후무한 막대한 예산 규모로 진행되고 있었지 만 그 누구도 이를 과하다 여기진 않았다. 의식의 날에는 인왕의 대관식이 있을 것이다. 그만한 날을 기념하기 위한 것인데 오히려 이건 너무 약소하지 않냐고 주장하는 자들이 되려 넘쳐난다.

많은 수의 사람을 수용할 수 있도록 그 어떤 연회장보다 거대한 규모로 지어진 홀. 비단 규모만 대단한 것이 아니라 구조와 장식은 미려하고 아름답기 이를 데 없었다. 바로 이곳에서 대연회가 개최되고 있었다.

악사들의 감미로운 음악이 끊임없이 흘러나오고 향기로운 만찬이 손길을 기다리며 놓여졌다. 이 자리는 분명 기쁜 날을 축하하며 춤과 노래를 즐기고 음미하는 자리였지만, 귀족이 모이는 자리라면 빠지지 않는 것이 권력, 기세 다툼인지라 은근히 불미스러운 사건이 생기기도 했다. 하지만 모두가 잔뜩 기대에 부풀어 있는 것은 분명 같았다.

오늘은 대연회 7일째 되는 날, 드디어 의식의 날이 내일로 다가온 것이다.

웅성웅성.

연회에 한창 물이 올랐을 때 거물들의 등장이 예고되기 시작했다. 다급히 들어온 시종이 큰 목소리로 외쳤다.

"마왕 폐하 드십니다!"

문이 열리며 마왕이 먼저 오만하게 걸음을 했다. 유일한 가신으로 다엠부르크 공작이 뒤를 따랐다. 마왕이 심심찮게 중간계를 드나들기 시작한 지도 상당 시간이 흘렀건만, 여전히 사람들은 그의 절대적인 권위를 잊지 못했다. 그가 지나가는 자리에선 다들 저도 모르게 어깨를 움츠리는 것이다.

"인왕 폐하 드십니다!!"

시종의 외침이 이어졌고, 뒤이어 릭샤가 모습을 드러냈다. 순수한 감탄과 다소 과장되기도 한 탄식이 여기저기에서 터져 나왔다. 금실로 수가 놓여진 고급스러운 긴 튜닉을 입고, 머리칼과 비슷한 검푸른색의 긴 망토를 걸친 릭샤의 모습은 신관을 연상시켰다. 이 복장은 신성을 모토로 채택된 것이었는데 릭샤의 성별을 애매하게 보이도록 하는 데 크게 한몫하고 있었다.

릭샤가 앞서 걸었고, 뒤이어 호위기사의 자격으로 레가트와 알테어가 따랐다. 예외적으로 엘프인 레빈까지 함께하고 있었다.

릭샤와 마왕이 각자 최고 상석에 앉자 잠시 멈추어졌던 음악이 다시 흘러나왔다.

"저를 참석시키고야 말겠다더니, 정말 성공하셨군요."

레빈이 작은 목소리로 릭샤에게 말을 건넸다. 인간의 편으로 돌아서 엄청난 공을 세우긴 했으나 그가 엘프라는 사실은 여전히 큰 걸림돌이 었다. 전 세계의 귀족은 모래알만큼이나 많다. 안 그래도 대연회에 참석하고 싶어하는 자들이 넘쳐흐르는 실정인데 인간도 아닌 엘프를 위해 자리를 내는 것은 참 마뜩찮은 일이 아닌가. 그럼에도 릭샤가 끝내 제 고집대로 엘프인 그를 참석시키고야 말았으니 인왕의 권한이 얼마나 막강한가를 증명하는 일대 사건이 틀림없었다. 레빈은 순수하게 릭샤가 가진 무소불위의 권력에 대해 감탄하고 있는 것이다.

하지만 눈치코치가 없는 사람이 있었다. 레빈을 가뿐히 능가하는 두뇌를 가졌으나, 한편으로는 바보라고 구박 아닌 구박을 받는 레가트가 이번에도 생각없이 대꾸해 왔다.

"그럼! 릭… 아니, 인왕 폐하께서는 엘프라는 이유로 너를 홀대하거나 하시진 않는다니까. 노예라는 신분에 거리낄 것 없다고. 나도 완전한 인간은 아니고… 생각해 보니 신분도 그냥 평민이군."

두 사람의 이야기를 귓등으로 흘리며 듣던 릭샤가 문득 생각이 난 듯 레가트를 올려다보았다.

"그러고 보니 레가트 경은 그냥 산골 마을의 출신이라고 하셨죠. 그런데 어떻게 그리 예법에 밝으십니까? 낮은 신분치고 귀족들을 어려워하지도 않으시죠. 아무것도 모르던 때엔 경을 귀족이라고 믿어 의심치 않았습니다만."

"아, 그건… 마왕께서 절 측근으로 쓰겠다고 마계로 끌고 가서 마법이나 검술을 억지로 가르치셨다고 하지 않았습니까. 그때 자신의 체면을 깎는 행동을 말라며 예법 같은 것도 가르치신 것이죠. 그리고 마왕 폐하의 기에 눌려 있다 해방되어 보면 다른 귀족들은 별로 어렵게 느껴지지도 않는다고 할까요."

"그렇게 자랑스럽게 떠들 이야기는 아닌 듯합니다만 여하튼 그런 사정이 있었던 거군요. 역시 출신보다는 배움인가 봅니다."

"흐음? 꼭 그렇지만도 않지. 따지자면 레가트도 귀족인 셈이니."

갑자기 마왕이 비스듬히 그들을 쳐다보며 한마디 거들었다. 개인적인 이야기를 하는 중이므로 릭샤와 레가트는 목소리를 어느 정도 낮추고 있었지만 마왕은 전혀 그러한 노력을 하지 않았으므로 근처의 사람들이 자연스레 그 이야기를 주워듣고 시선을 주었다. 몇몇 사람은 직접 레가트를 쳐다보기도 했다. 그러나 레가트 본인조차 무슨 영문인지 모르겠다는 표정이었다.

"잊고 있지 않느냐? 레가트는 다엠부르크 공작의 친자다. 물론 이외에도 수많은 자식들이 있지만 마계 공작위의 최우선 계승 기준은 바로 무력이지. 따라서 레가트는 현재 다엠부르크 공작가의 가장 유력한 계승자다. 이 정도면 충분히 고위급 귀족으로 볼 수 있지 않나?"

이야기를 듣던 사람들이 레가트를 새삼스럽게 올려다보았다. 그는 막강한 무력의 소유자이지만 대단한 카리스마를 발휘하진 못하고 있어 권력 면으로는 우습게 보인 감이 없지 않았는데, 마계 제1공작가의 유력 후계자란 타이틀이 달리고 나니 갑자기 존재감부터 달라 보이기 시작하는 것이다.

하지만 레가트는 힐끗 다엠부르크 공작을 보며 이 분위기에 크게 반발했다.

"말도 안 됩니다! 누가 공작가의……! 공작이 된다 해도 전 절대 마계에 머물지 않을 테니……."

"네게 공작위를 물리게 하겠다고 말한 적도 없건만 무슨 헛소리냐? 유력 후계자면 다 공작이 되는 줄 아나 보지?"

마왕은 황당하다는 듯 헛웃음을 냈다. 덕분에 말을 꺼낸 레가트는 매우 민망해졌다.

"아무리 무력이 최우선 계승 기준이라지만 저런 것이 공작이 되면 남령은 당장 와해되고 말 것이다. 마족을 다룰 최소한의 기량도 없는 자에게 공작위를 물려줄 수는 없지. 아랫것들을 복종시키고 스스로 대세를 움직여야만 하는 높은 자리는 그에게 어울리지 않는다. 하지만 탁월한 실력이 있는 것만은 분명하니… 그래, 한 발자국 물러서서 제왕의 뜻을 지키는 한 자루의 보검이 되는 것도 좋겠지."

제법 거창한 비유가 떨어진 후 사람들의 시선이 모조리 자신에게 쏠리자 레가트는 좀 머쓱한 얼굴이 되었다. 그때 말없이 그저 듣고만 있던 릭샤가 조용히 레가트의 앞에 손을 내밀었다.

"그렇다면 지금 이 자리에서 물어보도록 하죠. 레가트 경은 저의 보검이 되시겠습니까?"

릭샤의 행동이 의외인지라 레가트는 잠시 당황했다. 하지만 곧 거리낄 이유 같은 것은 없다는 걸 깨달았다. 그는 활짝 웃으며 릭샤의 손을 잡았다.

"물론입니다!"

대답을 들은 릭샤는 천천히 자리에서 일어났다. 그리고 마왕을 향해 가볍게 목례를 했다.

"소중한 충고, 감사합니다."

"솔직히 유쾌하지만은 않은 충고였다. 놈이 마계에 적응 못해서 시름시름 앓지만 않았어도 지금쯤 내 검이 되어 있었을 테니."

유쾌하지 않다고 말하면서도 그는 별로 불편한 기색은 아니었다. 릭샤는 다시 목례를 하고 앞으로 걸어나왔다. 여전히 손을 맞잡은 상태였기에 레가트는 어떻게 반응해야 할지 몰라 어정쩡하게 서 있었다. 그때 릭샤가 그를 올려다보며 말했다.

"한 곡 추시겠습니까?"

"응? 아니, 네? 무슨……."

"제가 여자 역을 하죠."

릭샤는 그리 말하고 손의 위치를 바꾸어 레가트의 손을 아래로 하고 그 위에 살포시 자신의 손을 올렸다.

"가시죠."

"에? 어?"

레가트는 얼떨결에 끌려 나와 무도회장의 중앙에 서게 되었다. 자연스럽게 모든 이들의 시선이 그들에게 모였고, 레가트는 더욱 뻣뻣해졌다.

무도회장에서 남녀가 춤을 추는 것은 당장 서로를 책임진다거나 연인 선언 따위는 아니더라도 어느 정도는 특별한 의미를 가진다. 그런데 나이가 찬 아름다운 영애들이 저렇게 많건만 그녀들을 전부 마다하고 난데없이 호위기사 자격으로 있는 자신을 끌고 나와서 춤이라니! 그것도 이렇게 보는 눈이 많은 공식석상에서!

지금 상황이 얼마나 이상해 보일지는 레가트도 충분히 인지할 수 있었다. 하지만 릭샤는 잔뜩 굳어 있는 그를 올려다보며 정말 왜 그러는지 모르겠다는 듯 고개를 갸웃했다.

"저와 춤을 추면 안 될 일이 있습니까?"

"네? 아니, 그건……."

레가트는 가만히 생각에 잠겼다. 하기야 나이가 비슷한 남녀 간이 아니라 가끔씩 나이가 많은 어른과 어린아이가 함께 춤을 추는 일도 있다. 아주 어린아이라기엔 릭샤도 이젠 나이가 있고 레가트도 애매한 입장이었지만, 일단은 이 상황도 그것과 비슷한 것으로 이해하면 되는 걸까?

거기까지 생각이 미치자 레가트는 자신이 괜한 걱정을 하고 있는 것일지도 모른다는 생각이 들었다. 무엇보다도 이 영악한 릭샤가 아무 문제도 없다는 얼굴이지 않은가.

때를 같이하여 새로운 곡이 시작되고 있었다. 무도회장 중앙에서 생뚱맞게 서 있을 수도 없는 일이라 레가트는 일단 어색하게 리드를 했다. 시작은 서툴렀지만 릭샤가 사뿐히 반 바퀴를 돌며 그의 손을 당기자 레가트도 이끌리듯 자연스레 다음 동작을 이었다.

춤은 꽤나 경쾌했다. 잡고 있던 손을 가볍게 떼며 살짝 옆으로 스텝을 밟은 다음 레가트가 허리를 안으면 릭샤는 도망치듯 뱅그르르 옆으로 돌아 나왔다가 팔을 뻗어 아슬아슬하게 그의 손을 붙잡는다. 시종

일관 통통 튀어 다녀야 하기에 분명 남녀 간에 핑크빛 분위기를 낼 만한 곡은 아니었다. 아무래도 춤 자체가 이렇다 보니 혹여라도 착각을 불러일으킬 일은 없겠구나 싶어 레가트는 점차 긴장을 풀고 순수하게 춤을 즐기기 시작했다.

하지만 그는 알지 못했다, 춤을 추면 출수록 묘한 위화감이 일고 있는 것을.

릭샤는 베일에 싸인 신비의 존재처럼 언제나 성별이 흐릿했다. 하지만 말투가 워낙 딱딱하고 매사가 냉정했기 때문에 '굳이 하나를 정해야만 한다면 남자'라는 느낌이었다. 그러나 지금은 그렇지 않았다. 노골적으로 껴안고 도는 댄스는 아니었지만, 이 춤을 추는 릭샤는 정말 여자처럼 보였다.

긴 튜닉 자락은 마치 드레스처럼 다리에 감겼다가 떨어지곤 했다. 가벼운 동작이 있을 때마다 긴 머리칼은 하얀 목줄기를 타고 크게 출렁였다. 옷자락 밖으로 드러나는 가는 팔이 그토록 보는 눈을 매료시킨다는 것을 사람들은 처음 알았다.

"후우."

드디어 곡이 끝나고 레가트는 기분 좋은 숨을 내쉬었다. 릭샤도 제법 즐겁게 보였기에 그때까지만 해도 그는 정말 뿌듯했다.

하지만 분위기가 무척 어색하다는 것을 깨닫고 덜컥 놀라기까진 순간이었다. 곡이 시작할 땐 두 사람 외에도 이 춤을 추는 이들이 많았다. 하지만 어느새 그들은 옆으로 멀찍이 물러나 있었고 많은 이들이 릭샤와 레가트만을 주목하고 있었다. 게다가 다들 뭐라 말로 표현할 수 없는 애매한 표정까지 짓고 있는 것이다.

어찌 되었는지는 몰라도 춤을 추기 전에 그가 우려하던 대로 두 사람이 이상하게 보였던 것이 틀림없었다.

"······."

악사들도 부자연스러운 분위기를 알아채고 다음 곡을 연주해야 할지 말아야 할지를 망설이면서 이 거대한 홀에 엄청나게 부담스러운 침묵이 이어졌다. 레가트는 당황함이 지나쳐 곧 숨넘어가는 사람처럼 백지장이 되었다. 레가트가 부담을 이기지 못하고 숨 쉬기를 멈추기 전에 릭샤는 그만 자신이 나서야겠다고 생각했다.

짝짝짝짝!!

그때 아무도 예상치 못했던 박수 소리가 터져 나왔다. 단번에 시선이 박수를 치고 있는 자에게로 쏠렸다.

그는 용병왕 알테어였다. 그 무뚝뚝한 자가 어찌 된 일인지 스스로 나서서 박수를 쳐 분위기를 돋우며 사람들을 향해 목소리를 높였다.

"저는 이토록 아름다운 춤은 처음 보았습니다. 과연 인왕 폐하와 그 보검이십니다. 그렇지 않습니까, 여러분?"

"그, 그렇지······?"

"아, 하하. 역시 인왕 폐하시라니까."

알테어의 말에 몇몇 이들은 얼떨결에 긍정을 하고는 같이 박수를 쳤다. 그것은 옆 사람에게 전염되어 어느덧 연회장의 모든 이들이 두 사람의 춤을 격찬하며 박수를 치기 시작했다. 물론 모든 이들이 방금 일어났던 상황을 받아들인 것은 아니지만 경사스러운 날에 불미스러운 말이 오가는 것을 원치 않아 같이 동조해 준 것이다.

이 사태의 주동자인 알테어는 거기에서 멈추지 않고 앞으로 걸어나와 릭샤의 앞에 한쪽 무릎을 꿇었다.

"인왕 폐하, 오늘 밤이 지나고 새로운 태양이 뜨면 대관식이 거행되게 됩니다. 드디어 인왕께서 천하의 정상에 우뚝 서 모든 것을 쟁취하시는 날인 것입니다. 신은 새삼 이를 진심으로 경축드리며 폐하께 매우 오래전부터 준비하였던 것을 보여 드릴까 합니다. 부디 허락하여 주시겠습니까?"

알테어가 갑작스럽게 이야기를 꺼내자 사람들의 관심이 모조리 그에게로 쏠렸다. 그 덕분에 조금 전 릭샤와 레가트가 춤을 추었던 것으로 아직 미심쩍게 남았던 감정은 자연스럽게 수그러들게 되었다.

릭샤는 겉으로 표현하진 않았어도 상당히 놀랐다. 레가트를 돕기 위해 알테어를 불러들인 이래 가까운 측근으로 삼기까지 오랜 세월을 지켜보았지만, 그는 언제나 강한 장수일 뿐이었지 이런 책략가적인 면모는 없었다. 게다가 전쟁터가 아니면 나서는 것도 그다지 좋아하지 않았다. 어쩌면 레빈이 이렇게 하라고 시킨 것일지도 모른다고 여겨 릭샤는 힐끗 그를 찾았다. 하지만 레빈 역시 놀랍다는 듯이 알테어를 바라보고 있는 것으로 보아 이 가정은 어긋난 모양이었다.

하긴 예전부터 알테어는 종종 평소의 성격에서 묘하게 어긋나는 행동을 보이곤 했다. 어떤 일에도 흔들리지 않을 듯 목석 같은 무뚝뚝함을 내보이고 있는데 때로는 이종족을 가소롭게 내려다보며 비웃기도 하고, 신의 결정을 날카롭게 꿰뚫고 손을 떨 만큼 크게 흥분하기도 하며, 고위 마족의 앞에 고개를 쳐들고 당당하게 대들기도 하는 것이다. 릭샤는 새삼 이런 생각이 들었다. 어쩌면 그는 겉으로 무감정함을 가장하고 있지만 속으로는 누구보다도 뜨거운 열정을 가진 자가 아닐까 하는.

너무 다혈질인 것은 곤란하나 그 정도의 성격이라면 나쁠 것은 없다. 게다가 다른 누구도 아닌 자신의 측근이니 유능하면 유능할수록 좋은 것이다. 릭샤는 그저 단순하게만 생각하고 이쯤에서 그에 대한 고찰을 끝냈다.

"좋습니다. 준비하였다는 선물은 무엇인지요?"

"폐하께 준비한 것을 보여 드리기 위해 한 사람의 도움을 받았으면 합니다만. 어떠하십니까, 레가트 경. 저를 도와주시겠습니까?"

생각지도 못하게 지목받아 레가트는 금방 대답은 하지 못했다. 하지만 그의 덕에 어색한 상황을 모면한 것을 무척 감사하고 있었기에 머뭇거렸던 만큼 더욱 흔쾌히 고개를 끄덕였다.

"좋습니다. 말씀만 하십시오. 제가 무엇을 하면 됩니까?"

"대단한 것은 아닙니다. 그저 그 자리에 서 계시기만 하면 되는 것입니다. 인왕 폐하께서는 자리에서 앉으시어 편안히 구경해 주십시오."

릭샤는 고개를 끄덕이고 제자리로 돌아왔다. 홀에 있던 이들은 그가 할 무언가를 위하여 약간 공간을 주고 물러서 알테어가 하는 것을 지켜보았다.

"흐음, 무얼 보여주려나? 나도 있는 자리에서 시시한 것을 보이진 않겠지?"

마왕도 흥미로운 듯 웃으며 그를 주목했다.

모든 이들의 시선이 한자리에 모였다. 알테어는 언제 그리도 무뚝뚝했냐는 듯 마치 거리의 마술사처럼 과장되게 인사를 했다.

"드디어 고대하고 고대하던 시간이 왔습니다. 자아, 제가 매우 재미있는 것을 보여 드리죠."

그는 허리에 찬 검을 흥겹게 뽑았다. 그것은 이 연회장에 허용된 몇 안 되는 무기 중 하나였다. 인왕의 직속 호위기사였기에 그가 이렇게 검을 가질 수 있었던 것이다.

그가 검을 뽑는 것을 보며 사람들은 그가 신기한 검격이나 엄청난 칼춤 등을 보여줄 것이라 기대했다. 그는 만인이 인정하는 인간 중의 최고 검사이기 때문이다.

알테어는 검을 들어 자세를 취한 채 레가트를 향해 웃어 보였다.

"잠시만 그대로 서 계시면 됩니다. 절대로 움직이지 말아주십시오. 아시겠지요?"

"그러죠."

레가트는 벙긋 웃었다. 몇 번이고 확인을 받아낸 알테어가 몸을 움직이는가 싶더니 갑자기 번쩍 하고 흰 빛이 뿜어졌다. 잠시 후 사람들이 본 것은 알테어가 멋들어지게 검을 쳐올린 자세였다. 대체 무슨 일이 일어났나 싶어 그들은 협조 차 나왔던 레가트를 주목했다.

"이런, 움직이지 말라고 그렇게 말했건만. 예쁘게 자르려고 했는데 덜 잘렸잖아!"

알테어가 이해할 수 없는 말을 하며 몸을 일으켰다. 그의 투덜거림이 끝났을 때 레가트의 목에서 엄청난 양의 피가 쏟아져 나왔다. 목줄기가 쩌적 하고 반 이상 벌어지며 시뻘건 내부를 얼핏 드러냈다.

홀에 붉은 피안개가 서리는 것을 보면서도 아무도 움직이지 못했다. 1초도 안 되는 시간이지만, 그동안에도 충분히 움직일 수 있을 만한 실력자들이 비재했는데 그들이 모두 굳어 있었던 것이다. 그동안 알테어가 다시 움직였다. 검을 정확히 레가트의 심장에 찔러 넣고 거칠게 비튼 다음 가슴을 베며 옆으로 뽑아냈다.

레가트의 몸이 검에 딸려가며 옆으로 휘청했다. 그 순간, 누구보다도 먼저 마왕이 자리를 박차고 일어나 소리쳤다.

"레가트!!"

완전히 바닥에 쓰러지기 전에 몸을 받아 든 마왕은 최대한 목이 어긋나지 않게 그를 자신의 다리에 누이며 당장 치유 주문을 사용했다. 알테어는 감히 마왕을 내려다보며 소름 끼치는 목소리로 킥킥 비웃었다.

"시체를 가지고 놀면 재미있나? 과연 마왕다운 지저분한 취미로군."

심한 모욕을 받고도 마왕은 치유 주문에 집중하느라 당장 움직이질 못하고 있었다. 이런 상황은 절대 흔히 생길 수 없는 것이었다. 하지만 알테어는 더 이상 마왕에겐 관심을 주지 않았다. 그 대신 매우 천천히, 아주 공을 들이듯 고개를 들어 정면에 앉은 아이를 바라보았다.

그 아이는, 릭샤는 한마디 말도 하지 못했고 움직이지도 못했으며 다만 동공이 크게 열린 눈으로 마치 시체처럼 홀을 넓게 주시하고 있었다. 조금만 더 건드리면 이젠 완전히 동공이 열리고 숨 쉬기도 멈추어 진짜 시체가 될 것 같았다. 그 모습에 알테어는 진정으로 전율하고 있었다. 그는 바짝 소름이 돋아오는 팔을 쓸어내리며 마치 시험해 보자는 심사로 경쾌하게 소리쳤다.

"레가트 카릴은 죽었다! 레가트 카릴은 죽었다! 죽었다! 죽었어!!"

쾅―!!

릭샤는 예상과는 반대로 되려 자리를 박차고 일어났다. 어마어마한 기가 주변에 용솟음쳤다. 혹여나 해서 시험해 보았던 것이 실패했지만 알테어는 더욱 즐거워하며 크게 목소리를 높여 웃었다.

"아―하하하!! 하하하!! 네가 한 짓을 알고 있냐? 레가트를 죽일 수 있도록 내게 검 소지를 허락한 것을! 또한 내게 레가트를 죽여도 좋다고 허락한 것을? 죽이라고 내 앞에다가 내놓고 간 것을! 놈이 어떻게 죽어갈지 기대하며 자리에 편안히 앉아서 구경했던 것을?! 우스워서 까무러칠 거 같군! 하하하! 꺄하하하하하하하!!"

알테어의 웃음이 마치 계집아이처럼 변해간다고 느껴질 즈음, 그는 갑자기 웃음을 뚝 그쳤다. 그리고 갑자기 우아하게 팔을 들어 올렸다. 천천히 알테어의 커다란 덩치가 줄어들기 시작했다. 단단한 갈색의 팔이 부드럽고 보들보들한 살결을 가진 여인의 것으로 변했다. 푸른색 머리칼은 검은색으로, 눈동자도 마찬가지 색으로 바뀌었다.

이윽고 알테어는 여인의 모습이 되어 있었다. 눈꼬리가 다소 사납게 보이고 약간 어린 티가 났다. 글래머는 아니지만 어색함없이 균형 잡힌 아름다운 몸매였다.

분명 릭샤도 본 적이 있는 얼굴.

그녀는 팔을 넓게 벌리며 말했다.

"내가 죽었을 때는 눈물 한 방울 흘리지 않았던 너이지만 상대가 레가트라면 분명 다를 거라고 말하였다. 정말 그렇지? 기분이 어떠냐? 진짜 소중한 사람이 죽는 심정이란 건 이런 것이야. 하아! 내가 정말 이걸 얼마나 가르쳐 주고 싶었는지 몰라."

"이… 루… 이… 즈……!!"

숨 쉬는 것조차 힘에 겨운데 어떻게 말이 입 밖으로 나오는지 신기했다. 릭샤는 한 자 한 자 느리게 그녀의 이름을 불렀다.

제 이름이 불려지자 이루이즈는 기쁜 듯 생글 웃었다.

"그래, 나야 이루이즈. 이거 정말 대단하지 않아? 진짜 놀랍지? 인간으로 변장해서 잠입을 시도한 드래곤이라니!! 물론 쉽진 않았지. 정말 인내심에 한계가 느껴지는 일이었어. 그래도 참았지. 알테어란 놈의 연기를 하며 인간들의 사이에 깊숙이 침투하여 마지막 순간까지 참고 또 참았다. 네가 원한 것은 전부 얻었다고 생각하며 최고의 만족감을 만끽하는 순간, 모든 것을 부숴 버릴 생각을 하면서 말이야!!"

생기발랄한 말투가 점차 낮고 험악해지더니 끝내 이루이즈는 노성을 내질렀다. 그녀는 오른팔을 뒤로 묵직하게 휘둘렀다. 강력한 풍압이 뻗어 나와 홀의 반을 짓눌렀다. 그 자리에 있던 각국의 국왕, 중요 고위 대신 오십여 명이 사방에 피와 내장, 살점을 흩뿌리며 무른 감처럼 터져 버렸다.

"어라? 이로써 인간 세력 중의 반이 전멸이네? 인간은 지배자가 없으면 우왕좌왕하니 말이야. 와아, 정말 간단하군. 이렇게 간단할 수가! 릭샤릭샤, 이거 아니? 네가 가르쳐 준 일이야. 인간을 굴복시키고 중간계를 정복하려면 정공법은 무리니 다른 수를 강구하라고 네가 말한 거라고."

장난스럽게 말을 잇던 이루이즈는 나머지 인간들을 죽여 버리기 위해 팔을 휘둘렀다. 그때 다엠부르크 공작이 빠르게 중간에 끼어들어 공격을 차단했다. 이루이즈가 겨냥한 곳에 크로제츠 9세가 있었던 것이 대응의 원인이 됐다.

"어딜 감히 끼어들어!!"

이루이즈가 히스테릭한 고음으로 강하게 소리쳤다. 그 순간 다엠부르크 공작은 목을 움켜쥐고 바닥에 무릎을 꿇었다. 이루이즈의 외침은 불시에 가한 선제공격이었다. 드래곤 피어의 효과를 한 개의 점으로 모아 집중 공격한 것이라 보면 맞을 것이다.

경악할 수밖에 없는 일이다. 기습에다 새로운 공격법이긴 했지만 마계 제1공작을 단번에 제압해 버린 것이다. 게다가 우연찮게 이루어진 것이 아니라 이루이즈가 고위 마족의 움직임을 멈추게 하기 위해 오래 생각하여 고안해 낸 것이니 더욱 의의가 컸다. 그만큼 그녀는 전보다 훨씬 강해졌고 생각이 날카로워진 것이다.

다시 여유롭게 인간들을 죽여볼까 싶어 이루이즈는 팔을 들었다. 하지만 자신을 향해 돌진해 오는 강력한 마력의 진동에 그 행동을 멈추고 가능한 스피드를 짜내 최대한 빠르게 물러섰다.

콰과광—!!

광풍이 그녀가 선 자리를 지나치며 홀의 서편 천장과 벽을 완전히 파괴했다. 시끄러운 소음과 뿌연 먼지 속에 어렴풋 밤하늘이 드러나는 것을 보며 이루이즈는 고개를 돌렸다. 릭샤가 얼음 조각같이 무표정하게 팔을 뻗고 서 있었다. 팔 위에는 바람의 정령왕 실피드가 릭샤 대신 분노를 표하듯 이를 드러내며 자리했다. 이루이즈의 눈에 서늘하게 냉기가 어렸다.

"와라… 이 9년간, 내가 이 순간을 얼마나 기다렸는지 네가 꿈에서라도 상상했을까. 그래, 다 알고 있어. 너는 이 9년 동안 나 같은 건 벌써 다 잊고 레가트 놈이랑 깔깔거리며 재미있게 지내고 있었지?"

이루이즈의 몸이 단번에 거대한 본체로 돌아갔다. 릭샤는 그 흔한 기합 소리 하나 없이 그녀를 공격했다. 뛰어올라 팔을 휘두르자 실피드가 사납게 광풍을 뿜었다. 이루이즈도 풍계 공격 마법을 사용해 정면으로 공격에 맞섰다.

콰아아아아!

바람과 바람이 맞부딪쳐 엄청난 회오리가 생겼다. 실피드는 바람을 찢으며 곧장 이루이즈를 향해 돌진했다. 주먹으로 물리력을 행사하기 위해 몸을 열 배 이상 키워 실체화시켰다. 이루이즈도 육중한 꼬리를 휘둘러 직접 정령왕을 내려쳤다.

우직! 콰광!!

몇 번의 공방이 있은 후 이루이즈의 주둥이가 히죽 올라갔다. 정령왕을 부리는 릭샤의 힘이 자신에 못미친다는 것을 깨닫게 된 차였다. 순발력, 타고난 육체의 강인함, 그리고 무한한 마력이 그 차이였다.

"안됐구나. 너는 나를 못 이겨. 레가트의 목을 자른 내가 이렇게 버젓이 있는데 복수를 못하게 됐으니 어쩌지? 기분 더럽지? 미칠 것 같지? 바로 그거다. 내가 말이다, 요 9년 동안 딱 그런 기분이었다. 이 견딜 수 없는 모멸감을 네게도 느끼게 해주려고 내가 9년 동안 무슨 짓을 했는지 가르쳐 주랴?!"

콰앙!!

또 한 번 마력으로 만들어진 바람이 서로 맞부딪쳐 대치했다.

"드래곤 로드이신 이 몸이 말이야, 무슨 왕국의 왕이랍시고, 무슨 부대의 상관이랍시고 거들먹거리는 하찮기 그지없는 벌레 놈들에게 머리를 숙이고, 말을 높이고, 어떻게든 공을 세워 좀 더 신뢰받는 측근이 되기 위해 두 발로 뛰어 전쟁터를 돌아다녔다는 거다. 드래곤의 자존심과 체면, 그 모든 것을 모조리 벗어던졌다! 오직 네놈에게 같은 맛을 보여주기 위해서 말이야!! 네놈은 감히 이 몸을 거스르지 말았어야 했어! 하찮은 인간 주제에 이 몸을 무시해?! 이 몸의 관심에 황공해하지는 못할망정 지나가는 도마뱀 새끼쯤으로 봤다 이거냐?!"

릭샤는 그녀의 절규와 같은 외침을 깨끗이 무시했다. 끔찍할 만큼 무표정만으로 일관하며 오직 공격에만 전념했다.

아무것도 필요없었다. 눈물을 흘릴 것도 없었고 절규할 것도 없었다. 상대가 누구인지 어떤 생각을 가졌는지 어떤 심정인지 확인할 필요도 없었다. 다만 눈앞의 그놈을 죽여 버리기만 하면 됐다. 그의 목을

친 그놈을… 그놈을… 그놈을!!

하지만 제대로 먹혀가는 공격은 없었다. 처참하리만치 단 하나도 먹히지 않았다.

9년 만에 되돌아온 이루이즈는 어이가 없을 만큼 강했다. 일찍이 차기 드래곤 로드로 내정되어 있었고 전무후무한 최강의 드래곤이 될 것이라고 오래전부터 기대를 받았던 그녀의 진정한 실체였다.

"도와주랴, 인왕이여?"

문득 나지막한 목소리를 들었다. 폭발음과 굉음 사이에서 들리지 않을 법도 했을 텐데 릭샤는 단번에 그것을 잡아냈다.

공격을 시작한 후 처음으로 릭샤가 입을 열었다.

"도와주십시오! 내 모든 것을 바치겠습니다!"

우적!

릭샤의 말이 떨어지는 순간 기괴한 소리와 함께 홀의 전체 바닥이 한 뼘이나 내려앉았다. 무시무시한 사기가 사방으로 퍼져 어느 정도의 저항력을 가진 건장한 기사들까지 숨을 쉬기가 어려울 지경이 되었다.

네 장의 날개를 편 마왕이 레가트의 몸을 바닥에 내려놓고 느리게 일어섰다. 본래의 모습으로 돌아온 오른쪽 팔과 다리에 힘이 들어가 흉하게 핏줄이 도드라졌다. 하지만 누구보다도 외견에 신경을 많이 쓰던 그가 지금 아무렇지도 않게 팔을 앞으로 내밀고 있었다.

"뿌리까지 멸족시켜 버리겠다. 드래곤……!!"

드래곤 피어 같은 것도 아닌데 가슴이 턱 막혀오는 강렬한 경고였다. 이것엔 이루이즈도 예외는 아니었다. 그녀는 다소 당황한 모습으로 소리쳤다.

"뭐, 뭐냐 마왕!! 신께서 말씀하셨을 텐데! 마왕이 직접 끼어드는 것을 용서하지 않겠다고!! 나를 죽이고 네놈도 죽겠다는 거냐? 엉? 그러자는 심산이야?"

절대 그럴 놈은 아니었다.

마왕이 유래에 없을 정도로 릭샤와 레가트를 아낀다는 것을, 그래서 몇 번이나 경을 칠 일도 조용히 넘어갔다는 것을 이루이즈도 알테어로서 직접 보고 들어서 알고 있었다. 하지만 신의 금제로 인해 두 사람이 아무리 위험해져도 마왕은 직접 끼어들 수 없는 처지였다. 그래서 이루이즈는 레가트를 죽이고도 마왕의 존재를 무시했던 것이다.

마왕은 홀 전체를 보라는 듯 고개를 젖혔다.

"이 자리에 있는 모든 놈들을 죽여 버리겠다. 그리하면 내가 금제를 어긴 것을 아는 자도 없어지겠지."

마왕이 농담하는 게 아니라는 걸 알기에 남은 생존자들은 심장이 덜컥 내려앉는 것만 같았다. 그들과 함께 당황했던 이루이즈는 다급히 소리쳤다.

"시, 신을 무시하는 데도 분수가 있지! 구경꾼을 죽인다고 신께서 네가 한 짓을 모를 줄 아느냐?! 오만하기가 끝이 없군!!"

이루이즈의 외침에도 마왕은 짧게 웃었다.

"모든 것은 오래전에 예정되어 있었다. 오늘로서 시험도 끝이다. 마지막 순간의 사소한 실수는 신의 총애를 받는 인왕이 있으니 어떻게든 되겠지. 내 생각은 이러하다. 너는 어찌하겠느냐, 인왕!"

릭샤가 곧바로 소리쳤다.

"이 육체와 영혼까지 남김없이 제물로 바쳐 마왕을 향한 모든 분노를 제가 대신 받들 것입니다!!"

"헛소리 마라! 신께서 어디 대신 분노를 받게 해주기나 한데? 확실한 건 아무것도 없어! 그냥 네놈들을 모두 용서하지 않겠다고 하시면 그걸로 끝이야! 마왕, 네놈은 죽는다고! 알아?!"

이루이즈가 크게 소리쳤다. 그녀의 말은 분명 옳았다. 그러나 믿어지지 않게도 마왕은 물러설 기색이 없었다. 손톱까지 뽑아낸 그의 오른팔에서 엄청난 마력이 모여들고 있었다. 육안으로 공간이 이글대는 것이 보일 정도였다.

"윽……!"

이루이즈는 이를 악물었다. 릭샤와 마왕이 협공을 하면 그녀로서는 도저히 방도가 없었다. 그녀가 망설이는 사이, 릭샤가 실피드를 불러들여 공격을 준비했고 죽음의 그림자처럼 마왕이 검은 날개를 펼쳐 움직이려 하고 있었다.

"아… 안… 돼……!"

다 꺼져 가는 거칠디거친 목소리가 나온 것은 그들 두 사람이 이루이즈를 그대로 뭉개 버리려고 나서기 직전이었다. 릭샤, 마왕, 이루이즈 셋의 시선이 한꺼번에 소리가 난 곳에 꽂혔다. 마왕의 발밑, 그곳에 누여진 레가트가 손끝을 꿈틀 움직이고 있었다.

"릭……."

다시 한 번 그가 입술을 움찔했다. 마왕은 그 즉시 공격 태세를 없애고 다시 그의 몸을 살피기 위해 주저앉았다.

"레가트! 말도 안 돼, 살아 있잖아!"

마왕은 기쁜지 황당한지 어이가 없어 스스로도 애매한 기분으로 당장 치유 마법을 재개했다. 그에 이루이즈가 도리질을 치며 양손을, 아니, 앞발을 바들바들 떨었다.

"말도 안 돼!! 목을 이만큼이나 베었다고! 심장을 찢어버렸는데!! 이 손에 아직도 감촉이 남아 있는데……."

"하하하하! 안되었구나?! 이놈이 얼마나 괴물 같은 재생력을 가졌는데 그 정도로 죽겠어!! 왜 목을 아예 끊어버리지 않았나? 응?!"

어울리지 않게 마왕이 큰 소리로 웃어가며 대답했다. 이루이즈는 숨을 불규칙적으로 쉬면서 가슴을 들썩이다 찢어지는 목소리로 고함을 지르며 당장 레가트를 향해 돌진했다.

"안 돼!! 죽여 버릴 테다!! 죽여 버릴 거야!!"

"누구 마음대로!"

이루이즈의 몸은 실피드에 의해 가로막혔다. 릭샤였다. 딱딱하게 굳히고 있던 얼굴이 어느새 풀려 이번엔 온몸으로 직접 분노를 토하고 있었다. 다만 죽이는 것밖에 생각할 수 없었던 그때와는 달리 지금은 여러 가지 생각을 할 때였다.

"물러서십시오! 두 번 다시 그를 건드리지 못하게 하겠습니다!"

"비켜!!"

"실피드! 가라!!"

평소라면 어림없었던 공격이 이루이즈가 크게 흥분한 덕에 정통으로 먹혀들어 갔다. 오른쪽 뒷다리가 바람에 난도질당해 걸레처럼 너덜너덜해졌다. 그럼에도 그녀는 괘념치 않고 비명처럼 소리를 지르며 계속 레가트를 향해 달려들었다. 하지만 발광하고 상처만 입으며 조금도 나아가지 못했다. 릭샤는 기회를 보며 힘을 끌어 모았다. 이대로 잘하면 그녀를 죽여 버릴 수도 있을 것 같았다.

"릭… 샤… 안… 돼……!!"

그때 레가트가 다시 입을 열었다. 마왕이 퍼부은 10클래스 급 치유 마법으로 일단 심장 부근과 목이 대강 제 모습을 찾긴 했지만 그래도 목젖이라든가 보이지 않는 여러 곳이 정상일 리 만무했다. 그런데도 어떻게 소리를 내는 것인지 그는 계속 말을 이었다.

"이루… 이… 즈를… 죽… 이면… 안… 돼……."

릭샤는 눈을 휘둥그레 떴다. 이런 상황에서도 저런 말을 하다니, 원래 저런 인간이라는 걸 알긴 했지만 그래도 무척 놀라운 일이 아닐 수 없었다.

"이런 미친……!! 한 번 죽었다가 겨우 살아나선 그런 소릴 하고 싶으냐!! 닥쳐!!"

마왕도 화를 내며 언성을 높였다. 하지만 레가트는 말을 멈추지 않았다.

"안… 돼… 이… 루… 이즈… 는… 네… 가… 너무… 좋… 아서… 그… 렇게… 까… 지… 애를… 썼… 던… 거… 야……. 그런데… 네… 가… 죽… 이려… 하… 면… 그녀는……."

"죽고 싶어?! 입 다물지 못해?! 자꾸 말을 하면 정말 목을 못 쓰게 돼! 멈추라니까!!"

마음 같아선 한 방 먹여 말을 멈추게 하고 싶었지만 성질대로 때렸다간 이번에야말로 정말 죽을 것 같아 마왕은 그저 속절없이 소리만 질렀다. 마왕이 하는 충고는 분명 뼈가 되고 살이 되는 말이었다. 그러나 레가트는 예나 지금이나 지독스럽게 마왕의 말을 귀담아듣지 않았다.

"제… 발……. 만약… 릭… 샤가… 형… 을… 죽이… 려… 한… 다면… 형… 은… 괴로… 워서… 아… 마… 견딜… 수… 없을… 거… 야……. 형… 은… 릭샤를… 정말… 좋… 아… 하니… 까……. 너… 도… 그렇… 지… 않… 니……? 릭샤……."

거기까지 말을 이은 레가트는 갑자기 숨을 쉴 수가 없는지 눈을 부릅뜨고 몸을 들썩였다. 릭샤는 깜짝 놀라 비명을 지를 뻔했다. 하지만 마왕이 막대한 마력을 모조리 쏟아 부어 다시 10클래스 치유 마법을 행하자 레가트는 가늘게 숨통을 텄고 서서히 의식을 잃어갔다. 몸이 늘어지는 와중에도 가슴이 미미하게 오르락내리락하는 것을 보니 죽지 않은 것은 확실했다.

릭샤는 심하게 두근대는 가슴 언저리를 감싸고 숨을 내쉬었다.

"내놔!! 놈을 내놔!! 숨통을 끊어놓겠다!! 그래서 이번에야말로 네놈에게 나락을 보여주마!! 다시 한 번 네놈의 얼굴이 일그러지게 해주겠어!!"

이루이즈는 계속 고함을 지르며 날카롭지도 못한 공격을 퍼부어대고 있었다. 릭샤는 실피드를 이용해 공격을 막다 문득 이해할 수 없다는 표정으로 중얼댔다.

"이상해. 당신은… 아무렇지도 않은 겁니까?"

"뭐라?!"

릭샤의 목소리를 들은 듯 이루이즈가 대답을 하면서 실피드와 그녀 간의 공방이 잠시 약해졌다.

"당신의 말대로 그가 죽으면 저는 나락에라도 빠진 듯 고통스러울 겁니다. 실제로 그가 죽었다고 생각했을 땐 이 정신이 하얗게 마비되어 버릴 정도였습니다. 그것은 제가 그를 좋아하기 때문입니다. 그래서 그의 아픔을 견딜 수 없는 것입니다. 그러면 당신은 어떻습니까. 레가트 형을 죽이면 저는 무척 고통스러워할 겁니다. 그런데도 당신은 아무렇지도 않습니까? 괴로워하는 제가 조금이라도 안쓰럽게 보이지는 않았습니까? 저의 괴로움이 그렇게도 기대가 되고, 다만 그렇게 즐거울 뿐입니까? 기뻐 전율하며 광소를 터뜨릴 일입니까?"

릭샤는 인상을 쓰고 그녀를 올려다보았다. 그리고 물었다.

"당신은 정말 저를 좋아하기는 하는 겁니까?"

"무… 슨 헛소리야!! 이제 와서!!"

"분명 저는 9년 동안 당신을 완전히 잊고 살았습니다. 부정하지도 않겠습니다. 제게 당신은 별달리 대단한 존재도 아니었습니다. 당신은 그것이 슬펐습니까? 안타까웠습니까? 아니, 그런 감정은 느낄 새도 없이 그저 화만 냈을 것 같군요. 아닙니까? 제가 마음을 바꾸어 레가트 형을 버리고 당신에게 갔다면 그 분노가 사라졌을까요? 절대 그렇지 않을 겁니다. 당신이 원하는 것은 저의 마음 따위가 아니니까요. 당신의 머리 속은 이미 자신을 모욕한 자에게 그 대가를 치르게 하겠다는 생각뿐입니다."

릭샤는 숨을 쉬고 다시 외쳤다.

"드래곤의 자존심까지 모두 버리고 오직 목적을 위해 잠입을 시도하셨다고 하셨습니까? 당신은 모순되어 있습니다. 그렇게까지 했던 이유며 목적이 무엇입니까? 그것 또한 당신의 자존심을 위해서가 아닙니까. 당신이 언제 드래곤의 자존심을 포기하였단 말입니까? 어쩌면 당신도 레빈과 비슷한 존재가 될지도 모른다고 생각했지만 저의 완벽한 착각이었군요. 당신은 특이하지만 실은 세상의 어떤 드래곤보다도 더 없이 드래곤답습니다. 머리 꼭대기부터 발끝까지 온통 자기 자신에 대한 사랑, 자부심밖에 없지요!"

"그, 그게 어쨌다는 거야……."

흔들리는 눈으로 이야기를 듣던 이루이즈가 결국 완전히 흥분하여 소리쳤다.

"그래, 이 몸은 드래곤이시다. 누가 뭐라고 그래?! 어떤 놈도 감히 범접해서는 안 될 지고한 존재가 바로 이 몸이야!! 감히 이 몸을 모욕하려 드는 자가 있다면 응당 사지를 찢어버려야 할 일이다!!"

릭샤의 목소리도 이젠 흐트러졌다.

"맞습니다! 오직 그것뿐이죠! 당신이 처음 내게 느꼈던 것은 호의였을지도 모릅니다. 하지만 처음 있었던 호의는 하잘것없이 미미하고, 자기애와 자존심에 눌리면 흔적도 없이 사라지고 말 매우 작은 것이었습니다. 따라서 당신에게 애틋한 사랑이나 관심 따윈 애초에 존재하지도 않았다고 말하겠어!! 당신이 하는 짓은 나에 대한 애정에서 비롯된 것이 아니라 다만 지독히도 오만한 드래곤의 본능에서 나온 것이지!! 하여 나는 더 이상 당신을 동정할 가치가 없다고 판단하겠다!!"

"닥쳐!! 누가 감히 이 몸을 동정하라고 했나!! 이 벌레 같은 놈이!!"

이루이즈는, 아니, 그러한 이름을 가진 검은 드래곤이 목을 젖히고 크게 울부짖었다. 릭샤는 모든 힘을 쏟아 부어 실피드에게 공격을 지시했다.

검은색의 하늘이 순간 새하얗게 번쩍였다. 사나운 폭풍이 지상과 하늘을 동시에 가르며 영역 내에 모든 것의 파괴를 시작했다. 몇 번이고 드래곤의 포효가 있었고 폭음과 부서지는 소리가 하룻밤을 꼬박 이어졌다. 오직 둘만의 전투였고, 다른 자들은 감히 끼어들 생각을 하지 못한 채 지켜보고만 있었다.

동이 틀 무렵, 웅장함과 화려함을 뽐내던 홀과 그 일대의 왕궁은 마치 폐허처럼 변해 있었다. 밤이 지나고 새벽의 고요가 찾아왔다.

제52화

즉위 ■

즉위

몹시도 숨 쉬기가 힘들어 레가트는 마른 입술을 꿈틀거렸다. 그러자 사방에서 뭔가 시끄러운 소리가 들리기 시작했다. 그 가운데에 릭샤의 목소리도 있는 듯하여 레가트는 억지로 눈꺼풀을 밀어 올려 주변을 살폈다.

"레가트 형! 제가 보이십니까?"

과연 생각했던 대로 릭샤의 얼굴이 바로 눈앞에 나타났다. 표정에 걱정이 담겨 있기에 레가트는 반사적으로 괜찮다고 말하기 위해 생각 없이 입을 열었다.

"괜… 꺽……!!"

말을 하는 순간 칼날로 목을 헤집는 듯한 고통이 밀려와 레가트는 몸을 잔뜩 경직시켰다. 누군가 와서 목에 손을 대자 겨우 아픔이 가라앉았고 레가트도 안정을 되찾을 수 있게 되었다. 그 짧은 시간의 격통이 얼마나 컸는지 이마에 땀이 송골송골 맺혔다.

"닥치라는 내 경고를 무시하고 잘도 주절대더니 꼴 좋군. 심장은 그렇다 치고 목 상태가 말이 아니야. 보아하니 이거 벙어리가 될 수도 있겠는데."

치유 마법을 거둔 마왕이 목 상태를 살피다가 시큰둥이 말하고 가까이에 준비된 의자에 털썩 앉았다. 그제야 레가트는 자신이 왜 이런 지경인지 기억해 낼 수 있었다.

릭샤가 근심을 숨기지 않고 목 주변을 바라보고 있었다. 레가트는 이번에도 자신이 릭샤에게 도움을 주기는커녕 방해를 하고 걱정만 끼쳤다는 데 생각이 미쳤다. 그러자 레가트는 어떻게 해서라도 릭샤를 안심시켜야겠다는 사명감에 불탔다. 우선은 좀 아프긴 해도 말을 할 수 있다는 것부터 알리자!

"릭… 샤… 형은… 괜… 찮……."

"말하지 말라니까, 이놈이 정말!!"

마왕이 살기까지 뿌려가며 버럭 소리를 지르는 통에 함께 대기 중이던 시종들과 마법사, 의원들은 화들짝 놀랐다. 레가트도 찔끔해서 서둘러 입을 다물었다.

그것을 보던 릭샤는 그때서야 약간 여유를 가지고 희미하게나마 미소를 보였다.

"어느 정도는 안심해도 될 것 같군요."

"그… 럼… 괜… 찮… 고… 말… 고……."

"…얼마나 괜찮은지 한번 시험해 봐야겠군. 어디쯤을 꺾어보면 좋을까."

레가트가 또 생각없이 말을 하기 시작하자 마왕이 으드득 주먹을 쥐어 보았다. 레가트는 다시 찔끔하여 입을 다물었다. 그러나 복종하는 듯 침묵하고 있길 5초, 그는 또다시 말을 하기 시작했다.

"그… 런… 데… 이… 루… 이… 즈… 는……?"

"숨을 끊어지기 직전 또다시 도주했습니다."

릭샤는 가만히 한숨을 내쉬며 대답했다. 하지만 남의 속도 모르고 이루이즈가 죽지 않았다는 사실이 그저 좋아서 레가트는 빙긋 웃었다. 구박할 말이라면 산더미 같지만 릭샤는 그냥 레가트가 웃게 내버려 두었다.

정말 죽는 줄 알았으니까.

그 당시 의식을 되찾는 것을 보고 목숨은 부지했다고 안심했지만 상처가 워낙 심각한 치명상이다 보니 몇 번이고 다시 죽음의 고비가 찾아왔다. 레가트는 그날 이후 일주일이나 의식을 되찾지 못하고 사경을 헤매고 있었다. 지금 이렇게 아무렇지도 않게 웃고 있지만 실은 그 미소가 얼마나 값진 것인지 모른다.

"풋."

"뭐가 우습냐?"

레가트가 혼자 웃음을 터뜨리기에 마왕이 눈살을 찌푸렸다.

"그… 게… 딱… 그… 때… 제… 왕… 을… 지… 키는… 보검… 이… 니… 이… 야기… 가… 있… 었… 는데… 제… 가… 제일… 먼… 저… 다… 쳐… 버려… 서… 좀… 민망… 하… 게… 되… 어… 버렸… 군… 요."

"잘 알고 있군. 죽지 않을 만큼만 회복되어라. 이 몸을 우습게 보이게 한 그 죗값을 치르게 해주마."

"으… 아… 그게……."

괜히 말을 꺼냈다는 듯 낭패감이 그대로 얼굴에 드러났다. 가지각색으로 표정을 바꾸고 아파하면서도 할 말을 다 하는 걸 보면 확실히 안심해도 될 수준인 듯했다. 마왕은 그쯤에서 한숨을 쉬고 릭샤를 향해 눈짓을 했다. 릭샤는 고개를 끄덕이고 어딘가로 걸어가기 시작했다.

"어… 디… 가……?"

아직은 물먹은 솜처럼 몸을 꼼짝할 수가 없어 레가트는 눈으로만 릭샤의 뒷모습을 쫓으며 물었다. 마왕이 평소의 기본 자세로 되돌아와 거만하게 팔짱을 끼며 대신 대답했다.

"일주일이나 지체했으면 됐지 더 시간을 끌란 말이냐. 인왕의 대관식이다."

"아……!"

레가트는 탄성을 냈다. 자신이 의식을 잃었던 날이 바로 대관식 전날이었던 것이다. 혹시 자신 때문에 그것이 일주일 동안 미루어진 것일까. 신께서 일주일이나 미루도록 허락한 걸까. 이루이즈에게 몰살당한 국왕과 대신들은 어떻게 되었고, 그 뒷수습은 어떻게 된 것일까.

여러 가지 생각이 떠올랐지만 레가트는 그만 복잡한 끈을 모두 놓아 버리고 릭샤를 향해 빙그레 웃었다.

"잘… 하… 렴……."

"네."

릭샤는 짧게 대답하곤 다시 그에게로 되돌아왔다. 그리고 몸을 숙여 레가트의 이마에 가만히 키스했다. 항상 자신이 해주던 것을 반대로 받아서인지 레가트는 기분이 묘해져서 저도 모르게 얼굴을 빨갛게 붉혔다.

"다녀오겠습니다."

부드럽게 인사를 하고 릭샤는 돌아섰다.

성도(聖都) 글론토.

그곳에 엄청난 인파가 모여 있었다. 벌써 일주일 전부터 모이기 시작한 사람들이 아직까지 해산하지 않은 채 나날이 더 많은 수가 밀려들었다. 가까운 삼국과 바다 건너 동대륙의 이름을 들어보지 못한 소국에 이르기까지 다양한 국적과 인종의 가지각색의 사람들이었다.

"인왕 폐하!"

"인왕 폐하!"

대관식이 연기된 지 일주일째, 그리고 이 외침이 시작된 것은 삼 일째였다. 밤에도 낮에도 그들은 목이 터져라 왕이 신위를 드러내기를 손꼽아 기다리며 소리치고 있었다.

그것은 엄청난 소음일 수밖에 없어서 인왕성의 주요한 곳에는 소리를 차단하는 마법까지 걸고 있던 차였다. 마법이 여의치 못한 곳에서 일을 하는 사람들은 소음에 완전히 노출되어 머리가 다 지끈거릴 지경이었다. 하지만 불평은 않았다. 그들 또한 소원하는 것이 담겨진 목소리이니.

그리고 이윽고 때가 되었다.

릭샤는 흰색 긴 옷자락을 끌고 군중들의 앞에 나섰다. 그 순간 삼 일 동안의 외침은 거짓말처럼 그쳤다.

"신이시여."

릭샤는 눈을 감고 공허한 하늘을 향해 두 팔을 높게 뻗었다. 모든 이들은 왕의 신성을 믿어 의심치 않았으나 어떤 이들은 일주일 동안 무단으로 대관식을 미룬 것으로 인해 혹여나 신께서 분노하시진 않을까 걱정했다. 어떤 이들은 정말 신 따위가 있기는 한 것일까 의심도 했다.

화악—

그러나 걱정과 의심은 순간에 휩쓸려 사라졌다. 릭샤의 몸에서 순백색 성스러운 빛과 칠흑 같은 검은 기운이 동시에 뻗어 나왔다. 글론토뿐만 아니라 전 세계의 모든 생물들이 같은 목소릴 들었다.

"수고하였다, 나의 아이여."

'그래, 정말 잘하였다. 착한 아이구나.'

'여러 가지 일이 있었군.'

'마지막이 조마조마했단다.'

'마왕 녀석을 어찌할지 고민 좀 했지. 그래도 재밌긴 하더라.'

큰 줄기를 타는 목소리에 여러 가지 잡념이 흘러나왔다. 그것은 오직 릭샤만이 느낄 수 있는 것이었다. 오른쪽에 선신의, 왼쪽에는 마신의 기적이 느껴졌다.

릭샤는 감고 있던 눈을 떴다. 하지만 신의 모습을 찾으려고 두리번거리진 않았다. 그들이 아무런 형태도 없이 다만 의식만으로 강림했다는 것을 깨닫고 있었기 때문이다. 일부러 잠행을 해온 분들을 군이 찾아내는 것은 오히려 실례일 것이다.

릭샤는 아무것도 모르는 척 두 신의 속삭임을 듣기만 하며 그 대신 오래 기다려 온 군중을 위하여 목소리를 높여 염원했다.

"신의 허락을 증명하고자 함이니 당신의 목소리를 들려주십시오!!"

"중간계는 이 시각부터 인간계로 불리게 될 것이다. 나의 아이는 인간계를 다스리는 왕이 되리라. 너의 금색 눈동자는 자자손손 영원히 그 증표가 될 것이다."

넓고 깊이 신성한 목소리가 세계 곳곳에 퍼져 나갔다. 하지만 두 신은 엄격한 목소리로 가장을 한 채 실제론 릭샤의 귀에 소곤소곤 이야기를 건네고 있었다.

'꼬마가 만드는 인간계는 어떻게 되려나.'

'정령신의 청이 있어 우리들은 더 이상 인간계에 간섭하지 않기로 하였다.'

'어떤 세계를 만들지는 네 마음이 가는 대로 해라.'

'인간을 제한 모든 종족을 멸족시킨다 해도 묵인하겠다.'

'어떻게 되려나. 하프가 가능한 인간이라며? 킥킥.'

두 신은 잠시 물러섰다. 그들은 엄한 척 다시 전 세계에 목소리를 떨쳤다.

"아이야, 너는 이제 세계의 왕이니 원한다면 언제고 신계에 직접 두 팔을 뻗을 수 있으리라."

'네가 우리들을 부르지 않는 한 인간계는 영원히 독립된 세계다.'

'아마 너는 영원히 신을 원하지 않을 듯하군.'

'왕이 되는 날에만 한 번씩 볼 수 있으려나.'

'건방진 녀석. 신 알기를 발톱의 때로 알다니.'

투덜거리는 목소리였지만 그들은 아마도 웃는 듯했다.

"자, 드디어 네가 원하는 시간이 되었구나. 너를 완전한 인간으로 만들어주겠다. 말해 보거라. 여성이 되겠느냐, 남성이 되겠느냐? 신중하렴. 어린 시절의 귀여운 감정에 치우쳐 스스로에 어울리지 않는 선택을 하면 평생 후회할 수도 있단다."

수많은 자들이 귀 기울이고 있는 신의 음성인데 말투가 묘하게 웃음에 휘어 있었다. 하지만 장난기가 잔뜩 배어 있는 말일지라도 틀린 소리는 아니었다.

릭샤는 눈을 감고 제법 오랫동안 생각에 빠졌다. 군중들은 물론 신조차도 릭샤의 선택을 존중하기 위해 조용히 기다렸다.

"저는……."

그것이 마지막이었다.

인왕을 쫓아 지상에 머물렀던 상반된 두 가지 빛은 하늘을 찌를 듯 상공으로 치솟았다. 하늘이 열리고 신계의 어둠이 드리우며 동시에 빛이 쏟아졌다.

제국력 4032년 6월.

최초의 인왕이 정식으로 즉위하고 중간계가 인간계로 바뀐 해다. 인왕을 인정하는 신의 음성이 널리 퍼지자 흥분한 군중이 성도에서 하루를 꼬박 지새었다고 한다.

인간계가 천명되고도 이종족과의 전투는 완전히 멈추지 않았다. 인왕은 이종족을 무조건 노예로 삼진 않을 것이며 검을 버리는 종족에겐 일정 조건과 함께 화평의 기회를 주겠다고 하였다. 신의 뜻에 굴복하고 평화에 목마른 자들이 하나둘 타협을 하기 시작했다. 그 결과 이종족은 대개 속국 비슷한 입장이 되어 현재까지도 인왕에게 공물을 바치며 영역을 유지하고 있다.

하지만 결코 굴복하지 않는 자들도 분명 있었다. 특히 드래곤은 단 한 마리도 타협의 의지를 보이지 않았다. 종전보다 더욱 포악하게 난동을 부리는 그들을 제압하기 위해 1대 인왕은 본격적으로 드래곤 퇴치에 나섰다. 그 당시 무슨 이유에서인지 마족이 매우 협조적인 태도를 취함으로써 일이 매우 수월하였다고 한다.

그로부터 10년이 지났을 때 드래곤은 거의 자취를 감추었다. 드래곤은 그 즈음에 벌써부터 전설 속에나 나오는 종족쯤으로 인간들의 입에 오르내렸다고 한다. 하지만 그때까지도 종종 모습을 드러내어 전투를 거듭하는 드래곤이 있었다. 드래곤 일족의 마지막 로드로 일백의 마족에 십만의 인간 대군으로 몰아붙여도 상대하기가 쉽지 않았다는 사료까지 남아 있다. 그 드래곤은 바늘이 검었기 때문에 아직까지 바마투 산맥 어딘가에 명맥을 유지하는 블랙 드래곤 일족의 시조일 가능성이 높다는 설이 있다.

시간은 중간계일 때도 인간계일 때도 변함없이 똑같은 속도로 흘렀다. 그 탓인지 인간계가 성립된 후로도 실제로 특별히 크게 바뀐 것은 아무것도 없었다. 드래곤이 사실상 멸족당하였다는 일대 사건이 있긴 했으나, 이미 중간계일 때부터 인간은 가장 강성한 세력이었고 이종족은 패퇴를 거듭하고 있었다. 신은 인왕을 봉하는 일 외에는 전혀 간섭을 해오지 않는다. 이 역시 신에게 버려졌던 중간계라 불릴 때와 다를 바가 없다.

　아직까지도 인간계와 중간계의 무엇이 다르냐는 질문에 명확히 대답할 수 있는 자는 아마 확신하건대 존재하지 않을 것이다. 하지만 좀 더 시간이 지나면 인간계가 어떠한 세계라고 한마디로 설명할 수 있게 될 날이 올지도 모르는 일이다.

　　　　　　　　　　　　　　　　　　　　—어느 역사서에서 발췌.

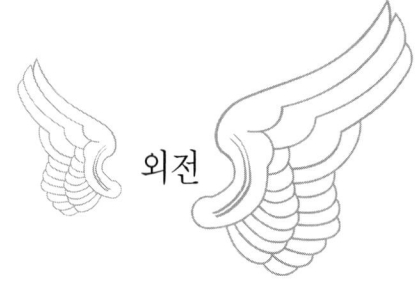

외전

꼬마 릭샤의 하루 ■

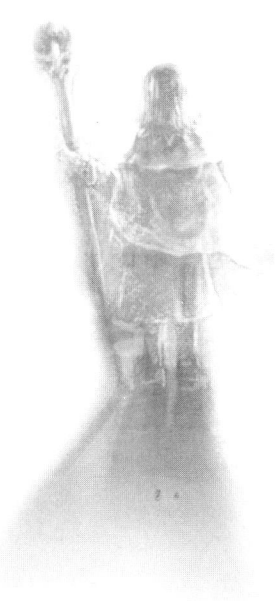

꼬마 릭샤의 하루

안녕하세요. 저는 올해로 여덟 살 되는 꼬마 릭샤입니다.

오늘도 날씨가 매우 화창합니다. 저는 지금 바쁘게 서재를 향해 뛰어가는 중입니다.

콰당—

익숙한 문을 박차고 들어가니 일에 열중인 두 사람의 모습이 보입니다.

"안녕하세요! 아버지, 어머니!"

"오, 우리 꼬마 릭샤 왔구나!"

아버지가 저를 높이 안아 들어서 품에 꼬옥 안아줍니다. 아버지는 연갈색 머리칼과 눈동자를 가진 매우 다정한 사람입니다. 전에는 금발에 푸른 눈동자였다는데 어머니의 갖은 협박과 등쌀에 못 이겨 억지로 바꾸고 있는 것입니다. 아버지는 가끔씩 못살겠다면서 구슬프게 웁니다. 저는 이런 아버지가 세상에서 제일 좋습니다.

"아버지, 나중에 제가 어른이 되면 결혼해 주세요."

"하… 하하… 아침부터 또 그 이야기니? 하하, 꼬마 릭샤는 그렇게 아빠가 좋아?"

"좋습니다. 그러니까 결혼해 주십시오!"

제가 강력하게 주장하자 아버지의 이마에서 진땀이 흐릅니다. 아버지는 오늘 하루는 진지하게 저를 설득하기로 마음을 굳게 드신 듯 더듬더듬 이야기를 하십니다.

"저기, 꼬마 릭샤야… 음, 그러니까 난 네 친아버지란다. 세상엔 근친상간이라는 금기가……."

"왜 아버지면 안 되는 건가요? 근친상간이 금기가 된 이유는 무엇인가요?"

"엉? 왜, 왜냐하면… 그, 그래. 아이가 기형으로 태어날 수도 있고……."

"괜찮습니다. 저는 인왕의 핏줄인걸요. 인왕의 절대 우위 유전자에 기인해 아주 튼튼하고 예쁜 아이가 태어날 겁니다."

"쿨럭! 하, 하하… 우리 꼬마 릭샤는 정말 똑똑하구나. 그, 그래. 나중에 크면 아빠랑 결혼할까?"

아버지는 잠시 사레에 들린 듯 기침하다 자포자기하신 듯 어색하게 웃으며 대답하십니다. 전 모르는 척하고 꺄르르 웃습니다. 아버지가 불쌍하긴 하지만 빠져나갈 구멍은 없습니다. 어머니가 수년간에 걸친 갖은 협박과 회유로 결혼에 성공하였던 것처럼 저라고 못할 것은 없다고 봅니다.

그때 갑자기 누가 제 목덜미를 잡아채어 아버지의 품속에서 빼내더니 바닥에 휙 내던졌습니다. 전 깜짝 놀랐지만 실프를 불러내서 예쁜 자세로 착지를 했습니다.

"어머니."

저랑 꼭 닮은 금색 눈동자와 검은 머리칼이 눈에 띕니다. 어머니는 남자가 되려다가 여자가 되었기 때문에 말투나 행동에서 은근히 위화 감이 느껴집니다. 다른 사람은 어떤지 몰라도 저는 그 부분이 재미있 어서 어머니를 무척 좋아합니다.

하지만 분명히 어머니를 무척 사랑하는데도 저는 한시도 그분의 앞 에서 긴장을 늦추지 않습니다. 왜냐하면 어머니는 제 사랑의 라이벌이 기 때문이지요.

"내 남편을 가로채려 하다니 꿈도 크구나."

"장차 인왕이 될 터이니 포부를 크게 키워야 한다고 생각합니다. 아 버지를 제게 넘기세요."

"쓸데없는 포부를 키웠구나. 그는 내 것이니 넌 다른 걸 찾아라."

"다른 건 마음에 드는 게 없습니다."

저는 눈에 힘을 주고 어머니를 바라봅니다. 긴장된 기류가 방 안을 훑어갑니다.

"릭샤! 그리고 꼬마 릭샤! 둘 다 제발 진심으로 신경전을 벌이지 말 아다오! 다른 집에선 딸내미가 '아빠랑 결혼할래'라고 주장해도 전부 애교고 재롱일 뿐인데, 다들 그렇게 알콩달콩 재미나게 살더구만 대체 우리 집은 왜 이래… 크흐흑!"

앗! 아버지가 또 우십니다. 어머니랑 싸우는 것은 그만 해야 할 것 같습니다. 어머니도 같은 생각이신지 저를 향해 손을 내저으십니다.

"아침 인사는 그만 되었다. 더 이상의 용건이 없다면 그만 나가거라."

"네, 말씀대로 물러나겠습니다. 아버지, 그만 우세요."

"아, 꼬마 릭샤. 오늘 뒷 후원에서 마왕과 간단히 점심 식사를 하기로 하였다. 잊지 말고 오거라."

"네—"

부모님께 인사를 한 이후에 밖으로 나왔습니다. 좀 걷다 보니 아침부터 부산하게 뭉쳐 다니는 귀족들이 보입니다. 저는 그들 사이에서 이질적인 엘프 하나를 발견했습니다.

"레빈!"

"어린 릭샤님이 아니십니까."

레빈은 반가운 듯 웃더니 다른 사람들에게 먼저 가달라고 부탁을 했습니다. 그래도 그들은 끈덕지게 레빈에게 달라붙어 잘 보이려고 안간힘을 씁니다. 하지만 레빈이 노골적으로 눈살을 찌푸려 보이지 그들은 찍소리도 못하고 사라졌습니다. 인간계가 성립된 이래, 인간이 이토록 엘프의 앞에서 기를 못 쓰는 것은 흔히 볼 수 있는 장면이 아닙니다. 이는 어머니라는 거대한 뒷심이 있기 때문에 가능한 일입니다.

"때마침 어린 릭샤님을 뵙게 되어 잘되었군요. 안 그래도 귀찮아서 죽을 지경이었으니 말입니다."

"또 무슨 일을 하시는 건가요?"

"최근 재정이 좀 빈약한 것 같기에 정보를 수집하며 부정을 저지른 놈들의 꼬리를 밟고 있습니다. 별것 아닌 건수는 약점을 잡아 후일 이용하도록 하고, 죄질이 나쁜 놈들은 인왕의 이름으로 가문을 멸하고 재산을 모조리 몰수할 생각입니다."

"그것참 재미있는 생각이로군요."

"후후, 맡겨만 주십시오."

레빈은 '제 전공이 아니겠습니까' 라면서 무지 사악하게 웃습니다. 그는 엘프의 혈통을 타고나 강력한 최상급 정령사이며, 동시에 인간으로서 사고하는 뛰어난 책략가입니다. 어머니도 자주 레빈에게 조언을 구하곤 하시는데 그때마다 레빈은 지금처럼 사악하게 웃으면서 각종 흉계를 짜내곤 합니다. 그는 인간 중에서도 성격이 매우 나쁜 축에 속하는 것이 틀림없습니다.

"그런데 어린 릭샤님, 그 왜… 레가트 경에 대해서 말입니다만… 아직까지도 결혼을 하겠다고 쫓아다니십니까?"

"물론이지요. 오늘도 아버지께 청혼을 하고, 어머니껜 선전포고를 하고 왔습니다."

"처, 청혼… 어린 릭샤님, 그는 친아버지가 아닙니까. 정말 포기하지 않으실 겁니까?"

"네, 저는 커서 아버지랑 결혼할 거예요."

"…평범한 애가 말했다면 웃고 넘겼겠지만……."

갑자기 레빈이 혼잣말을 합니다. 제가 무슨 이야기냐고 물었지만 그는 아득히 먼 곳을 보며 또 혼자서 뭐라고 중얼거립니다.

"집안 내력이라는 건가. 레가트… 불쌍한 놈……!!"

"네? 잘 안 들리는데 뭐라고 하신 겁니까?"

"아닙니다. 하하, 전 이만 돌아가도록 하죠."

레빈과 작별 인사를 나누고 전 성 밖으로 나왔습니다. 점심때 식사를 하기로 한 후원에 가보기 위해서랍니다. 사실 간단히 후원이라는 한마디로만 장소를 정하기엔 그곳은 굉장히 넓습니다. 하지만 반가운 분들과 함께 식사를 하는 후원이라면 어디인지 알고 있습니다.

일단 정원수가 잘 다듬어진 곳을 지나 삼림 쪽으로 더 들어가야 합니다. 소로를 따라 들어가면 어느 순간 키 큰 나무는 보이질 않고 작은 초원을 연상시키는 나지막한 언덕배기가 나옵니다. 언덕의 중앙을 기준으로 동편 즈음엔 조그만 샘이 있고 이름 모를 들꽃이 흐드러지게 피어 있는데 그곳에 사방이 탁 트인 석조 건물이 세워져 있습니다. 의자와 탁자가 간단히 배치되어 있어서 저희는 가끔 여기서 식사를 합니다.

"앗?"

제가 처음이라고 생각했는데 먼저 이곳에 온 사람이 있었습니다. 그는 묵묵히 서서 주변을 가만히 바라보고 있었습니다.

남령의 군주이며, 마알 강의 주인으로도 불리우는 마계 공작 다엠부르크. 그는 기나긴 수식어만큼이나 무지무지 강하고 대단한 사람입니다. 제가 먼저 그를 알아보고 예의 바르게 인사를 건넸습니다.

"안녕하세요, 할아버지!"

"……."

꿈틀.

그의 눈썹 끝이 아주 조금 움직였습니다. 역시 대답은 없습니다.

제가 마흔네 번째로 인사를 건넸지만 전부 힐끗 눈길을 주기만 했습니다. 그는 정말이지 과묵한 사람입니다. 하지만 어머니를 통해 좀 더 알아본 바에 의하면 최고위 마족으로서의 체면이 있기 때문에 할아버지라는 호칭을 매우 내켜하지 않는다고 합니다. 그것은 다른 사람들도 마찬가지인지, 제가 그의 뒤를 따라다니며 할아버지, 할아버지라고 말하면 다들 흠칫흠칫 놀랍니다.

하지만 아무리 세상의 시선이 험난해도 저는 포기하지 않습니다. 제 아버지의 아버지시니 이젠 할아버지가 되시는 수밖에 없는 것입니다. 무엇보다 이렇게 재미있는 일을 어떻게 포기한단 말인가요.

쪼로롱.

할아버지의 어깨 위로 예쁜 작은 새 한 마리가 날아와서 앉았습니다. 그는 언제나 목석같이 딱딱한데 그래서 새들이 그를 나무로 착각하는 건지 이렇게 날아들곤 합니다. 그가 불쾌한 듯 어깨를 털자 새는 하늘로 날아오릅니다. 그래도 또다시 그에게 날아드는 새가 있을 테지요. 우리 할아버지는 새에게 인기가 좋거든요.

잠시 새를 관찰하다가 다시 할아버지를 돌아보았습니다. 그는 묵묵히 주변을 바라보고만 있을 뿐입니다.

"점심 식사를 함께하시는 것입니까?"

"…마왕 폐하께서 그리하자고 하셨다."

"아, 그래서 할아버지도 기다리고 계신 거군요. 온 가족이 다 함께 식사를 할 수 있게 되었네요."

"……."

"……."

"……."

조용합니다. 그는 여전히 입을 여는 일이 거의 없습니다. 너무 침묵이 이어지니 좀 부담스럽기는 합니다. 그래도 저는 어머니와 아버지만큼이나 할아버지를 무척 좋아한답니다.

"응? 지나치게 일찍 왔나 싶었건만 우리보다 먼저 온 사람이 있군?"

오솔길이 난 곳에서 사람의 목소리가 들렸습니다. 호랑이도 제 말하면 온다고 마왕의 등장입니다. 돌아보니 목소리를 낸 마왕 외에도 한 사람이 더 있었습니다.

"셰벤님, 그리고 위레일님."

마왕이 레기느멜젠의 황제와 함께 나란히 걸어오고 있습니다. 두 사람은 사이가 엄청 나쁜 듯하면서도 무척 사이가 좋은, 그런 신기한 형제지간입니다. 황제가 먼저 제게 다가와 가볍게 눈높이를 맞추고 인사했습니다.

"오랜만에 뵙습니다, 어린 인왕이시여."

"꼬마 릭사라고 불러도 좋아요."

"하하, 그리하지요."

"현재 인왕보다는 훨씬 귀염성이 있군. 레가트와 섞여서 뻣뻣함이 약화되었나 보지?"

마왕이 저를 보고는 한마디 거듭니다. 황제가 어느 정도는 동감한다는 듯 살짝 웃으며 일어났습니다.

휘잉—

때를 맞춰 다소 싸늘한 바람이 불어왔습니다. 날이 지나치게 화창해서 태양 빛이 조금 뜨거웠기 때문에 저는 기분이 좋아졌습니다. 하지만 다른 사람은 그렇지 않은 모양입니다. 찬바람을 조금 맞던 황제가 기침을 했습니다.

"쿨록쿨록."

"설마 하니 감기?"

"아니, 쿨록쿨록… 아니다, 하르네센."

"환절기이긴 하지만 이렇게 쉽게 감기에 걸리다니, 몸 관리를 참 부실하게 하시는군요. 레기느멜젠의 미래가 다소 걱정스러워지는 중입니다."

"무슨… 가벼운 기침일 뿐이야……!!"

마왕은 같은 말을 해도 듣는 사람 기분 나쁘게 비꼬아서 하는 능력을 가졌습니다. 덕분에 황제는 발끈한 듯했습니다.

마왕은 가볍게 웃고는 갑자기 황제의 이마로 손을 가져갔습니다. 열을 재려는 것처럼 보였습니다. 우리 아버지가 제게 이런 행동을 한다면 당연히 아무런 거부감도 없었을 겁니다. 하지만 마왕과 황제는 이미 다 큰 어른이고, 무엇보다도 서로 자존심을 내세우던 사이였기에 이런 행동은 익숙하지 않았던 모양입니다.

마왕의 손이 이마 근처에 닿자 황제는 움찔하면서 그 손을 뿌리쳤습니다.

"뭐, 무얼 하는 거냐?"

"무엇이라니요."

마왕은 이해를 못하겠다는 듯 눈가를 좁히며 뿌리쳐진 손을 앞으로 내밀었습니다. 그의 손에는 작은 나뭇잎이 하나 들려 있었습니다. 황제는 문득 주변에 꽃잎과 나무 잎사귀가 흐드러지게 날리고 있음을 깨달았습니다.

"아, 그저 잎사귀를 잡으려 했던 것뿐이었던 건가······."

"음? 대체 무슨 생각을 하신 겁니까?"

"아, 아니다! 아무것도······."

황제는 얼굴이 벌게져서는 말을 얼버무렸습니다. 마왕은 황제가 당황할 때부터 피식피식 웃더니 저를 향해 나뭇잎을 흔들어 보였습니다. 갑자기 나뭇잎은 언제 그곳에 있었냐는 듯 사르륵 허공으로 사라졌습니다. 원래 나뭇잎 같은 건 없었고 단순한 환각 마법이었던 것입니다.

"보기보다 열이 높으시군요. 오늘은 그만 되돌아가시는 게 어떠신지요, 형님?"

마왕이 싱글 웃으며 묻자 그제야 자신이 놀림받았다는 것을 안 황제가 얼굴을 시뻘겋게 달구고 분개했습니다. 하지만 마왕은 빙글빙글 웃으며 계속 황제의 약을 올립니다. 두 사람이 만나면 항상 이런 식으로 대화가 진행되는 듯했습니다.

하지만 항상 일방적으로 당하는 황제가 아주 가끔씩 아무도 못 말리는 마왕을 꼼짝 못하게 만들기도 합니다. 다시금 생각하는 건데 참 이상한 형제지간이 아닐 수 없습니다.

"나는 형님을 배웅하고 오겠다. 혹시 녀석들이 온다면 그렇게 이야기하도록."

마왕은 내게 그렇게 이야기하고는 사라져 버렸습니다. 녀석들이라면 아마 어머니와 아버지를 말씀하시는 것일 겁니다.

"……."

"……."

또 과묵한 할아버지와 단둘이 되었습니다. 전 할아버지는 무척 좋아하지만 침묵은 별로 안 좋아합니다. 어머니도 아버지는 좋아하지만 아버지의 냄새는 안 좋아하기 때문에 매일 아버지를 빨래처럼 빨아대십니다. 그것은 참 슬기로운 선택입니다. 그래서 저는 현명하신 어머니를 본받아 침묵하는 할아버지는 버려두고 주변 탐색을 벌이기로 했습니다.

"응?"

한참을 산책하다가 문득 발견하게 되었습니다. 나무 사이에 몸을 숨기고 선 채 어느 한곳을 뚫어져라 노려보고 있는 어떤 여자를요.

그녀는 길고 새카만 머리칼을 가진 무척 아름다운 사람입니다. 하지만 제 주변 사람들은 하나같이 아름답기 때문에 그런 것은 제 눈길을 끌지 못합니다. 그녀는 무척 외로운 것 같았습니다. 하지만 척 봐도 오기에 똘똘 뭉쳐진 것이 절대 스스로 움직일 것처럼 보이진 않습니다. 게다가 그녀는 항상 상처투성이입니다. 오늘은 유독 상처가 더 심한 것 같습니다. 어디서 그렇게 매일 싸움질을 하는 걸까요?

저는 잔뜩 숨을 죽이고 그 여자를 바라보았습니다. 위험하고 수상쩍은 자가 틀림없는데 경계를 할 생각은 않는 것은 이미 몇 번이나 그녀를 본 적이 있기 때문입니다. 이곳뿐만이 아니라 성안이나 다른 장소에서도 그녀의 모습을 보았습니다. 어쩐지 자꾸 관심이 가서 최근 들어서는 그녀가 나타나기를 기다리기도 합니다.

수상한 여자는 잠시 후 모습을 감추었습니다. 저는 다시 정자가 있는 곳으로 되돌아왔습니다. 그런데 할아버지 외에도 몇몇 사람들이 더 보입니다. 마왕이 벌써 돌아왔나 싶었는데 자세히 보니 아버지, 어머니가 와 계셨습니다. 아직 점심때가 되려면 멀었는데 어쩐 일일까요.

"아아, 마왕께서 도착하셨다고 성안이 떠들썩하기에 어쩔 수 없이 맞이하러 나선 거란다. 정오는 되어야 오실 줄 알았는데… 그런데 와서 보니 또 안 계시네? 그래, 공작께 들었단다. 황제께서 몸이 안 좋으시다고?"

역시 마왕은 무서운 사람인가 봅니다. 저는 별로 무서운 줄 모르겠지만, 이렇게 성 내부의 사람들이 난리통을 피우는 걸 보면 말입니다.

"앗! 아버지, 그러고 보니 오늘 또 보게 되었어요. 그 검은 머리칼의 여자에 대한 이야기입니다만. 어머니, 아버지도 실은 알고 계시죠?"

제가 입을 열자 아버지의 안색이 바뀌었습니다. 그는 무척 근심 어린 목소리로 중얼거렸습니다.

"꼬마 릭샤에게도 기척을 들킬 만큼 약해진 건가……."

"최근에 또 한 차례의 전투가 있었다."

갑자기 할아버지가 대답해 왔습니다. 할아버지도 아는 사람이었던 모양입니다. 제가 무척 궁금한 표정으로 그분들을 돌아보자 어머니가 입을 열었습니다.

"그녀에게 관심이 있느냐?"

"네, 관심있습니다."

저는 고개를 꼬박 끄덕이고 어서 그녀에 대하여 이야기해 달라고 눈을 반짝였습니다. 어머니는 저를 지그시 쳐다보다가 이렇게 말씀하셨습니다.

"아버지와 결혼하겠다는 주장을 철회하면 가르쳐 주마."

"저는 아버지를 포기 못합니다. 수용되지 않을 것이 뻔한 조건문을 사용하시다니 스스로를 부끄럽게 여기십시오."

"너야말로 친아버지에게 연심을 품는 것에 대해 수치심을 가져라."

"릭샤!! 애들이 하는 말이잖아! 그저 웃으며 넘어가는 장난이 될 수도 있는 것을 제발 진심으로 반박하지 말아다오! 게다가 그렇게 적나라한 단어로 표현하다니……!!"

아버지가 펄펄 날뛰며 어머니를 나무랍니다. 잠시 후 아버지가 한숨을 쉬고 진정을 되찾자 저는 냉큼 다가가서 어머니께 했던 질문을 다시 했습니다.

"아버지는 그녀가 누군지 아십니까?"

"……."

아버지는 이마에 땀을 한 방울 달고 잠시 고민하시는 듯했습니다. 그러다 어색하게 손가락을 꼽으며 말했습니다.

"겨, 결혼하겠다는 말 않는다고 약속하면 가르쳐 주지."

"어린애가 하는 말 같은 건 장난으로 치부하라고 어머니 앞에서 그토록 분개하셨으면서 그런 소리 하셔도 되는 겁니까?"

"핫, 그럼 역시 아빠랑 결혼하겠다는 건 장난이었던 거니?"

"물론 아닙니다."

"꼬마 릭샤~"

제가 결국 아버지를 울려 버렸습니다. 너무 재밌네요. 하지만 아버지를 너무 괴롭히면 신경성으로 목의 상처가 재발할 수도 있으니까 적정선에서 멈춰야만 합니다.

그건 그렇고, 그녀에 대해 알기 위해서는 아버지를 포기해야만 할 것 같군요. 하지만 아직까진 아버지가 세상에서 가장 좋으니 그녀에 대해서는 덮어두기로 합니다.

그래도 조금은 신경이 쓰이기도 합니다. 그녀는 어떤 사람일까요? 상처가 아프지는 않을까요? 눈꼬리가 올라간 것이 성격이 나빠 보이는데 친구는 있는 걸까요? 그리고 보니 저도 친구는 별로 없군요. 그렇다고 제 성격이 나쁘다는 것은 아닙니다만… 으음! 실은 조금이 아니라 상당히 신경이 쓰입니다.

앗, 벌써 마왕이 되돌아오는군요. 사람이 전부 모였으니 조금 빨리 점심 식사를 하게 될 것 같습니다. 밥을 먹어야 하니 그녀에 대해서는 진짜로 덮어두어야겠네요. 언젠가 우연한 계기로 그녀와 만날 날이 있을 거라고 생각합니다. 저는 독특한 걸 좋아하니까 아마 그녀와도 상성이 맞을 듯싶군요. 반응들을 보아하니 아무래도 그녀는 범죄자 같습니다만, 저도 곧 절대 권력을 휘두르는 인왕이 될 터인데 그 빽으로 범죄자 하나 정도 빼돌리는 건 일도 아니겠죠? 안 되면 되게 하는 겁니다.

그럼 모두들 맛있게 점심 드세요.

〈5권 완결〉

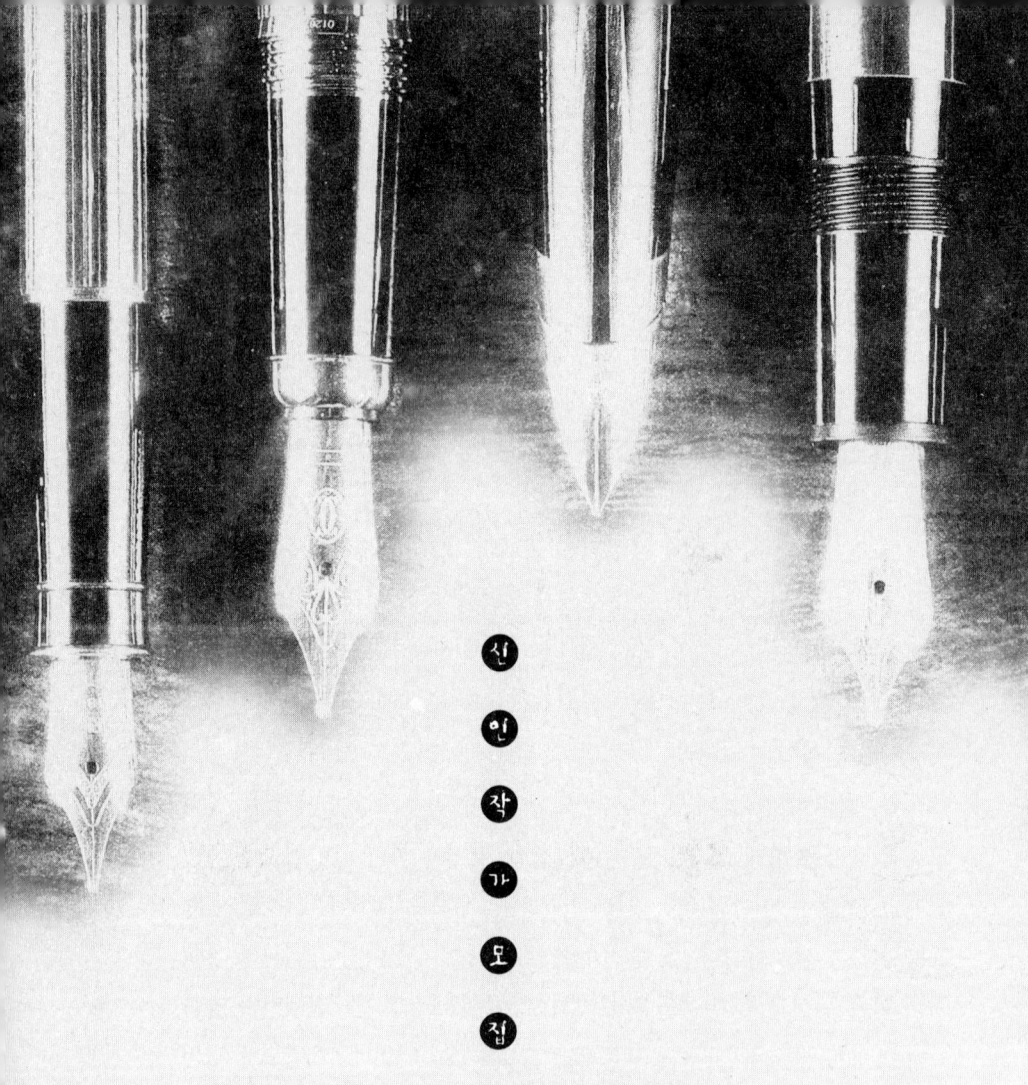